Sammlung Metzler
Band 7

Werner Hoffmann

Nibelungenlied

6., überarbeitete und erweiterte Auflage
des Bandes
Nibelungenlied
von Gottfried Weber und Werner Hoffmann

J. B. Metzler Verlag
Stuttgart · Weimar

Die Deutsche Bibliothek – CIP-Einheitsaufnahme

Hoffmann, Werner:
Das Nibelungenlied / Werner Hoffmann
– 6., überarb. und erw. Aufl. des Bd. »Nibelungenlied«
von Gottfried Weber und Werner Hoffmann.
– Stuttgart : Metzler, 1992
(Sammlung Metzler ; Bd. 7)
ISBN 978-3-476-16007-2
NE: GT

ISSN 0558 3667
ISBN 978-3-476-16007-2
ISBN 978-3-476-04147-0 (eBook)
DOI 10.1007/978-3-476-04147-0
SM 7

Ursprünglich erschienen bei J.B. Metzlersche Verlagsbuchhandlung
und Carl Ernst Poeschel Verlag GmbH in Stuttgart 1992

Gottfried Weber und ich hatten, als sich die Notwendigkeit einer 5. Auflage der Darstellung über das Nibelungenlied in der ›Sammlung Metzler‹ abzeichnete, vereinbart, daß der Band, an dem ich von Anfang an beteiligt war, ganz in meine Verantwortung übergehen sollte. Bei der von mir vorgenommenen Neubearbeitung ist keine Seite unverändert geblieben. Neben Umformulierungen im einzelnen, kleineren Zusätzen oder auch Straffungen sind ganze Passagen neu geschrieben worden. Hinzugekommen ist ein Kapitel über die ›Nibelungenklage‹, deren Vernachlässigung in den früheren Auflagen mir nicht mehr berechtigt erscheint. Auf ein Kapitel über die Rezeption des Nibelungenliedes von der Mitte des 18. Jh.s bis in unsere Zeit, an das ich zunächst gedacht hatte, habe ich verzichtet, weil es im vorgegebenen Rahmen nur Aussagen ganz allgemeiner Art und im übrigen kaum mehr als eine Aufzählung von Namen und Fakten hätte enthalten können. Damit aber wäre keinem Leser gedient.

Trotz der Erweiterung, zu der auch die Vermehrung von Sachinformationen beigetragen hat, ist die ursprüngliche Konzeption nicht verändert. Sie läßt sich wohl am ehesten als Verbindung von reichhaltigen Informationen über die ›Realien‹ des Nibelungenliedes mit einer stark forschungsgeschichtlich orientierten Darstellung kennzeichnen. Gerade weil so viele ›Realien‹ umstritten sind, wenigstens dann, wenn man ins Detail geht (was ich an manchen Stellen mehr als in den seitherigen Auflagen getan habe), sollten sie fairerweise nur zusammen mit den wechselnden Beurteilungen, die sie im Laufe der Zeit erfahren haben, präsentiert werden. Nicht in jedem Falle schien es mir notwendig oder zweckmäßig, mit dem berichteten Sachverhalt zugleich meine eigene Ansicht über ihn darzulegen. Andererseits kann eine bloße Aneinanderreihung von kontroversen Hypothesen, die den Leser ohne Hilfe für ihre Bewertung läßt, nicht genügen; dies gilt auch für die Charakterisierung von Tendenzen in der jüngsten Nibelungenforschung. Daß der eine noch zu wenig, der andere schon zu viel an persönlicher Stellungnahme findet, ist dann unvermeidlich, wenn man sich in dieser Frage für eine ›mittlere‹ Lösung entscheidet. Selbstverständlich ist, daß die Neubearbeitung eine Aktualisierung gebracht hat, wie in der Erörterung der Sachprobleme so auch in den Literaturangaben. Ebenso selbstverständlich ist es freilich, daß angesichts der Fülle von Arbeiten, die dem Nibelungenlied Jahr für Jahr gewidmet werden, nicht alle Titel verzeichnet werden können. Doch hoffe ich, daß ich keine wesentlichen Beiträge übersehen habe.

Gottfried Weber, der engagierte Interpret des Nibelungenliedes, hat die von mir vorgenommene Neugestaltung des ›Realienbuches‹ nicht mehr erlebt. Er ist am 4. November 1981, fast fünfundachtzigjährig, verstorben. Seinem Andenken sei die vorliegende 5. Auflage gewidmet.

Mannheim, im April 1982 W. H.

VORWORT zur 6. Auflage

Die Forschung zum Nibelungenlied ist in dem Jahrzehnt, das zwischen dem Erscheinen der 5. Auflage dieses Bändchens und der 6. Auflage liegt, sehr rege gewesen, ohne daß grundsätzlich neue Positionen formuliert worden wären. Soweit neuere Arbeiten den in der 5. Auflage referierten Forschungsstand modifiziert oder relativiert haben, sind sie im darstellenden Teil berücksichtigt, im übrigen in breiter Auswahl bibliographisch nachgewiesen. Ausdrücklich sei hervorgehoben, daß die Literaturangaben nach wie vor nicht auf Vollständigkeit zielen. (Nebenbei: Die Erstellung einer Bibliographie zum Nibelungenlied, die wenigstens für das 20. Jahrhundert die gesamte Literatur einschließlich der Rezensionen ohne Ausnahme erfaßt, bleibt ein dringendes Desiderat.) Um die Auswahlbibliographie nicht übermäßig aufzuschwellen, habe ich darauf verzichtet, die Beiträge zu den erfreulich zahlreichen Sammelwerken über das Nibelungenlied, wie z. B. den ›Hohenemser Studien zum Nibelungenlied‹ oder den ›Passauer Nibelungengesprächen 1985‹, dann einzeln anzuführen, wenn sie sich unter dem freilich recht weiten Begriff der Einzelinterpretationen subsumieren lassen; nur wenn sie in eine andere Rubrik der Bibliographie gehören, sind sie eigens verzeichnet. Daß es dabei Grenzfälle gibt, ist selbstverständlich.

Die Konzeption des Bandes ›Nibelungenlied‹ der ›Sammlung Metzler‹, dessen Nützlichkeit, ja Unentbehrlichkeit ihm wiederholt attestiert worden ist, habe ich auch in der 6. Auflage beibehalten. Ich bin mir aber bewußt, daß die Informationen Lücken enthalten – das Nibelungenlied und seine Erforschung bieten mehr Aspekte, als sie in die Darstellung Eingang gefunden haben. Eine grundlegende Umgestaltung, die den Umfang des Bandes erheblich vergrößern würde, war bei der Überarbeitung für die 6. Auflage nicht möglich; ich schließe sie jedoch für einen späteren Zeitpunkt nicht aus.

Mannheim, im Mai 1992 W. H.

ABÄG	Amsterdamer Beiträge zur Älteren Germanistik
Abh.	Abhandlung(en)
ACME	ACME. Annali della Facoltà di Lettere e Filosofia dell' Università degli Studi di Milano
AfdA	Anzeiger für deutsches Altertum und deutsche Literatur
ANF	Arkiv för nordisk filologi
Anm.	Anmerkung
anord.	altnordisch
Arch.	Archiv für das Studium der neueren Sprachen und Literaturen
ATB	Altdeutsche Textbibliothek
Beitr.	Beiträge zur Geschichte der deutschen Sprache und Literatur
BNf.	Beiträge zur Namenforschung
BSB	Sitzungsberichte der Preußischen (später: der Deutschen) Akademie der Wissenschaften zu Berlin. Phil.-hist. Klasse
DA	Deutsches Archiv für Erforschung des Mittelalters
Diss.	Dissertation
DPh	Deutsche Philologie im Aufriß, hg. von Wolfgang Stammler
dt.	deutsch
DU	Der Deutschunterricht. Beiträge zu seiner Praxis und wissenschaftlichen Grundlegung
DuV	Dichtung und Volkstum
DVjs.	Deutsche Vierteljahrsschrift für Literaturwissenschaft und Geistesgeschichte
EHS	Europäische Hochschulschriften
Et. Germ.	Etudes Germaniques
Euph.	Euphorion
FMLS	Forum for Modern Language Studies
FuF	Forschungen und Fortschritte
FzGerm.	Doitsu bungaku-ronkô. Forschungsberichte zur Germanistik
GAG	Göppinger Arbeiten zur Germanistik
GGA	Göttingische Gelehrte Anzeigen
GLL	German Life and Letters
GQu	The German Quarterly
GR	The Germanic Review
GRM	Germanisch-Romanische Monatsschrift
H.	Heft

hg.	herausgegeben
Hohenemser Studien zum Nibelungenlied	Hohenemser Studien zum Nibelungenlied. Unter Mitarbeit von Irmtraud Albrecht hg. von Achim Masser, 1981 = ›Montfort‹. Vierteljahresschrift für Geschichte und Gegenwart Vorarlbergs, Heft 3/4, 1980
Hs., Hss.	Handschrift, Handschriften
HSB	Sitzungsberichte der Heidelberger Akademie der Wissenschaften. Phil.-hist. Klasse
IASL	Internationales Archiv für Sozialgeschichte der deutschen Literatur
Jb.	Jahrbuch
JEGP	Journal of English and Germanic Philology
Jg.	Jahrgang
KTA	Kröners Taschenausgabe
Leuv. Bijdr.	Leuvense Bijdragen
MDU	Monatshefte für deutschen Unterricht, deutsche Sprache und Literatur
Med. Aev.	Medium Aevum
Med. Scand.	Mediaeval Scandinavia
MF	Des Minnesangs Frühling
MGH, Auct. ant.	Monumenta Germaniae historica. Auctores antiquissimi
MGH, SS	Monumenta Germaniae historica. Scriptores
mhd.	mittelhochdeutsch
MIÖG	Mitteilungen des Instituts für Österreichische Geschichtsforschung
mlat.	mittellateinisch
MLN	Modern Language Notes
MLQ	Modern Language Quarterly
MLR	The Modern Language Review
MSB	Sitzungsberichte der Bayerischen Akademie der Wissenschaften zu München. Phil.-hist. Klasse
Nd. Jb.	Jahrbuch des Vereins für niederdeutsche Sprachforschung
Neophil.	Neophilologus
Neuphil. Mitt.	Neuphilologische Mitteilungen
N. F.	Neue Folge
NGS	New German Studies
nhd.	neuhochdeutsch
nord.	nordisch
obd.	oberdeutsch
PhStQ	Philologische Studien und Quellen

Pöchlarner Heldenliedgespräch	Pöchlarner Heldenliedgespräch. Das Nibelungenlied und der mittlere Donauraum. Hg. von Klaus Zatloukal, 1990 (= Philologica Germanica 12)
RL	Reallexikon der deutschen Literaturgeschichte, hg. von Paul Merker und Wolfgang Stammler. 2. Auflage, hg. von Werner Kohlschmidt und Wolfgang Mohr
RL Germ. Altertumskunde	Reallexikon der germanischen Altertumskunde, hg. von Johannes Hoops. 2., völlig neu bearbeitete und stark erweiterte Auflage, hg. von Heinrich Beck u. a.
RhMPh	Rheinisches Museum für Philologie
RhVjbll.	Rheinische Vierteljahrsblätter
Rom. Jb.	Romanistisches Jahrbuch
Sem.	Seminar. A Journal of Germanic Studies
SM	Sammlung Metzler. Realien zur Literatur
Str.	Strophe
Stud. Neophil.	Studia Neophilologica
v.	Vers
VL	Die deutsche Literatur des Mittelalters. Verfasserlexikon. [. . .] Zweite, völlig neu bearb. Aufl. [. . .] hg. von Kurt Ruh
WdF, Bd. 14	Zur germanisch-deutschen Heldensage. Sechzehn Aufsätze zum neuen Forschungsstand, hg. von Karl Hauck, [zuerst] 1961 (= Wege der Forschung, Bd. 14)
WdF, Bd. 54	Nibelungenlied und Kudrun, hg. von Heinz Rupp, 1976 (= Wege der Forschung, Bd. 54)
WdF, Bd. 109	Das deutsche Versepos, hg. von Walter Johannes Schröder, 1969 (= Wege der Forschung, Bd. 109)
WdF, Bd. 500	Europäische Heldendichtung, hg. von Klaus von See, 1978 (= Wege der Forschung, Bd. 500)
WdF, Bd. 555	Oral Poetry. Das Problem der Mündlichkeit mittelalterlicher epischer Dichtung, hg. von Norbert Voorwinden und Max de Haan, 1979 (= Wege der Forschung, Bd. 555)
WSB	Sitzungsberichte der (Österreichischen) Akademie der Wissenschaften in Wien. Phil.-hist. Klasse
WW	Wirkendes Wort
WZLpz.	Wissenschaftliche Zeitschrift der Karl-Marx-Universität Leipzig. Gesellschafts- und sprachwissenschaftliche Reihe
ZBLG	Zeitschrift für bayerische Landesgeschichte
ZfdA	Zeitschrift für deutsches Altertum und deutsche Literatur
ZfdB	Zeitschrift für deutsche Bildung

ZfDk	Zeitschrift für Deutschkunde
ZfdPh	Zeitschrift für deutsche Philologie

Manche Abkürzungen werden nicht durchgängig, sondern nur in bestimmten Zusammenhängen benutzt.

1. Kapitel

Forschungsgeschichte und Forschungsstand

Wer es heute unternähme, eine detaillierte Geschichte der wissenschaftlichen Rezeption des Nibelungenliedes von deren Anfängen bis in unsere Tage zu schreiben, könnte damit leicht mehrere Bände füllen. Der Versuch, die Forschungsgeschichte auf wenigen Seiten zu skizzieren, kann darum nur unter strikter Beschränkung auf die Hauptprobleme, Hauptrichtungen und Hauptvertreter gewagt werden – und damit auch nur mit unvermeidbaren Vereinfachungen. Er muß weiterhin im allgemeinen darauf verzichten, aufzuzeigen, wie die Forschung nicht allein von den Besonderheiten ihres jeweiligen Gegenstandes und den ihm immanenten Problemen bestimmt ist, sondern wie sie in ihren vorwaltenden Interessen, Fragestellungen und Antworten auch geprägt wird von dem wechselnden geschichtlichen Kontext und den unterschiedlichen geistigen Strömungen. Da wir in den folgenden Kapiteln noch wiederholt auf die Geschichte der Nibelungenforschung eingehen müssen, z. B. im Zusammenhang mit der konträren Beurteilung der Haupthandschriften, können wir davon absehen, solche spezielleren Fragen mehr als bloß erwähnend in den folgenden Abriß der Forschungsgeschichte einzubeziehen. Manches des an späterer Stelle Ausgeführten ergänzt also das zunächst skizzierte Bild.

Die Frühzeit der Nibelungenforschung

Das Nibelungenlied, das im Mittelalter in zahlreichen Handschriften verbreitet war (vgl. unten, S. 72), geriet zu Beginn der Neuzeit mehr und mehr in Vergessenheit. Eine erste Veröffentlichung von Strophen aus dem Nibelungenlied erfolgte freilich noch im 16. Jh. durch den Wiener Arzt und Geschichtsschreiber Wolfgang *Lazius* (1514–1565), zunächst – worauf Gerard *Jaspers* 1983 aufmerksam gemacht hat – in seiner Schrift ›Commentariorum Reipublicae Romanae [. . .] libri XII‹ (Basel 1551), dann in seinem bekanntesten Werk ›De gentium aliquot migrationibus [. . .]‹ (1. Auflage Basel 1557), mit dem er an die Darstellung des *Beatus Rhenanus* über das germanische Altertum (›Rerum Germanicarum libri tres‹, 1531) anknüpfte. Lazius hat in beiden Büchern Strophen aus dem Nibelungenlied als (vermeintlich) geschichtliche Zeugnisse zitiert, und zwar aufgrund der danach verlorengegangenen Hs. c. Er ist der letzte Autor dieser Zeit, der über eine noch aus den Quellen geschöpfte Kenntnis der hochmittelalterlichen Heldenepik verfügt. Seine Publizierung von Proben aus dem Nibelungenlied muß im Zusammenhang mit den historischen Interessen und Bemühungen des Humanismus gesehen werden; sie hat trotz mehrerer folgender Auflagen seines Werkes ›De gentium aliquot migrationibus‹ zu keiner breiteren Kenntnis des Nibelungenliedes geführt, und im 17. Jh. und der ersten Hälfte des 18. Jh.s war das Epos von *der Nibelunge nōt* völlig verschollen.

Die Wiederentdeckung des Nibelungenliedes ist das Verdienst Johann Jakob *Bodmers* (1698 – 1783) in Zürich, zusammen mit seinem Freund Johann Jakob *Breitinger* bekannt als der große Gegner Gottscheds. *Gottsched* teilte übrigens mit Bodmer das Interesse an mittelalterlicher Literatur. Man darf die Zahl der alt- und mittelhochdeutschen Dichtungen, die im 18. Jh. bekannt waren, nicht zu gering veranschlagen. Bodmer hat nicht nur diese Zahl quantitativ nicht unbeträchtlich vermehrt, sondern vor allem ist er derjenige, der am meisten jene Wertschätzung der mittelalterlichen Dichtung und jene subjektive Komponente im Umgang mit ihr vorweggenommen hat, wie sie dann in der Romantik charakteristisch wurde.

Zum Verhältnis Bodmers zur älteren deutschen Literatur und zu seinen Leistungen für ihre Erschließung vergleiche man außer der noch nicht überholten Untersuchung von Max *Wehrli*, Johann Jakob Bodmer und die Geschichte der Literatur, 1937 (darin IV. Kapitel: Mittelalterliche Literatur, S. 84 – 112), Dorothy *Knight*, Johann Jakob Bodmer's Contribution to the Knowledge and Appreciation of Middle High German Literature, Diss. London, 1949; eine knappe sachliche Zusammenfassung gibt Wolfgang *Bender*, Johann Jakob Bodmer und Johann Jakob Breitinger, 1973 (= SM. 113), S. 35 – 43.

Schon 1748 hatte Bodmer aufgrund der damals in Paris liegenden Manessischen Liederhandschrift ›Proben der alten schwäbischen Poesie des Dreyzehnten Jahrhunderts‹ herausgegeben, denen 1758/59 die Veröffentlichung fast der gesamten Handschrift folgte. Wahrscheinlich auf Bodmers Anregung suchte der Lindauer Arzt und Privatgelehrte Jakob Hermann *Obereit* (1725 – 1798) im Jahre 1755 die Bibliothek der Grafen von Hohenems auf, wo er eine Handschrift des Nibelungenliedes fand. Es ist diejenige, die heute als Hs. C bezeichnet wird. 1756 machte Bodmer Mitteilung von dem Fund und publizierte 1757 das letzte Drittel der Dichtung, beginnend mit der Ankunft der Burgunden in Bechelaren, sowie die ›Klage‹ (vgl. unten, S. 126ff.) unter dem Titel ›Chriemhilden Rache, und die Klage; zwey Heldengedichte Aus dem schwäbischen Zeitpuncte‹, übrigens ohne Obereit als eigentlichen Entdecker der Handschrift zu erwähnen. Bodmer und Breitinger wandten sich dem Nibelungenlied hauptsächlich unter dem Gesichtspunkt ihrer Epentheorie zu. Dabei legte das mhd. Epos von Anfang an einen Vergleich mit Homer nahe, an dem im 18. Jh., angeregt namentlich durch englische Forscher, ein lebhaftes Interesse erwacht war. Schon kurz nach seinem ersten Studium des Nibelungenliedes bezeichnete es Bodmer als »eine Art von Ilias«, und fortan ist das Nibelungenlied immer wieder mit den Homerischen Epen, zumal der ›Ilias‹, verglichen und an ihnen gemessen worden. Wenn Bodmer für seine eigene dichterische Bearbeitung des von ihm herausgegebenen Teils des Nibelungenliedes, die 1767 unter dem Titel ›Die Rache der Schwester‹ erschien, auf den Hexameter zurückgriff, dann darum, weil er in diesem (ursprünglich Homerischen) Versmaß die über alle Zeiten hinweg gültige Form der epischen Dichtung sah. Hier zeigt sich die Grenze von Bodmers geschichtlichem Verständnis und seines Einfühlungsvermögens, und der daraus folgende Versuch, mhd. Epen in Hexametern zu bearbeiten, ist nach dem Urteil eines sich so besonnen äußernden Forschers wie Max Wehrli eine »barbarische Naivetät« (S. 97).

Ein Jahrzehnt nach Bodmers Teilveröffentlichung des Nibelungenliedes tauchte auch die heute als B bekannte Handschrift wieder auf, die 1768 in den Besitz der Stiftsbibliothek St. Gallen überging. 1779 wurde dann die dritte der großen Nibelungenliedhandschriften (A) gefunden, wiederum im gräflichen Palast in Hohenems. Ihre Entdeckung beruht eigentlich auf einem Versehen. Ein früherer Schüler Bodmers, der gleichfalls aus Zürich stammende Christoph Heinrich *Müller* oder *Myller* (1740 – 1807), plante eine vollständige Ausgabe des Nibelungenliedes. Hierfür erwies sich eine Überprüfung einzelner Stellen an der Handschrift als notwendig. Irrtümlich wurde aber Bodmer, der die Vermittlung übernommen hatte, aus Hohenems ein anderer Kodex zugesandt. Zwar bemerkte Bodmer, daß es eine andere Handschrift war als die, die er für seine Teilveröffentlichung der Dichtung benutzt hatte; doch Myller übersah den entsprechenden Hinweis, den Bodmer ihm hatte zukommen lassen. So liegen seiner Ausgabe des Nibelungenliedes, der ersten vollständigen des mhd. Epos, zwei Handschriften zugrunde: die Hs. A für den ersten und die Hs. C für den zweiten Teil und die ›Klage‹. Die Ausgabe erschien im Jahre 1782: ›Der Nibelungen Liet, ein Rittergedicht aus dem XIII. oder XIV. Jahrhundert‹; bis zum Jahre 1784 wurde sie um weitere zentrale hochmittelalterliche Dichtungen vermehrt. Myller widmete sie, naiv genug, dem preußischen König Friedrich dem Großen. Dieser äußerte sich aber in einem oft zitierten Schreiben vom 22. Februar 1784 höchst abwertend und abfällig über die mittelalterlichen Dichtungen, die nicht einen Schuß Pulver wert seien und nicht verdienten, aus dem Staube der Vergessenheit gezogen zu werden, und er bezeichnete sie kurzerhand als »elendes Zeug«. Es ist kein Zufall, daß die Ausgaben altdeutscher Dichtungen – nicht nur des Nibelungenliedes – in einem Zeitalter ohne breites Echo blieben, in dem noch aufklärerische Mittelalterfremdheit dominierte und der aufkommende Neuhumanismus mit seiner Hinwendung zur klassischen Antike ebenfalls keine Voraussetzungen zu einer gerechten Würdigung des Mittelalters und seiner Dichtung bot. Es wäre deshalb auch historisch ungerecht, Friedrichs II. negatives Urteil isoliert zu sehen. Kein Geringerer als der bedeutende Sprachwissenschaftler (Grammatiker und Lexikograph) Johann Christoph *Adelung* hat im gleichen Jahr wie der Preußenkönig über die mhd. Dichtungen, die Myller in seiner Sammlung veröffentlicht hat, darunter eben das Nibelungenlied, nicht weniger abfällig geurteilt als jener: »Von Seiten der Dichtung verdienen alle diese Ueberbleibsel nicht die mindeste Aufmerksamkeit«, und die Sprache dieser Dichtungen qualifizierte er u. a. mit dem Attribut »unausstehlich« ab.

Die Wendung zur weitausgreifenden Beschäftigung mit dem Nibelungenlied ist zum größten Teil eine Folge der romantischen Bewegung. Gewiß ist es nicht richtig zu meinen, wie gelegentlich immer noch behauptet wird, die Romantik habe das deutsche Mittelalter »wiederentdeckt« – es war im 17. und 18. Jh. nicht vergessen gewesen. Aber in der Rezeption der mittelalterlichen Literatur gewinnt diese jetzt eine Qualität, ja Dignität, wie sie sie bisher nicht gehabt hat, und es tritt eine Ausweitung der Kenntnis mhd. Dichtungen in den gebildeten und literarisch interessierten Kreisen ein, die im Zeitalter der Aufklärung nicht möglich gewesen wäre. Die Romantik sah das Mittelalter als eine Epoche, die jene Einheit, jene Gebundenheit alles einzelnen in einer Mitte und jenen Primat des Religiösen aufzuweisen schien, die man in der eigenen Zeit schmerzlich vermißte. Es ist bekannt, daß die Romantiker dabei das Mittelalter verklärten, wie *Novalis* in seinem Aufsatz ›Die Christenheit oder Europa‹ aus dem Jahre 1799. Zusammen mit seinem Freunde Ludwig *Tieck* war es Wilhelm Heinrich *Wackenroder*, der der neuen Wertschätzung des Mittelalters Bahn gebrochen hat (vgl. Wackenroders Schriften ›Herzensergießungen eines kunstliebenden Klosterbruders‹ [1797], ›Phantasien über die Kunst‹ [1799 aus Wackenroders Nachlaß von Tieck mit eigenen Beiträgen herausgegeben] und Tiecks Roman ›Franz Sternbalds Wanderungen‹ [1798]). 1803 veröffentlichte Ludwig *Tieck* (von dem auch eine Fragment gebliebene Erneuerung des Nibelungenliedes erhalten ist) die ›Minnelieder aus dem Schwäbischen Zeitalter‹. Seiner (recht unzureichenden) Übersetzung der Lieder aus der Manessischen Handschrift stellte Tieck eine Einleitung voran, in der er seine Ansichten über die ältere deutsche Dichtung und deren Verhältnis zu der Dichtung anderer Völker und Zeiten darlegte, wobei er auch auf das Nibelungenlied eingeht.

Zur Mittelalterbegeisterung der Romantik kommt noch ein zweites, von dem ersten nicht zu trennendes Moment hinzu, das die Beschäftigung mit der altdeutschen Dichtung und zumal dem Nibelungenlied begünstigte: die politischen Verhältnisse. Der deutsche Nationalgedanke, der deutsche Patriotismus erwuchsen gerade in der Zeit des politischen Niedergangs, nach dem Zusammenbruch des Kaiserreiches und Preußens unter dem Ansturm der Napoleonischen Armeen. Am 6. August 1806 legte Franz II. die römisch-deutsche Kaiserkrone nieder und erklärte das Ende des Heiligen Römischen Reiches Deutscher Nation; am 14. Oktober 1806 wurden die Preußen in der Doppelschlacht von Jena und Auerstädt vernichtend geschlagen. Schon 1807 begann die politisch-gesellschaftliche, militärische und geistige Erneuerung Preußens, in welchen Zusammenhang auch die Gründung der Universität Berlin im Jahre 1810 gehört. Was man politisch verloren hatte, versuchte man durch vermehrte geistige Anstrengungen auszugleichen, im geistigen Bereich wollte man die Grundlagen für den späteren politischen Wiederaufstieg legen. Neben die Idee der abendländischen Gemeinschaft, wie sie in dem genannten Aufsatz des Novalis besonders deutlich wird, tritt die des deutschen Vaterlandes. In diesem Zusammenhang fand die altdeutsche Dichtung und vorab das Nibelungenlied – als ein vermeintlich spezifisch deutsches und nationales Epos – ein breiteres Interesse als je zuvor. Zu denen, die sich damals eindringlich mit dem Nibelungenlied zu beschäftigen begannen, gehörte übrigens auch *Goethe*. Für den Wandel, der sich innerhalb weniger Jahrzehnte in der Einschätzung der mhd. Dichtung vollzogen hat, ist es symptomatisch, daß zur Zeit des Deutschen Freiheitskrieges eine »Feld- und Zeltausgabe« des Nibelungenliedes erschien (1815), da viele Jünglinge das Nibelungenlied in den Kampf gegen Napoleon mitnehmen wollten. Herausgeber war Johann August *Zeune* (1778–1853), Professor der Geographie an der neugegründeten Universität Berlin, wo er vor zahlreichen Hörern auch Vorlesungen über das Nibelungenlied hielt, nachdem der erste außerordentliche Professor für deutsche Sprache an der Berliner Universität, Friedrich Heinrich von der Hagen, bereits zum Wintersemester 1811/12 an die Universität Breslau versetzt worden war. Später hat Zeune noch eine Prosaübersetzung des Nibelungenliedes veröffentlicht.

Friedrich Heinrich *von der Hagen* (1780 – 1856), ausgebildet als Jurist, ist derjenige in einem Kreis von Gleichgesinnten, der sich mit dem größten Eifer und auch den stärksten wissenschaftlichen Ambitionen für das Nibelungenlied einsetzte, nachdem er durch den Historiker Johannes Müller und vor allem als Hörer von August Wilhelm Schlegels Berliner Vorlesungen ›Über schöne Literatur und Kunst‹ auf das Nibelungenlied aufmerksam geworden war. Er veranstaltete mehrere Ausgaben des Werkes. Die erste aus dem Jahre 1807 beruht zum großen Teil auf der alten Ausgabe Christoph Heinrich Myllers, doch hat er auch die zweite Münchener Hs. (D) herangezogen. Es ist eine noch gänzlich unwissenschaftliche Edition, die den Text in einer befremdlichen Mischung von Mittel- und Neuhochdeutsch bietet: die mhd. Wörter sind häufig beibehalten, jedoch lautlich ins Nhd. transferiert, des öfteren tauscht von der Hagen sie aber auch gegen andere aus, seien es noch gebräuchliche, seien es andere veraltete. Der junge Wilhelm *Grimm* lehnte dieses Verfahren in einer Rezension scharf ab und sprach von einer »Modernisierung, die schlechter ist als das Original, und doch nicht modern« (Heidelbergische Jahrbücher der Literatur, 1809; jetzt in W. G., Kleinere Schriften, Bd. 1, 1881, S. 61 – 91 [das Zitat S. 73]). Die Ausgabe des Nibelungenliedes ›in der Ursprache mit den Lesarten der verschiedenen Handschriften‹ aus dem Jahre 1810 ist ebensowenig gelungen. Wesentlich besser ist dann von der Hagens dritte Nibelungenliedausgabe, mit der er 1816 zum ersten Mal den vollständigen Text der St. Galler Hs. (B) zugänglich machte. Auch als akademischer Lehrer hat sich von der Hagen immer wieder mit dem Nibelungenlied beschäftigt. (1811 wurde er als besoldeter Extraordinarius von der Universität Berlin an die Universität Breslau versetzt, 1817 dort zum ordentlichen Professor ernannt und 1824 in gleicher Stellung nach Berlin zurückberufen, ein Jahr, bevor der ihm als Philologe weit überlegene Karl Lachmann ebenfalls an die Berliner Universität kam.) Von der Hagen hat in Breslau und in Berlin häufig Vorlesungen über das Nibelungenlied gehalten (in seinen 25 Breslauer Semestern nicht weniger als achtmal). Doch darf man die Breitenwirkung der Deutschen Philologie als nunmehr etablierter akademischer Disziplin – nach dem Verklingen der »nationalen Euphorie« (Otfrid Ehrismann) aus dem Zeitalter des Kampfes gegen Napoleon – nicht sehr hoch veranschlagen: die Zahl der Hörer war gering. So wurden von der Hagens Breslauer Vorlesungen im Durchschnitt nur von 12 Studenten besucht; im Minimum waren es 3, maximal immerhin 36. Und sogar Karl Lachmann ist es widerfahren, daß eine Vorlesung über das Nibelungenlied an der Universität Berlin überhaupt nicht zustande kam.

Von Karl Lachmann (1816) bis zum Ende des 19. Jahrhunderts

Mit Karl *Lachmann* (1793 – 1851) beginnt – sechs Jahrzehnte, nachdem man wieder Kenntnis vom Nibelungenepos erlangt hatte – eine neue Epoche in der wissenschaftlichen Rezeption des Nibelungenliedes. Seine Untersuchung ›Über die ursprüngliche Gestalt des Gedichts von der Nibelungen Noth‹, die er im Frühjahr 1816 als Habilitationsvorlesung an der Universität Berlin vortrug und die unmittelbar danach veröffentlicht wurde, darf man an den Anfang der streng wissenschaftlichen Forschung über das Nibelungenlied stellen. Lachmann hatte sich zunächst der Klassischen Philologie zugewandt, und ihr ist er auch zeitlebens verbunden geblieben. Durch Georg Friedrich *Benecke* (1762 – 1844) in Göttingen, einen Philologen, der noch von der aufklärerisch-vorromantischen Wissenschaftsauffassung geprägt war, fand er daneben aber auch den Weg zur altdeutschen Dichtung, und niemand kann mit größerem Recht als Lachmann als der eigentliche Begründer der Älteren Deutschen Philologie, im Sinne der Wissenschaft von der deutschen Sprache und Literatur des Mittelalters mit besonderer Betonung der Textkritik, bezeichnet werden. Die doppelte Arbeitsrichtung Lachmanns als Germanist und Klassischer Philologe zeigt z. B. der Umstand, daß er in ebendem Jahr 1816, in dem er seine epochemachende Arbeit über das Nibelungenlied vorlegte, auch die Gedichte des Properz herausgab. Die sog. Liedertheorie oder, wie Andreas Heusler sie nennt, Sammeltheorie, die Lachmann in der genannten Untersuchung auf das Nibelungenlied anwendet, ist nicht von ihm konzipiert worden, vielmehr handelt es sich im Grunde nur um die Übertragung von Ansichten, die im Hinblick auf die Homerischen Epen in der Klassischen Philologie geläufig waren.

Die wissenschaftliche Beschäftigung mit Homer war im 18. Jh. von Engländern angeregt worden (Richard *Bentley*, Thomas *Blackwell* [›Enquiry into the Life and Writings of Homer‹, 1735], Robert *Wood* [›Essay on the Original Genius and Writings of Homer‹, 1769]). 1795 hatte der Hallenser Altertumswissenschaftler Friedrich August *Wolf* seine berühmte Schrift ›Prolegomena ad Homerum‹ veröffentlicht, in der er die (ähnlich auch schon von anderen erwogene) Liedertheorie begründete. Danach haben zunächst Rhapsoden kurze Stücke der Werke mündlich überliefert, sie zugleich weiterdichtend, worauf dann das weitere Ordnen, Redigieren und Verbinden durch die Diaskeuasten gefolgt sei. Die ›Ilias‹ und die ›Odyssee‹ sind in dieser Sicht also nicht das Werk *eines* Dichters. Diese Homerauffassung hat bereits die Vorstellungen der Romantiker von der Entstehung auch des Nibelungenliedes nachhaltig beeinflußt. So haben z. B. August Wilhelm *Schlegel* und Ludwig *Tieck*, unter Berufung auf das griechische Vorbild, die Frage nach dem Verfasser des Nibelungenliedes in dem Sinne beantwortet, daß es vergeblich sei, nach einem einzigen Dichter zu suchen, und A. W. Schlegel hat ausdrücklich von den Rhapsoden und Diaskeuasten des Nibelungenliedes gesprochen. Einen extremen Standpunkt in der damals lebhaft geführten Diskussion über die Entstehung des Nibelungenepos vertrat der junge Jacob *Grimm*, wenn er gemäß seiner Ansicht von der Kollektivpoesie des Volkes überhaupt jegliche individuelle Verfasserschaft der Volkspoesie ablehnt und die These von der Autogenese des Epos verficht: »Jedes Epos muß sich selbst dichten, von keinem Dichter geschrieben werden« (Von Übereinstimmung der alten Sagen, in: Neuer literarischer Anzeiger, 1807, Nr. 36, S. 568–571; s. jetzt J. G., Kleinere Schriften, Bd. 4, 1869, Nachdruck 1965, S. 9–12 [das Zitat S. 10]).

Karl *Lachmann* übertrug die Wolfsche Homerliedertheorie konsequent auf das Nibelungenlied (mit dem Hinweis auf Wolf beginnt Lachmann auch seine Schrift) und führte sie im einzelnen aus. Wolf selbst hat aus den Homerischen Epen keine Einzellieder ausgeschieden. Das tat für die ›Ilias‹ erst Lachmann (1837 ff.), der hier wiederum als Klassischer Philologe arbeitete. Lachmann glaubt, daß das Nibelungenlied »oder bestimmter, die Gestalt desselben, in der wir es, aus dem Anfange des dreizehnten Jahrhunderts uns überliefert, lesen, aus einer noch jetzt erkennbaren Zusammensetzung einzelner romanzenartiger Lieder entstanden« sei (S. 1). Das heißt: Das Nibelungenlied ist entstanden durch die Summierung, die Addition ursprünglich selbständiger Einzellieder episodischen Inhalts, die auf verschiedene Verfasser zurückgehen (was nicht ausschließt, daß gelegentlich zwei Lieder von ein und demselben Dichter stammen). Eine vollständige Zusammenstellung der Anfänge der Einzellieder hat Lachmann in seiner frühen Untersuchung ebensowenig mitgeteilt wie exakte Angaben über die nach seiner Meinung unechten, interpolierten Strophen. In beiden Fällen hat er seine Ansichten später im einzelnen modifiziert oder sogar korrigiert. Vor allem aber wird man in der Abhandlung ›Über die ursprüngliche Gestalt [. . .]‹ vermissen, was uns heute als etwas Selbstverständliches erscheint: die explizite Darlegung der für die praktizierte Scheidekunst herangezogenen Kriterien. Das hat erst Lachmanns Schüler Karl *Müllenhoff* im Jahre 1855 in seiner Schrift ›Zur Geschichte der Nibelunge Not‹ nachgeholt. Lachmann stützt sich auf die Beobachtung von ›Nahtstellen‹ innerhalb des überlieferten Textes, die den Beginn eines neuen Liedes anzuzeigen scheinen, auf Unstimmigkeiten und Widersprüche (auch in Zahlenangaben), auf unnötige Wiederholungen, weiter auf sprachliche und formale Kriterien und ähnliches. In seinen zwanzig Jahre später, also 1836, erschienenen ›Anmerkungen zu den Nibelungen und zur Klage‹ hat Lachmann dann seine Liedertheorie dahingehend präzisiert, daß er mit großer Bestimmtheit 20 Einzellieder glaubt unterscheiden zu können. Diese Einzellieder, die Lachmann auch als Volkslieder bezeichnet – als Volkslieder aus der Zeit von 1190 bis 1210 –, sind an der Geschlossenheit ihrer Fabel, dazu auch an der konsequenten Durchführung bestimmter Formprinzipien, besonders in der Metrik, zu erkennen. Mit Recht hat Hendricus Sparnaay hervorgehoben, daß Lachmanns Beweisführung »manchmal zwischen überspitzter Logik und einer allzu hohen Einschätzung der Gestaltungskraft des Lieddichters hin- und herzuschwanken scheint« (Karl Lachmann als Germanist, S. 70).

Seiner Ausgabe des Nibelungenliedes (1. Auflage 1826) legte Karl *Lachmann* die Hohenems-Münchener Hs. A zugrunde (vgl. unten, S. 73), die nach seiner Überzeugung den ältesten und insofern besten Text überliefert, der in der St. Galler Hs. (B) und noch einmal in der Hohenems-Laßbergschen Hs. (C) erweiternd und glättend überarbeitet worden sei. Lachmanns Bevorzugung der Hs. A – die in der (unhaltbaren) Behauptung gipfelt: »Jedes Wort, das nicht in A steht, hat keine größere Beglaubigung als eine Conjectur« – erklärt sich daraus, daß die von ihr repräsentierte Fassung dank ihres unebenen Charakters, dank des öfters nur lockeren Zusammenhangs der Strophen die Genese des Epos, wie Lachmann sie sah – die Zusammenfügung der ursprünglich selbständigen Einzellieder –, besser bewahrt zu haben schien als die beiden anderen Haupthandschriften. Die Mängel der Hs. A hat Lachmann dabei keineswegs übersehen.

Hatte Lachmann in der Ausgabe aus dem Jahr 1826 nur relativ wenige Strophen als unecht markiert, so zog er aus seinen ›Anmerkungen‹ schließlich die Folgerung, daß nicht weniger als 879 Strophen (!) unecht seien, daß mit anderen Worten von den 2316 Strophen der Fassung A lediglich 1437 als echt gelten könnten (so in der 2. Auflage, 1841). Und eben diese verteilen sich auf die 20 Lieder, unter denen das letzte nicht nur wegen seines Umfangs von 287 Strophen, sondern auch wegen des hohen künstlerischen Ranges, den Lachmann ihm zuschreibt, eine Sonderstellung einnimmt. So hat er auch in der Schlußpartie von den 294 überlieferten Strophen nur 7 athetiert, während es in anderen Teilen des Epos über 40% sein können.

Es fehlte zwar auch zu Lachmanns Lebzeiten nicht an abweichenden Auffassungen und an Gegenstimmen , doch verhallten sie ziemlich ungehört. Eine zu Lachmanns Ansichten konträre Position vertrat vor allem Friedrich Heinrich *von der Hagen* in seinen verschiedenen Schriften über das Nibelungenlied (u. a. ›Die Nibelungen: ihre Bedeutung für die Gegenwart und für immer‹, 1819). Er betont gegenüber Lachmann die Einheit der Dichtung und die Unmöglichkeit, sie aus kurzen Einzelliedern hervorgegangen zu denken, und er verweist darauf, daß es nicht angängig sei, Wolfs Homerliedertheorie auf das mhd. Epos zu übertragen. In einer späten Äußerung zum Nibelungenlied, als sein Antipode Karl Lachmann schon verstorben war, hat er kritisch von der »atomistischen Vorstellung von der Entstehung des Nibelungenliedes« gesprochen, gegen die er sich stets gewandt habe. Zwischen den verschiedenen Theorien zu vermitteln versuchte Wilhelm *Müller* (1812 – 1890) in seiner Schrift ›Über die Lieder von den Nibelungen‹ (1845). Zwar lehnte er, gleich Lachmann, die Auffassung von *einem* Dichter des Nibelungenliedes ab, sah in dem Epos aber andererseits mehr als eine »bloße Sammlung von Liedern«, die das Werk eines Ordners oder mehrerer Ordner sei, vielmehr sei es allmählich »zusammengesungen« worden – eine Vorstellung, die sich durchaus an Jacob Grimms Ansicht von der Autogenese des Epos anlehnen könnte (so Otfrid *Ehrismann*, 1975, S. 131/32, Anm. 88). Wenn Müller statt der 20 ursprünglichen Lieder Lachmanns nur 8 gelten ließ, so bedeutet das keine Absage an die Liedertheorie oder ihre Widerlegung, und dennoch war sie mit dieser Modifikation nicht mehr die, die Karl Lachmann in der Nibelungenforschung inauguriert hatte.

In der zweiten Hälfte des 19. Jh.s war die wissenschaftliche Beschäftigung mit dem Nibelungenlied dann von einem so bekannten wie erbittert ausgetragenen und unerquicklichen Streit überschattet – unerquicklich deshalb, weil die Protagonisten die persönliche Verunglimpfung des Gegners nicht scheuten. Es ging bei dieser Auseinandersetzung um die richtige Ansicht von der Genese des Nibelungenliedes und, eng damit zusammenhängend, um die Bewertung der drei Haupthandschriften A, B und C. Auf die wechselnde Beurteilung der Handschriftenverhältnisse werden wir im dritten Kapitel näher eingehen. Hier genügt es, zu sagen, daß Adolf *Holtzmann* (1810 – 1870) und Friedrich *Zarncke* (1825 – 1891) sich entgegen Lachmann für den Vorrang der Hs. C entschieden, die sie auch ihren Ausgaben des Nibelungenliedes zugrunde legten, während Karl *Bartsch* (1832 – 1888), dem wir die kritische Ausgabe des Nibelungenliedes aufgrund der Hs. B verdanken, und vor allem Wilhelm *Braune* (1850 – 1926) die für viele Jahrzehnte von der Mehrzahl der Forscher als endgültig betrachtete Entscheidung zugunsten der in der Hs. B überlieferten Fassung brachten.

In Adolf *Holtzmanns* ›Untersuchungen über das Nibelungenlied‹ (1854) findet sich nicht nur sein Votum für die Hs. C, sondern auch die Zurückweisung von Lachmanns Liedertheorie. Holtzmann hebt gegenüber Lachmann die Einheitlichkeit der Dichtung hervor, die nur durch die Annahme *eines* Dichters erklärbar sei. In dem überlieferten Epos sieht er die letzte in einer Reihe von Bearbeitungen einer im 10. Jh. entstandenen Dichtung. Friedrich *Zarncke* trat alsbald Holtzmann zur Seite (Besprechung des Holtzmannschen Buches in dem von ihm gegründeten ›Literarischen Centralblatt für Deutschland‹; ›Zur Nibelungenfrage‹, 1854). Während er in der Handschriftenfrage, also in der Abwertung der Hs. A und in der Präferierung der Hs. C, vollständig mit Holtzmann übereinstimmt, teilt er dessen Ansicht über die Entstehung des Nibelungenliedes nicht. Der doppelte Angriff von Holtzmann und Zarncke löste heftige Erwiderungen von Lachmanns Schüler Karl *Müllenhoff* (1818 – 1884) aus. In seiner Abhandlung ›Zur Geschichte der Nibelunge Not‹, im Dezemberheft der ›Allgemeinen Monatsschrift für Wissenschaft und Literatur‹ noch 1854 und gesondert 1855 erschienen, bekennt er sich ganz zu Lachmanns Liedertheorie, ergänzt sie aber durch die These, daß als eine Zwischenstufe zwischen den nur mündlich tradierten Einzelliedern und dem Epos die schriftliche Fixierung einzelner Lieder und darauf beruhend die Entstehung epischer Liederbücher eingeschoben werden müsse. Aus den »Liedergruppen«, wie sie die »Liederbücher« enthielten, sei dann durch einen Ordner das Nibelungenepos zusammengefügt worden. Festgehalten zu werden verdient die von Müllenhoff in dieser Abhandlung ausgesprochene Einsicht, Dichtungen wie das Nibelungenlied und die ›Kudrun‹ müßten in denselben Kreisen entstanden sein wie Hartmanns ›Iwein‹ und Wolframs ›Parzival‹, nämlich »in den edelsten Kreisen des Landes«. In seiner Besprechung von Holtzmanns ›Untersuchungen über das Nibelungenlied‹, in der er auch auf Zarnckes Arbeit einging, überschritt Müllenhoff dann den Bereich sachlich-wissenschaftlicher Argumentation und ließ sich zu persönlichen, gehässigen Anfeindungen und Invektiven hinreißen – ein Verfahren, das sich schon einmal 1846 in seiner Besprechung der Untersuchungen Wilhelm Müllers angedeutet hatte. Wilhelm *Müller* seinerseits nahm sich in seiner Besprechung von Müllenhoffs ›Geschichte der Nibelunge Not‹ (GGA, 1855) dessen Liederbüchertheorie vor, um sie als unhaltbar zu erweisen, wandte sich aber jetzt sehr viel entschiedener als zehn Jahre zuvor auch gegen Lachmanns These, das Nibelungenepos sei das Ergebnis einer Sammlung von Liedern. Die Vorstellung von dem einen Dichter des Nibelungenliedes lehnte er jedoch nach wie vor ab. Adolf *Holtzmann* äußerte sich in diesem nicht allein wissenschaftlichen, sondern auch persönlichen Streit erneut mit seiner köstlichen Schrift ›Kampf um der Nibelunge Hort gegen Lachmanns Nachtreter‹ (1855) gegen die dogmatische Lachmannschule (Müllenhoff – der nicht allein starr an Lachmanns Liedertheorie für das Nibelungenlied festhielt, sondern sie auch konsequent auf die ›Kudrun‹ übertragen hatte [1845] –, Moriz Haupt). Eine nachhaltige Widerlegung der Lachmann/Müllenhoffschen Liedertheorie brachte im Jahr 1859 Heinrich *Fischers* ›Streitschrift‹ ›Nibelungenlied oder Nibelungenlieder?‹. Sein Fazit: Das Nibelungenlied ist das Werk *eines* Dichters, und den ursprünglichen Text bietet, von einzelnen Verderbnissen abgesehen, die Hs. C (S. 149). Als Rudolf *Henning* 1883 in seinen ›Nibelungenstudien‹ noch einmal Lachmanns Thesen zu verteidigen suchte, führte er einen längst verlorenen Kampf.

Von Andreas Heusler (1905) bis zur Mitte des 20. Jahrhunderts

Vollends überwunden wurde die Lachmannsche Liedertheorie durch Andreas *Heusler* (1865–1940), dessen Name in der Nibelungenforschung für immer einen Markstein bedeuten wird. Es ist hier zunächst Heuslers kleine Schrift ›Lied und Epos in germanischer Sagendichtung‹ aus dem Jahre 1905 anzuführen, zu der die Anregung aus England kam – wie seinerzeit für die Beschäftigung mit Homer, aus der die Liedertheorie oder, wie Heusler sie nennt, die »Sammeltheorie« hervorging (William Paton *Ker* [1855–1923], Epic and Romance. Essays on Medieval Literature, 1897 [^{2}1908, unveränderter Nachdruck 1957]). Wie Lachmann in dem ersten Satz seiner Untersuchung ›Über die ursprüngliche Gestalt des Gedichts von der Nibelungen Not‹, mit der er eine völlig neue Phase der Nibelungenforschung eröffnete, auf Friedrich August Wolf hinweist, so Andreas Heusler in dem ersten Satz der seinen, mit der er das von Lachmann errichtete Gebäude endgültig zum Einsturz brachte, auf W. P. *Ker.* Im Anschluß an Ker stellt Heusler grundsätzlich den Unterschied zwischen Lied und Epos klar. Es ist in erster Linie ein Unterschied in der Erzählweise: »Auf der einen Seite ein gedrungener, andeutender, springender Stil; die ›liedhafte Knappheit‹. Auf der andern Seite ein gemächlicher, verweilender, ausmalender Stil; die ›epische Breite‹« (S. 27 [zitiert nach dem Neudruck]). »Der Weg vom Liede zum Epos ist Anschwellung; Verbreiterung des Stiles« (S. 30), nicht aber die Addierung von Einzelliedern. »Nach der Sammeltheorie verhält sich das Epos zum Liede wie eine Menschenreihe zum einzelnen Menschen; oder wie ein Baumspalier zum einzelnen Baume« (S. 30). In Wirklichkeit gilt nach Heusler: »Das Epos verhält sich zum Liede wie der erwachsene Mensch zum Embryo; wie der weitverästelte Baum zur jungen Pflanze« (ebd.). Die von Lachmann und den Lachmannianern angenommenen (episodischen) Einzellieder seien Unformen, die es in der Realität gar nicht gegeben habe: »Ein Lied erzählt nicht eine Episode, sondern eine ganze Fabel. *Die epische*

Fabel und der Liedinhalt decken sich« (S. 12 [die Hervorhebung bei H.]). So erhellend Heuslers Klarstellung ist: er hat die Unterschiede zwischen Lied und Epos zu starr hervorgehoben und Übergangsformen nicht anerkannt. Vor allem aber wird die Existenz von Liedern auch episodischen Inhalts heute, entgegen Heusler, wieder überwiegend eingeräumt. »In seiner Bekämpfung der Liedertheorie ist Heusler in das andere Extrem gefallen. Wir müssen mit beiden Liedformen rechnen, mit Liedern, die eine längere Ereigniskette haben und damit eine größere Szenenfülle aufweisen, und mit solchen, die eine einzelne Episode aus dem Leben des Helden behandeln. [. . .] Die Grenzen zwischen beiden Liedformen sind durchaus unscharf« (Franz Rolf *Schröder*, GRM 41, 1960, S. 116).

Weite Verbreitung fand dann Andreas *Heuslers* Buch ›Nibelungensage und Nibelungenlied. Die Stoffgeschichte des deutschen Heldenepos‹ (zuerst 1921 [zitiert nach der 6. Aufl., 1965]). Die dortigen Darlegungen, die für breitere Kreise bestimmt sind, werden ergänzt (und sind fundiert) durch eine ganze Reihe von bedeutsamen Einzeluntersuchungen Heuslers, die jetzt alle in seinen ›Kleinen Schriften‹ zugänglich sind (Bd. 1, 1943, Nachdruck 1969; Bd. 2, 1969). Das Buch gliedert sich in zwei Teile: 1. Die Vorgeschichte des Nibelungenlieds, 2. Das Nibelungenlied. Nordische Quellen – die Überlieferung der ›Edda‹ und die Thidrekssaga (vgl. unten, S. 54f.) – helfen Heusler, die Vorgeschichte des Nibelungenliedes im einzelnen zu erhellen und einen Stammbaum des Nibelungenliedes aufzustellen:

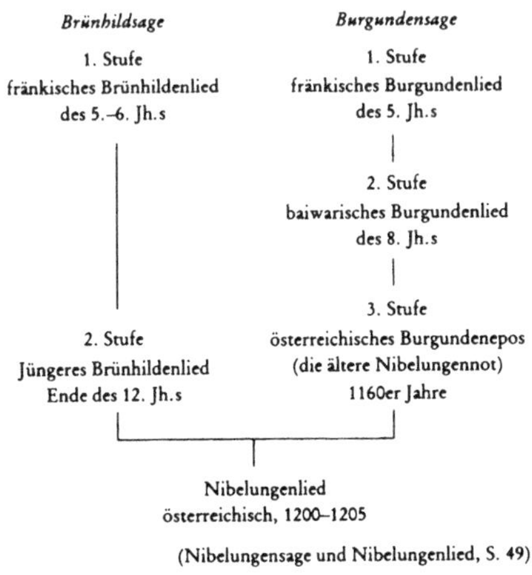

(Nibelungensage und Nibelungenlied, S. 49)

Die Vorgeschichte des Nibelungenliedes hat sich in zwei Strängen abgespielt, die erst von dem Nibelungendichter um 1200 verbunden worden sind: die Brünhildsage und die Burgundensage oder, wie man auch sagen kann, die Brünhilddichtung und die Burgundendichtung, da es nach Heusler keine Helden*sage* außerhalb der Helden*dichtung* gibt. Die Entwicklung der Brünhilddichtung hat vor dem hochmittelalterlichen Nibelungenlied zwei, die Burgundendichtung drei Stufen durchlaufen. (Zur Kennzeichnung der einzelnen Stufen vgl. unten, S. 60ff.)

Fünf Dichter, nicht weniger und nicht mehr, haben also nach Heusler die Nibelungensage geschaffen und schöpferisch weiterentwickelt, bevor der sechste die beiden Äste vereinigt hat. Es ist charakteristisch für Heuslers Betrachtungsweise, daß er die Genese des Nibelungenstoffes als das Werk nur weniger, aber bedeutender Dichterpersönlichkeiten sieht. Die Tätigkeit des letzten Dichters kennzeichnet er in sechsfacher Weise:

»Er hat erstens die beiden Sagen zu *einem* Dichtwerk verkettet. Darum hat er zweitens eine einheitliche Form durchgeführt, und zwar die Langstrophe der größern Quelle. Drittens hat er die beiden Teile innerlich einander angeglichen. Das Ganze hat er viertens höfisch verfeinert, in der Sittenschilderung wie im Seelenleben. Er hat fünftens Sprache und Vers den Ansprüchen der Zeit gerecht gemacht. Sechstens endlich hat er ausgeweitet, bereichert, und zwar gab er den beiden Teilen ungefähr gleiches Maß« (S. 52).

Andreas *Heusler*, den einst Julius Hoffory für die Nordistik gewonnen hatte, hat sein Nibelungenbuch wesentlich als Skandinavist geschrieben – ein Zugang zur deutschen Heldendichtung, der im 19. Jh. vor allem mit dem Namen August *Raßmann* verbunden ist. Man spürt es auf Schritt und Tritt, ja, es läßt sich aus einer ganzen Anzahl von Textstellen klar erweisen, daß Heusler mit seinem Herzen bei der alten Dichtung ist und der aus dem christlich-höfischen Hochmittelalter stammenden jüngsten, trotz äußerst feinsinniger Beobachtungen, nicht immer gerecht zu werden vermocht hat. Der von Heusler aufgestellte Stammbaum des Nibelungenliedes hat für längere Zeit weithin nahezu kanonische Geltung erlangt – gewiß nicht zuletzt wegen seiner eingängigen, einfachen Form und bestechenden Klarheit. Daß Heusler persönlich nicht daran gedacht hat, seine Darlegungen zu einem Dogma zu erheben, hätten diejenigen, die dazu neigten, seiner Schrift selbst entnehmen können. In ihr stößt man auf Sätze wie diese: »Sehr viel öfter, als es geschehen ist, hätten wir durch ein ›wahrscheinlich‹ oder ›man darf vermuten‹ den Leser erinnern können, daß eine solche Vorgeschichte über das Beweisbare häufig hinausmuß; baut sie doch mit lauter mittelbar erhaltenen Stufen!« (S. 151). Oder: »Gar oft bleibt ein Fragezeichen« (S. 121).

Wir vermögen heute zu sagen, daß Heuslers Thesen nicht die endgültige Lösung der mannigfachen Probleme der Vorgeschichte des Nibelungenliedes bedeuten, wohl auch kaum im Grundsätzlichen; für die Einzelheiten war man (und auch Heusler selbst) sich dessen ja immer bewußt gewesen. Heuslers eindrucksvolle Konzeption stellt vielmehr nur eine – allerdings überaus wichtige – Etappe in der Nibelungenforschung dar, die, wie man inzwischen sehr deutlich sieht, an (zeitbedingte) wissenschaftstheoretische und ästhetische Vorstellungen und Vorentscheidungen gebunden ist, die gleichermaßen Größe und Grenzen seiner Bemühungen um das Nibelungenlied und dessen Vorgeschichte bestimmen. Nicht aufrechtzuerhalten ist Heuslers Ansicht von der lange Zeit hindurch bewahrten, sich auch auf die Textform erstreckenden Konstanz der Heldenlieder (auf welcher Annahme weithin die ins einzelne gehende Rekonstruktion der ›Vorstufen‹ beruht). Noch einmal sei eine Äußerung Franz Rolf *Schröders* als repräsentativ für die neuere, den tatsächlichen Verhältnissen angemessenere Betrachtungsweise angeführt: »Wir müssen uns überhaupt von der Vorstellung – an der auch Heuslers germanische Heldenliedtheorie krankt – freimachen, als sei jede chanson de geste – wie etwa Goethes ›Hermann und Dorothea‹, wo jeder Vers und jede Szene ihren festen, unverrückbaren und unantastbaren Platz haben – ein unwiederholbares, geschlossenes Ganze« (GRM 41, 1960, S. 113). Alle weitreichenden Schlußfolgerungen für die Vorgeschichte des mhd. Nibelungenepos, die auf *einer* Stelle oder auf wenigen Stellen beruhen, sind darum fragwürdig: es ist eben nicht möglich, nicht erhaltene Heldendichtungen aufgrund von (unter Umständen sehr viel) später überlieferten Texten zu rekonstruieren, weil Heldendichtungen potentiell immer im Fluß sind, anders als Heusler meinte. Zu den zumindest fraglich gewordenen Grundauffassungen Andreas Heuslers gehört seine Gleichsetzung von Heldensage und Heldendichtung, nach der die Heldensage allein im Lied gelebt habe, erst in dem und mit dem Lied entstanden und nur im Lied weitergegeben worden sei. Diese These hat dann Hermann *Schneider* (1886 – 1961) seiner großen dreibändigen Darstellung der ›Germanischen Heldensage‹ (1928/33/34) zugrunde gelegt und sie gegenüber gewissen Zugeständnissen, zu denen Heusler bereit war, noch zugespitzt. Ein Vierteljahrhundert später hat Schneider seine frühere Position radikal revidiert (Beitr. 77 [Tüb.], 1955): »Mit dieser Anschauung, daß nur das Liedgewordene fähig und würdig sei, die Jahrhunderte zu überdauern [. . .], sollte ein Ende gemacht werden« (S. 76 = WdF, Bd. 14, S. 322). Vorangegangen in der Kritik an Heusler waren Felix *Genzmer* (1948) und namentlich Hans *Kuhn* (1952), dieser in einem vielbeachteten Aufsatz mit dem programmatischen Titel ›Heldensage vor und außerhalb der Dichtung‹, in dem er zu zeigen sucht, daß es Heldensage, nach Kuhn sogar »viel Heldensage«, außerhalb des geformten Heldenliedes gegeben habe. Wie wenig Einhelligkeit in dieser Frage indes besteht, geht daraus hervor, daß Klaus von *See* in seiner ›Germanischen Heldensage‹ (1971) wieder für eine Rückkehr zum Heuslerschen Standpunkt plädiert: »Im allgemeinen wird es so sein, daß dasjenige Sagengut, das in dem einen Lied unterdrückt oder an den Rand geschoben ist, in anderen Liedern erzählt ist und von dorther den Hörern bekannt war« (S. 104 f.). Er meint, »daß das Lied die ursprüngliche und typische Form gewesen ist, daß die ungeformte Sage daneben nur eine beiläufige, als literarische Gattung durchaus nicht faßbare Rolle spielte« (S. 110). Mit der großen Mehrheit der neueren Forschung stimmt Klaus von See freilich darin überein, »daß man mit vielen verlorengegangenen Liedern rechnen muß, d. h. mit wesentlich mehr Liedgut, als es Heusler zulassen wollte« (ebd.). Nicht unerwähnt bleiben darf in diesem Zusammenhang, daß in jüngerer Zeit der namhafte amerikanische Skandinavist Theodore M. *Andersson* in der Quellenfrage und damit auch in der Annahme nur weniger Vorstufen des Nibelungenliedes prinzipiell wieder ganz Heuslers Position vertritt.

Wenn das von Heusler rekonstruierte Stemma des Nibelungenliedes auch weite Verbreitung und zahlreiche Zustimmung gefunden hat, so hat es doch nicht an Forschern gefehlt, die, teils etwa gleichzeitig mit seinen Untersuchungen, teils noch nach seinem zusammenfassenden Buch vom Jahre 1921, die Vorgeschichte des Nibelungenliedes mehr oder weniger abweichend von ihm dargestellt haben. So hat Carl *Wesle* 1926 als Vorlage des ersten Teils des Nibelungenliedes nicht mehr ein Lied, sondern ein Sigfrid*epos* erschlossen (*Sigfrid*epos deshalb, weil in ihm über weite Strecken Sigfrid und nicht Brünhild im Vordergrund gestanden habe). Hans *Sperber* suchte sogar eine modifizierte ›Liedertheorie‹ gegen Heusler zu verteidigen (1928), und zumindest darin, daß die Vorgeschichte des mhd. Epos vielgestaltiger war, als Heusler annahm, wird man ihm recht geben. Das geringe Zutrauen, das er in die Innovationen (»Erfindung und Gestaltungskraft«, S. 138) des Nibelungendichters setzt, ist freilich seinerseits irrig.

Abweichend von Heusler wurde (und wird) besonders der Zeitpunkt beurteilt, zu dem die beiden Sagenstränge verbunden worden sind. Nach Karl *Droege* und Heinrich *Hempel* ist dies bereits im ersten Drittel des 12. Jh.s geschehen, und zwar in einem rheinischen Nibelungenepos. Später hat sich, ausgehend von der Beobachtung der Bilderfolgen auf skandinavischen Bilddenkmälern, Karl *Hauck* sogar dafür ausgesprochen (DVjs. 31, 1957), daß die Erzählungen von Sigurds/Siegfrieds Tod und vom Burgundenuntergang im Nordischen schon im frühen Mittelalter verbunden gewesen seien, und zwar aufgrund der um 800 datierten sog. Lärbro-Gruppe der Gotländischen Bildsteine bereits im 8. Jh. Er zieht daraus die Folgerung: »Heuslers Rekonstruktion der Vorgeschichte der zwei Teile des Nibelungenepos wird also von diesen und anderen [...] Denkmälern widerlegt« (S. 367). Dieser Schluß kann jedoch von den auf den Bilddenkmälern dargestellten Szenen nicht getragen werden – die skandinavischen Bilddenkmäler erlauben keine Rekonstruktion verlorener Dichtungen. Wohl aber können sie bestätigen, daß die beiden Teile der Nibelungensage, die in den eddischen Liedern getrennt geblieben und nicht zu *einer* Dichtung verschmolzen worden sind (vgl. unten, S. 50ff.), sehr wohl inhaltlich-logisch miteinander verknüpft waren. Mit einer Formulierung von Hanns *Midderhoff*: »Eine dichterische Zusammenfassung im Sinne des mhd. Epos ist den Eddaliedern zwar nicht beschieden worden, aber sie haben doch das Motiv der Vergeltung für Sigurd, also die Gattenrache, zu gestalten und damit eine inhaltlich-logische Verknüpfung beider Teile herzustellen versucht« (ZfdA 95, 1966, S. 250 f.).

Die Parole der nachheuslerschen Nibelungenforschung war vielfach, ›über Heusler hinauszukommen‹. Den am breitesten angelegten Versuch dieser Art stellt das dickleibige Werk Dietrich *Kraliks* (1884 – 1959) ›Die Sigfridtrilogie im Nibelungenlied und in der Thidrekssaga‹ (1941) dar, das trotz seiner 870 Seiten nur der erste von vier angekündigten Bänden ist.* (Die anderen drei Bände sind nie erschienen und haben wohl auch aus inneren, in der Sache selbst liegenden Gründen nicht erscheinen können.) Den 1941 im einzelnen entwickelten Standpunkt hat Kralik in großen Zügen und im Grundsätzlichen bereits früher konzipiert; s. seinen Beitrag ›Deutsche Heldendichtung‹, in: Das Mittelalter in Einzeldarstellungen, 1930, S. 168–193. Nach Kralik liegen jedem Teil des Nibelungenliedes mehrere Lieder zugrunde, und zwar nicht Lieder episodischer Art im Sinne Lachmanns, sondern echte Heldenlieder mit je selbständiger, in sich geschlossener Fabel. Dabei handelt es sich zeitlich um Parallellieder, aus deren Verschmelzung das Epos entstanden zu denken sei. Für den ersten Teil seines Epos habe der Nibelungendichter, in dem Kralik im wesentlichen einen Kombinator und Kompilator sieht, drei Sigfridlieder benutzt: das Grimhildlied von Sigfrids Tod und das Brünhildlied von Sigfrids Tod als Tragödien und das Lied von Sigfrids Hochzeit als Komödie. Das Grimhildlied und das Brünhildlied gehen zurück auf Urschöpfungen in Stabreimversen im 5. Jh. oder um 500, die Komödie des Hochzeitsliedes

---

* Bequemer zugänglich als in dieser voluminösen und nicht leicht lesbaren Darstellung sind Kraliks Ansichten in seinem Beitrag über das Nibelungenlied im zweiten Bande des Sammelwerks ›Von deutscher Art in Sprache und Dichtung‹, 1941, S. 189–233, und auch in seiner Einleitung zur Ausgabe der *Simrockschen* Übersetzung des Nibelungenliedes, 1954 (= KTA, Bd. 36).

wurde um die Mitte des 12. Jh.s in Endreimversen geschaffen. Auch für den zweiten Teil des Epos hat der Dichter nach Kralik nicht nur eine einzige poetische Hauptquelle zugrunde gelegt, sondern »vor allem zwei pathetisch-heroische Gedichte benützt« (Von deutscher Art [. . .], Bd. 2, 1941, S. 224), die ›Grimhildrache‹ (das Rachelied) und die ›Nibelungennot‹ (die Notdichtung). »Im zweiten Teil des Nibelungenepos finden sich aber auch noch Spuren der Benützung eines dritten Stückes, das wieder keine Tragödie, sondern eine Komödie war« (KTA, Bd. 36, 1954, S. XLI). Kralik nennt sie das Wettkampflied.

Dietrich Kralik und andere stützen sich bei ihrem Bemühen, Heuslers Bild von der Entwicklung des Nibelungenstoffes zu revidieren, wie Heusler selbst, auf die germanische (die deutsche und die skandinavische) Dichtung. Der Romanist und Komparatist Kurt *Wais* (geb. 1907) hat demgegenüber Textzeugen für die Vorgeschichte des Nibelungenliedes auch in zahlreichen anderen Literaturen nachzuweisen versucht (1953), so daß die Nibelungendichtung nicht nur ein »nationaler«, sondern ein »gesamteuropäischer Besitz« wäre (vgl. S. 28). »Es ist ein epischer Groß-Organismus, in welchem [. . .] verschiedene, ursprünglich selbständige Sagengestalten aufgingen, teils an Fülle zunehmend, teils verarmend« (ebd.). Beweiskräftig für die genetische Zusammengehörigkeit von Dichtungen in den verschiedenen Sprachen sind natürlich nicht übereinstimmende Einzelmotive, sondern nur Motivketten, »breitere epische Gebilde von nicht mehr zufälliger, sondern zwingend geprägter Reihenfolge der Motive« (S. 26). »Fünf bisher unerschlossen gebliebene Fassungen des Burgunder-Untergangs« (S. 210) glaubt Wais auf diese Weise wiedergewonnen zu haben: eine ungarische, eine altspanische, eine angelsächsische, eine nordgermanische (die ›Proto-Völsungen-Fassung‹) und eine keltische (kymrische). Am Ende seiner verschlungenen Untersuchungen hat Kurt Wais seine Überzeugung bekundet: »Nicht alle, wohl aber die wesentlichen Unklarheiten über die Geschichte des Nibelungenstoffes sind damit beseitigt« (S. 210). Es hat sich sehr bald gezeigt, daß diese Überzeugung voreilig oder trügerisch war. Heuslers genetisches Nibelungenstemma ist zweifellos eher eine idealtypische Reduktion oder ein Modell als die Wiedergabe der tatsächlichen Entwicklung in ihrer Vielfalt. Kurt Wais' Bemühen, gerade diese tatsächliche Entwicklung in den Griff zu bekommen, hat hingegen letztlich nur die Einsicht bestätigen können, daß unsere Möglichkeiten hierzu nicht ausreichen.

Auf eine gänzlich neue Grundlage stellte die Betrachtung des Nibelungenliedes Friedrich *Panzer* (1870 – 1956) durch seine ›Studien zum Nibelungenliede‹ (1945) und durch sein Buch ›Das Nibelungenlied. Entstehung und Gestalt‹ (1955). Dazu tritt eine ganze Anzahl von Einzeluntersuchungen, die er in diesem Jahrzehnt veröffentlicht hat (vgl. die Literaturangaben unten, S. 38). Panzer hatte bereits früher (1912) dem Nibelungenlied eine wichtige Untersuchung gewidmet, in der er die Märchenforschung in den Dienst der Erhellung der Vorgeschichte der Dichtung stellte, wie schon 1901 für die ›Kudrun‹. So hat er etwa in der Erzählung des Nibelungenliedes von der Werbung um Brünhilt die Heroisierung eines russischen Brautwerbermärchens gesehen. Seine ›Studien‹ aus dem Jahre 1945 zeigen, daß das Nibelungenlied weit mehr im literarischen Leben seiner Zeit verankert und insbesondere viel stärker mit der französischen Dichtung verbunden ist, als man bis dahin angenommen hatte. Panzer konnte dabei anknüpfen an die Feststellung Samuel *Singers* (1860 – 1948) vom Jahre 1917, daß die Erzählung des Nibelungenliedes von Siegfrieds Tod und Begräbnis in einer Reihe von Zügen auffallend dem provenzalischen Epos ›Daurel et Beton‹ ähnele und hier der provenzalischen Dichtung bzw. ihrer nordfranzösischen Vorlage gefolgt sei. Panzer sucht nun auf der Basis breiter Quellenvergleiche im einzelnen nachzuweisen, wie stark die französische Nationalepik auf die stofflich-motivische Ausformung des Epos von *der Nibelunge nôt* eingewirkt habe: mehrere Aventiuren und Partien des Nibelungenliedes haben nach Panzer ihre Vorlagen in französischen Dichtungen (›Daurel et Beton‹, ›Renaus de Montauban‹ u. a.).

Daß motivische Übereinstimmungen zwischen der französischen und der deutschen Heldenepik bestehen, ist unbestreitbar. Die von *Panzer* gegebene Erklärung (unmittelbare Einwirkung französischer Dichtungen auf das Nibelungenlied) ist aber nicht die einzig mögliche. Namentlich Hermann *Schneider* hat, schon 1926, den Begriff der ›Motivgemeinschaft‹ entwickelt (Deutsche und französische Heldenepik, in: ZfdPh 51, 1926, S. 200 – 243; wieder abgedruckt in: H. Sch., Kleinere Schriften zur germanischen Heldensage und Literatur des Mittelalters, 1962, S. 52 – 95). »Die deutsche und die französische Heldenepik ist zusammengehalten durch eine ausnehmend weit und ins Einzelne gehende Motivgemeinschaft. Von einem bewußten und individuellen Nehmen und Geben ist dabei nicht mehr die Rede« (ZfdPh 51, S. 207 = Wiederabdruck, S. 59). In ausdrücklicher Auseinandersetzung mit Panzer hat Hermann Schneider auch später an der Vorstellung festgehalten, »daß bestimmte Motivketten ohne fühlbaren literarischen Zusammenhang sich wiederholen« (Euph. 45, 1950, S. 494), und er hat dargelegt, »daß auch der starke, unzweifelhafte Anklang eines mittelalterlichen Literaturwerks an ein anderes noch keinen Beweis für ein direktes literarisches Abhängigkeitsverhältnis erbringt. Berührungen konnten sich auch auf andere Weise einstellen; die unterirdischen Quellen waren stärker und wirksamer, die heimlichen Vorratsmagazine für die Erzähldichtung des Orients wie des Westens die reicheren« (S. 495). Prinzipiell muß sowohl mit der von Panzer wie mit der von Hermann Schneider vertretenen Möglichkeit gerechnet werden, wobei Schneiders Erklärung häufiger zutreffen wird als die Panzers. Im konkreten Falle bedarf es jeweils einer sorgfältigen Untersuchung unter Einbeziehung und Abwägung aller in Frage kommenden Umstände. Doch ist es auch dann nicht immer möglich, eine verbindliche Entscheidung zu treffen.

Das zweite wichtige Ergebnis von Panzers ›Studien‹ ist die These, daß im Nibelungenlied die Zeitgeschichte weit mehr gespiegelt sei, als man bisher (wenn überhaupt) geglaubt hatte. So ist nach Panzer das Idyll von Bechelaren (27. Aventiure) »nichts anderes als die anmutige Episierung des Empfanges, den Friedrich I. auf seiner Kreuzfahrt bei König Bela von Ungarn und dessen Gattin Margaretha gefunden hat« (›Studien‹, S. 96). Als drittes bedeutsames Ergebnis ist die Ansicht zu nennen, daß der Verfasser der Thidrekssaga das Nibelungenlied gekannt und benutzt habe, so daß sie als Quelle, mit deren Hilfe sich die Vorgeschichte des Nibelungenepos aufhellen läßt, und insbesondere als Hauptstütze für die Rekonstruktion der ›Älteren Not‹, ausscheiden müßte. Wir werden dieses Problem im nächsten Kapitel etwas eingehender behandeln (S. 55ff.).

Was Friedrich *Panzer* in den zu einem recht ungünstigen Zeitpunkt erschienenen ›Studien zum Nibelungenliede‹ angebahnt hatte, drang durch sein letztes Buch in weitere Kreise. Dieses Werk ist wesentlich umfangreicher als das frühere und enthält neben dem neuerlichen (und kürzeren) Vortrag der Thesen von 1945 noch andere Fragestellungen und Gesichtspunkte. Es hat wohl nicht mehr ganz die Rundung erfahren, die man sich gewünscht hätte – allzu Verschiedenartiges steht nebeneinander. Panzers Auffassungen haben auf die Nibelungenforschung sehr anregend und fruchtbar gewirkt, auch wenn seine Ergebnisse des öfteren nicht haltbar sind. Es bleibt sein Verdienst, das hochmittelalterliche Nibelungenlied endgültig aus der Isolierung befreit zu haben, in der es die Forschung innerhalb der Zeit um 1200 bis dahin mehr oder weniger gelassen hatte. Wenn man heute das Nibelungenlied ›in seiner Zeit‹ oder ›in seiner Epoche‹ sieht (um zwei Buchtitel zu zitieren), so werden diese auf den geschichtlichen Ort der Dichtung zielenden Interpretationsansätze durch die noch mehr stoff- und motivgeschichtlichen Beobachtungen Panzers nachhaltig untermauert.

Positionen und Tendenzen der neueren Nibelungenforschung

Seit Andreas Heusler stand die Frage nach der Entstehung des mhd. Epos von *der Nibelunge nôt* für Jahrzehnte im Zentrum der

Nibelungenforschung, auch dort, wo man sich nicht für die Sagen- oder Stoffgeschichte als solche interessierte, sondern von ihr aus den Zugang zum tatsächlich überlieferten Text zu gewinnen suchte, wie dies Friedrich Panzer getan hat. Es ist verständlich, daß die Bemühungen um die Aufhellung der Genese des Nibelungenliedes sich zunächst einmal häuften, nachdem Heuslers Thesen offensichtlich ins Wanken geraten waren. Dabei bestand die Gemeinsamkeit vor allem im Negativen, im – unterschiedlich starken – Abrücken von Heusler, etwa in dem verbreiteten Unbehagen an der einfachen Form, die der von ihm entwickelte Stammbaum des Nibelungenliedes hat, doch auch grundsätzlicher in der Bestimmung von Wesen und Ursprung der germanischen Heldensage, die in den fünfziger und sechziger Jahren einige Forscher, z. B. Franz Rolf Schröder, wieder – wie zur Zeit der Romantik und im 19. Jh. – im Mythos verwurzelt sahen. Wir haben bereits ausgeführt, daß die Vorgeschichte des Nibelungenliedes heute durchweg als sehr viel verästelter und komplizierter betrachtet wird, als das in Heuslers Stemma zum Ausdruck kommt. Dies wird augenfällig, wenn man neben dessen übersichtliche, klare, symmetrische Form den Stammbaum stellt, den Kurt *Wais* 1953 aufgestellt hat (Frühe Epik Westeuropas [. . .], S. 211). Manche der neueren Arbeiten treffen sich zwar auch in ihren Ergebnissen; aber aufs Ganze gesehen, ist man im Positiven, in dem, was man an die Stelle der Heuslerschen Genealogie und Genese des Nibelungenliedes setzt, von jeglicher Einigkeit weit entfernt. Vielen Aufstellungen mangelt es an Überzeugungskraft und Verbindlichkeit oder auch nur Wahrscheinlichkeit, wenngleich noch so viel Scharfsinn aufgewandt wird. Ja, es zeigt sich hier manchmal eine eigentümliche, im Grunde gar nicht verwunderliche Erscheinung, die Cola *Minis* in seiner Besprechung des Buches von Kurt Wais in Form des Potentialis so beschrieben hat: »Es könnte sich letzten Endes die scharfsinnigste Folgerichtigkeit als die größte Feindin der literarischen Mutter Natur mit ihren inhärenten Inkonsequenzen und Unberechenbarkeiten herausstellen« (Rom. Jb. 6, 1953/54, S. 208). Angesichts der Unsicherheit vieler neuer Forschungsresultate kann es nicht überraschen, wenn in den letzten Jahren teilweise eine Wiederannäherung an Heuslers Position zu bemerken ist, so etwa in der Darstellung der ›Germanischen Heldensage‹ von Klaus von *See* (1971), in der freilich Heuslers Auffassungen nicht einfach unverändert oder gar unkritisch beibehalten werden; vielmehr sind sie im Lichte neuer Einsichten und Perspektiven modifiziert und bereichert.

Insgesamt hat die Beschäftigung mit der Stoffgeschichte des Nibelungenliedes nur noch einen begrenzten, aber gerade in dieser Begrenztheit völlig legitimen Anteil an der gegenwärtigen Forschung, nicht mehr jene dominierende Stellung wie in der Ära Heusler. Dies ist primär nicht daraus zu erklären, daß die Fragwürdigkeit vieler Ergebnisse zu einer Resignation geführt hätte. Der Grund liegt hauptsächlich darin, daß sich in den letzten Jahrzehnten zunehmend die Erkenntnis durchgesetzt hat, daß es nicht angemessen ist, das Nibelungenlied nur als ein Glied in einer langen Reihe von Stoffgestaltungen zu sehen, von denen her allein der Zugang zu ihm zu gewinnen wäre, daß es vielmehr als eine wesenhaft hochmittelalterliche Dichtung mit den Methoden der Literaturwissenschaft analysiert und interpretiert werden kann und muß, sei es, daß dabei der Akzent mehr auf einer Interpretation des Textes aus sich selbst heraus gelegt wird, sei es, daß man sich eher bemüht, das Nibelungenlied im geschichtlichen Kontext und von den historischen Voraussetzungen der Zeit um 1200 her zu deuten.

Eine solche – wenn man will ›ganzheitliche‹ – Interpretation ist schon in den zwanziger Jahren mehrfach unternommen worden, 1921 von Josef *Körner* (1888 – 1950), ein Jahr später von Franz *Saran* (1866 – 1931) – dessen Deutung allerdings überaus problematisch ist, so daß es nicht überraschen kann, wenn sie faktisch unbeachtet blieb –, 1926 schließlich von dem französischen Germanisten Ernest *Tonnelat* (1877 – 1948). Ebenfalls in den zwanziger Jahren haben Hans *Naumann* (ZfDk 41, 1927) und Friedrich *Neumann* (DVjs. 5, 1927) in methodischen Überlegungen das Recht und die Notwendigkeit der Interpretation des Nibelungenliedes als hochmittelalterliches Kunstwerk begründet. Neumann fordert: »Man muß daher das Nibelungenlied wie jede andere mittelalterliche Dichtung aus seinem streng mittelhochdeutschen Eigenleben heraus verstehen. Man muß seine Motive, seine Sprache, seinen Gehalt zu den Motiven, zur Sprache, zum Gehalt der auf gleicher Zeitebene stehenden Erzählungen stellen. Man muß es so lesen, wie es von mittelalterlichen Menschen des frühen 13. Jahrhunderts gelesen wurde, die es nicht im Spiegel seiner Vorgeschichte, sondern im Spiegel der mittelhochdeutschen Literatur sahen« (S. 163). Hier ist sehr genau das Ziel jenes Forschungsansatzes bezeichnet, dem es um eine Erschließung des Aussage- und Problemgehalts des Nibelungenliedes und seiner künstlerischen Gestaltung zu tun ist, ohne dazu, gewissermaßen als Unterbau, auf breite stoffgeschichtliche Untersuchungen (oder Spekulationen) zu rekurrieren. Die beachtenswerten Versuche von Körner und Tonnelat haben seinerzeit keine große Resonanz gefunden, ja sogar vielfache Ablehnung erfahren. Sehr aufschlußreich ist etwa – noch mehr als der Inhalt – der Ton von Andreas Heuslers Besprechung des Tonnelatschen Buches

(AfdA 46, 1927 S. 41 – 43). Wenn man namentlich von Julius *Schwieterings* (1884 – 1962) naturgemäß im Umfang begrenzter Deutung des Nibelungenliedes im Rahmen seiner Literaturgeschichte absieht, die er in den Jahren zwischen 1932 und 1941 vorgelegt hat, ist die Forderung, wie sie in den zitierten Sätzen Friedrich Neumanns formuliert ist, auf breiter Front und mit allgemeiner Zustimmung erst nach dem Zweiten Weltkrieg verwirklicht worden. Aus den fünfziger und sechziger Jahren sind hier zunächst die Arbeiten von Bodo *Mergell* (1912 – 1954), Friedrich *Maurer* (1898 – 1984), Werner *Schröder* (geb. 1914), vor allem aber von Bert *Nagel* (geb. 1907) und Gottfried *Weber* (1897 – 1981) zu nennen. Daß die Ergebnisse der Untersuchungen im einzelnen nicht unerheblich voneinander abweichen, ist selbstverständlich; manche sind auch eindeutig verfehlt. Dies gilt klärlich für den Versuch Bodo *Mergells* ›Nibelungenlied und höfischer Roman‹ aus dem Jahre 1950 (Euph. 45, S. 305 – 336), in dem er in einer forciert harmonisierenden Deutung die Unterschiede zwischen dem Nibelungenepos und dem höfischen Roman, wie er paradigmatisch in Wolframs ›Parzival‹ ausgebildet ist, weithin einebnet. Mergell findet im Nibelungenlied nicht allein den »Grundgedanken einer wechselseitigen Annäherung und Durchdringung des Heroischen und Religiösen« verwirklicht (S. 321 = Wiederabdruck, S. 21), sondern er glaubt darüber hinaus, daß der Abschluß des Nibelungenliedes in einer großen, allmählich herangereiften Synthese gipfele (S. 320 = Wiederabdruck, S. 20) und dieser Abschluß – »gleich Wolframs ›Parzival‹« – »von den geistig-theologischen Grundlagen des hochmittelalterlichen Weltbildes aus zu verstehen« sei (S. 326 = Wiederabdruck, S. 27). Aber nicht nur zwischen dem ›Parzival‹ und dem Epos von *der Nibelunge nôt* zieht Mergell inhaltliche (und strukturelle) Parallelen, sondern sogar zwischen den Gestalten Parzivals und Hagens (S. 334 = Wiederabdruck, S. 36). Deutungen wie diese, die auf eklatante Weise den Sinngehalt des Nibelungenliedes verfehlen, sind nur von Vorentscheidungen her verständlich, die der Interpretation vorausgehen, ihr zugrunde liegen und sie steuern. – Nachdem anfänglich nur interpretierende Untersuchungen zu einzelnen Problemen, Aspekten und Gestalten des Nibelungenliedes veröffentlicht worden waren, erschien im Jahre 1963 die erste umfassende Gesamtdeutung des Werkes, die von Gottfried *Weber* (Das Nibelungenlied. Problem und Idee), die Weber in der Hauptsache bereits ein Jahrzehnt früher geschrieben hatte.

Auch Weber legt zunächst eine Reihe von Einzelanalysen vor, schließt sie aber zu einer Gesamtdeutung des Nibelungenliedes zusammen. Er behandelt zuerst die wichtigsten Personen der Dichtung, dann den weltbildlichen Status des Werkes. Im folgenden können nur einige wesentliche Ergebnisse der zweiten Analysenreihe referiert werden, die zugleich die Frage nach dem zentralen Gehalt des Nibelungenliedes beantworten. Weber betont die Bedeutung des Höfisch-Ritterlichen im mhd. Nibelungenepos: das Ritterlich-Höfische ist mehr als äußeres Kostüm und zeitgemäßes Kolorit, mit ihm ist vielmehr eine immanente Aussageabsicht verbunden. Entscheidend ist, daß aller höfischer Glanz und alle ritterliche Größe vernichtet und ins Gegenteil verkehrt werden. Manche ritterliche Werte bleiben von vornherein unentfaltet, andere entarten in ihr Gegenteil. Die innermenschliche Wurzel dieser Zersetzung und Pervertierung ritterlicher Werte und ›Tugenden‹ ist die Grundhaltung des *übermuotes* und der *hôchvart*, die fast allen Menschen des Nibelungenliedes eignet. Da die Menschen in sich selbst zentriert sind, bleibt auch das stets vorhandene Gottesbewußtsein oberflächlich. Konstitutiv für den weltbildlichen Status der Dichtung ist, daß christliche und nichtchristliche (letztlich germanisch-heidnische) Vorstellungen neben- und ineinanderstehen. Die alte Alternative, ob das Nibelungenlied ein »grundheidnisches« oder ein »mittelalterlich-christliches« Werk sei, ist also nicht richtig gestellt. Es ist durchaus ein mittelalterliches Werk – aber kein wesenhaft christliches. Und zwar bleibt das Verhältnis der nibelungischen Menschen zum Christentum darum konventionell und ohne jeglichen Tiefgang, weil jede innere Christuserfahrung fehlt. »Was hier sichtbar wird, ist christlicher Gottesbegriff und christliche Kirche ohne Christus« (S. 131). Die eigentlich wirksame Macht ist überhaupt nicht Gott, sondern sind untergründig-dämonische Mächte und Kräfte über dem Menschen (»Schicksal«) und in dem Menschen. Angesichts der Erfahrung ständiger Bedrohtheit des Menschen hat der Nibelungendichter – das ist eine weitere wichtige These Webers – dem in seinem Werk so häufigen Begriff des *recken* einen neuerlich vertieften Bedeutungsinhalt gegeben – entsprechend seiner Grundbedeutung ›Vertriebener, Heimatloser, Umherirrender, Fremder‹. In den drei Grundbenennungen des Menschen, die der Dichter, abgesehen von *degen*, gebraucht, *riter, recke* und *helt*, drücken sich je unterschiedliche Grunderfahrungen aus (wobei Weber aber hervorhebt, daß diese keineswegs an allen Stellen, an denen eine der drei Benennungen erscheint, greifbar sind, überdies ein Wort wie *recke* auch häufig in abgeblaßter Bedeutung verwendet wird). Auf die Frage, was der Mensch seiner Tage zutiefst ist, gibt der Dichter die Antwort: »*riter* möchte er sein, *helt* muß er werden, *recke* aber ist er wesenhaft und immerdar« (S. 159).

Wenn nun auch die Perspektive der Desillusionierung und Zerstörung des Ritterlichen, seiner Werte wie seines Gott-Welt-Mensch-Bildes, für das Nibelungenlied entscheidend ist, so wird über ihr nach Weber noch eine zweite sichtbar, allerdings nur im Ansatz oder in einem Ausblick, und in ihr enthüllt sich, was der Nibelungendichter als seine Position gegen die – gewiß schmerzlich – negierte zeittypisch-ritterliche setzen will: es ist die Vermählung ritterlicher Züge und heldischer Geistesart in der Gestalt Dietrichs von Bern, dem Weber innerhalb der Sinnfügung des Epos eine besonders große

Bedeutung beimißt (S. 161 – 170), wie dies etwas später auch Bert Nagel und Karl Heinz Ihlenburg in ihren Gesamtdeutungen des Nibelungenliedes getan haben.

Gottfried Webers Untersuchung gipfelt in der Beantwortung der Frage nach dem »geistesgeschichtlichen Ort« des Nibelungenliedes (S. 171 – 194). Es ist zugleich die Frage, warum es überhaupt das Nibelungenlied um 1200 inmitten ganz andersartiger Dichtungen gibt und welche Intention den Dichter leitete, als er die *alten maere* von Siegfried und vom Burgundenuntergang neu erzählt und neu gedeutet hat. Die Rolle des Nibelungenliedes innerhalb der zeitgenössischen Dichtung ist nach Weber wesentlich die der Opposition, der Opposition gegen die lichthaft-optimistische Ritterdichtung (nach Art des Artusromans) und ihr überhöhtes, ›entwirklichtes‹ Bild des Menschen, der in letztlich immer gewahrter Harmonie mit Gott, dem höfischen Gott, leben darf.

Die eindrucksvolle Deutung des Nibelungenliedes durch Gottfried *Weber* wirft eine Reihe von Fragen auf, die deshalb wenigstens kurz behandelt werden müssen, weil sie Grundprobleme der Interpretation des Nibelungenliedes betreffen, die in der jüngeren Forschung wiederholt erörtert worden sind. Gegen Webers Deutungsansatz bei den Gestalten der Dichtung hat man eingewandt, daß wir es im Nibelungenlied nicht mit individuellen Personen zu tun hätten, sondern mit Typen oder mit Rollenträgern. Schon Andreas *Heusler* hat mit einer oft zitierten Formulierung erklärt: »Die Rolle prägt den Kopf« (Nibelungensage und Nibelungenlied, S. 69). Diesem Satz steht die Begründung voran: »Sie [die mittelalterlichen Erzähler] gehen – Ausnahmen vorbehalten – nicht vom *Menschenbild* aus und leiten von ihm möglichst folgerecht ab, was geredet und getan wird. Das erste für sie ist das *Geschehen*, die großen und kleinen Glieder der Fabel; dies suchen sie angemessen zu verteilen auf vorhandene oder eigens zu erfindende Träger« (ebd. [die Hervorhebungen bei H.]). Ebenfalls bereits vor dem Erscheinen von Gottfried Webers Monographie, aber in einer gegenüber Heuslers Äußerung gewandelten forschungsgeschichtlichen Situation, behauptete Walter Johannes *Schröder*, die »Figuren« seien »ganz offenbar nicht Person« (Das Nibelungenlied, 1954, S. 12 = Wiederabdruck, S. 64), weshalb »man sich aller Interpretation von den ›Charakteren‹ her enthalten« müsse, wolle man die Meinung des Dichters treffen (S. 32 = Wiederabdruck, S. 83). Auch Friedrich *Neumann* hat bestritten, daß man den Begriff ›Charakter‹ auf die Gestalten des Nibelungenliedes übertragen dürfe, »wenn man von seinem Träger individuelle Eigenart verlangt. Denn sie spielen Rollen aus den Szenen heraus, in denen sie auftreten, so daß sie sich im Wechsel der Szenen verändern können« (Das Nibelungenlied in seiner Zeit, 1967, S. 107). Vorsichtig-abwägend hat sich in mehreren Ansätzen Bert *Nagel* zu diesem Problem geäußert, und wiewohl er seine Gesamtdeutung des Nibelungenliedes (1965) anders angelegt hat als Gottfried Weber, so hebt er doch hervor, das Nibelungenlied bringe »keine genormten Typen, sondern individualisierte Personen ins Spiel« (S. 253). Andererseits sieht er im Epos von *der Nibelunge nōt* noch eine Dichtung, »die mehr in Handlungen als in Charakteren denkt« (S. 216 f.). Später hat sich noch einmal Marianne *Wahl Armstrong*, eine Schülerin Bert Nagels, um eine differenzierte Klärung bemüht (Rolle und Charakter. [. . .], 1979). Man kann u. E. ihrer Ansicht zustimmen: »Die Skala der Menschengestaltung reicht [im Nibelungenlied] vom namenlosen Statisten bis zum scharf profilierten Charakter« (S. 2) – wobei man den Begriff ›Charakter‹ weder strapazieren darf noch auf ihm insistieren muß, wenn man den gemeinten Sachverhalt anders ausdrücken kann. Eine »Tendenz zur Individualisierung« (Armstrong) ist im Nibelungenlied unverkennbar, und nur über die Stärke dieser Tendenz kann man unterschiedlicher Meinung sein. Doch wenn es zum Wesen des individuell geprägten ›Charakters‹ gehört, daß Handlungen, daß Taten als Taten dieses einen Menschen erscheinen und stets auf ihn als ihren Urheber zurückweisen, dann sind die Hauptgestalten des Nibelungenliedes, zumal Kriemhilt und Hagen, wirklich individuelle Personen oder Gestalten von individueller Eigenart, nicht Typen oder bloße Rollenträger. Auf der anderen Seite markiert es eine wichtige Grenze in der Menschengestaltung, wie sie in dem hochmittelalterlichen Epos geleistet ist, daß der Dichter nicht so weit geht (und dies auch gar nicht tun konnte), Handlungen, Taten um der Person und ihres ›Charakters‹ willen, also etwa aus psychologischem Interesse, zu schildern. Das Geschehen hat den Vorrang – aber es läuft doch so ab, daß es zum guten Teil von individualisierten Gestalten getragen wird. Indes wäre es unhistorisch, bei der Interpretation des Nibelungenliedes vorauszusetzen, daß in ihm alles, was geschieht und wovon der Dichter erzählt, notwendig aus dem ›Charakter‹, dem Wesen der Gestalten hervorgehe, von der je persönlichen Eigenart der Gestalten motiviert sei. Man darf nie außer acht lassen, daß in einer Dichtung wie dem Nibelungenlied – und für die mhd. Erzähldichtung insgesamt gilt mehr oder weniger das gleiche – eher funktional und final erzählt wird als kausal-motivierend. Die Handlungsführung und die an sie geknüpfte Aussageintention verlangen bestimmte Entscheidungen, bestimmte Handlungen, die nicht immer oder nicht zureichend aus einer gleichbleibenden Wesensmitte der Gestalten abgeleitet werden können. Wenn z. B. Dietrich von Bern in der 39. Aventiure die beiden letzten, von ihm überwundenen Burgunden Kriemhilt ausliefert, obwohl er sich im klaren sein muß, was Kriemhilt mit den Gefangenen tun wird – statt sie konsequent der Rache Kriemhilts zu entziehen, wie er ›eigentlich‹ handeln müßte, wenn das von Gottfried Weber und anderen gezeichnete lichte Bild des auf Ausgleich und Überwindung des Hasses bedachten *heldes von Berne* zuträfe –, dann ist das eben aus der Dominanz der Handlungsführung, aus der Vorgegebenheit des Geschehensablaufs, aus der finalen Struktur des Erzählduktus zu erklären. Manchmal überträgt der Dichter auf eine Gestalt auch eine »Rolle ad hoc« (Bert Nagel), so wenn Hagen in der 31. Aventiure den todgeweihten Burgunden rät, die Messe zu besuchen und die Beichte abzulegen. Aber daraus folgt nicht, daß die Hauptgestalten des Nibelungenliedes überhaupt nur Rollenträger in wechselnden Situationen wären und es keine für sie durchgehenden, prägenden Wesenszüge, keine persönliche Mitte gäbe. Selbst die Übertragung der »Seelsorgerrolle« auf den sonst ganz unkirchlichen, ja unchristlichen Hagen ist nicht ohne Folgerichtigkeit, wie namentlich Bert Nagel aufgezeigt hat (S. 214 – 217). Eine differenzierende Betrachtungsweise tut also wie immer so auch bei der Antwort auf die Frage: ›Rolle oder Charakter?‹ not.

Weniger auf das Grundsätzliche als auf den Inhalt der von Weber vorgelegten Gestaltenanalysen zielt der Einwand, er habe einseitig, ja forciert das Unzureichende, Fragwürdige der Gestalten herausgearbeitet – was nicht der Intention des Autors entspräche –, überall ihr Versagen, ihr Verfallensein an dämonische Mächte in den Vordergrund gerückt. Dies gilt auch für Rüedeger. Sah man in ihm bis dahin durchweg die Verkörperung vorbildlichen Rittertums und eine vom Dichter eindeutig positiv gewertete Gestalt (woran u. a. Bert Nagel festhält), so will der Dichter nach Weber »hier an einem eklatanten Exempel zeigen, daß die Ideale des Rittertums sich angesichts der Dämonie des Schicksals schlechterdings nicht verwirklichen lassen. In concreto wird hier offenbar, daß außerdem Rüedegêr in der letzten Entscheidung (und schon von Anfang an!), christlich gesehen, *schuldhaft versagt*, indem er sein Ehrverlangen höher stellt als sein christliches Gewissen, das ihm verbietet, hier zu fechten« (S. 101 [die Hervorhebung durch mich]; s. auch die harte Kennzeichnung Rüedegers als »höfischer Ehrgeizling«, S. 207). Nur eine Ausnahme gibt es nach Weber: Dietrich von Bern. Von ihm entwirft er ein völlig ungetrübtes positives Bild, wie dies, wenngleich anders akzentuiert, auch Bert Nagel tut (»eine im christlich-sittlichen Sinne vorbildhafte Gestalt«, »Vergeistigung Dietrichs zum Träger christlich-sittlichen Ideengutes« (Nagel, S. 250). Erstaunlich ist, daß der DDR-Germanist Karl Heinz *Ihlenburg* sich in dieser Beurteilung kaum von den ›bürgerlichen‹ Germanisten Gottfried Weber und Bert Nagel unterscheidet (»Dietrich von Bern als Symbol der Humanität inmitten einer Welt, die der Selbstzerstörung verfallen ist«, 1969, S. 134. »Seine Gestalt weist in die Zukunft. Nicht das ehrgeizige Bild des heroischen Kriegers sammelt am Ende das Licht auf sich, sondern das zuchtvoll beherrschte, den Frieden erstrebende Bild des humanen Ritters«, ebd.). Doch gerade dieses lichte Bild Dietrichs ist in der jüngeren Forschung mit bedenkenswerten Gründen in Frage gestellt worden (Blanka *Horacek*, 1976). Nach Blanka Horacek entzieht Dietrich sich wiederholt dem Gesetz des Handelns, bleibt durchaus »im eigenen Interessenkreis befangen« (S. 321) und ermöglicht durch sein (egozentrisches) Verhalten gerade den Eintritt der Katastrophe. Horaceks Fazit lautet: »Die Figur [Dietrichs] ist vom mittelalterlichen Epiker weder im germanischen noch im christlichen Sinne als Idealgestalt konzipiert« (S. 329). Zu fragen bleibt allerdings, ob man Dietrichs Handeln oder Nichthandeln wesentlich aus seinem ›Charakter‹ erklären kann und ob hier nicht dem einseitigen Dietrichbild der früheren Forschung ein ebenso einseitiges, nur unter gegensätzlichem Vorzeichen, entgegengestellt wird.

Grundsätzlicher Art ist wieder der Vorbehalt gegenüber Gottfried Webers Gesamtdeutung des Nibelungenliedes, daß er das Nibelungenlied zwar als Dichtung der Zeit um 1200 und von den Voraussetzungen dieser Zeit aus interpretiert, dabei Geschichte aber nahezu ausschließlich als Geistesgeschichte versteht. Berechtigung und Grenzen der geistesgeschichtlich orientierten Literaturwissenschaft können hier nicht erörtert werden. Doch ist man sich heute wohl zumindest darüber einig, daß die geistesgeschichtliche Perspektive nicht ausreicht, um Dichtungen – und gerade eine Dichtung wie das Nibelungenlied – angemessen erschließen zu können. Außerdem erhebt sich die Frage, ob denn die Intention und die Leistungsmöglichkeit des Dichters nicht überfordert werden, wenn man ihm jene Problematisierung des zeitgenössischen Gott-Welt-Mensch-Bildes, jene im Grunde weltanschauliche Aussageabsicht zuschreibt, die Weber aus dem Epos von *der Nibelunge nôt* herausgearbeitet hat, ob es überhaupt eine durchgehende ›Idee‹ des Nibelungenliedes gibt, und darüber hinaus, ob der Dichter wirklich ein schöpferischer Neugestalter der *alten maere*, ein hell- und scharfsichtiger Zeitkritiker oder, in etwas anderer Sicht, ein Künder gültiger Wahrheiten über die Verfassung des Menschen war – eine Voraussetzung, die von der konkreten Untersuchung der Entstehungsbedingungen des Nibelungenliedes kaum bestätigt wird. Eine sehr skeptisch-nüchterne Gegenposition hat z. B. Friedrich *Neumann* formuliert: »Wir müssen allgemein in den Anforderungen, die wir an das Nibelungenlied stellen, bescheidener werden« (Das Nibelungenlied in seiner Zeit, 1967, S. 178). Dreizehn Jahre später hat sich Max *Wehrli* zu der verwandten Ansicht bekannt: »Nach einer moralisch-weltanschaulichen Deutung des Geschehens fürs Ganze oder für die einzelne Person zu fragen wäre in dieser Welt ohne

Transzendenz fehl am Platz« (Geschichte der deutschen Literatur [. . .], S. 400). Ähnlich konstatiert Hans *Fromm*, »daß dem Epos die grundlegende und einheitsschaffende Idee fehlt« (Der oder die Dichter des Nibelungenliedes?, 1974, S. 73 = Wiederabdruck, S. 287). Äußerungen wie diese sind als Warnungen vor einer den Text überfordernden homogenen Deutung des Nibelungenliedes berechtigt. Aber die Folgerung etwa Friedrich Neumanns, wir müßten nicht allein alle neuzeitlichen Vorstellungen vom Dichter, sondern auch von der Einheitlichkeit seines Werkes vom Nibelungenlied fernhalten und dürften jeweils nur nach dem Sinn der einzelnen Szenen und Episoden fragen, nicht nach einer das Ganze durchziehenden Vorstellung oder Konzeption (die man in der Tat nicht ›Idee‹ nennen sollte), verfällt in das andere Extrem. Man trägt nicht schon deshalb anachronistische – weil allzu neuzeitliche, ja moderne – Auffassungen in das Nibelungenlied hinein, wenn man dem Autor eine Aussageabsicht im Hinblick auf Probleme seiner Zeit und seiner Dichtung einen zentralen, die einzelne Szene oder Situation übergreifenden Bedeutungsgehalt zuspricht. Im übrigen gilt auch für die Interpretation des Nibelungenliedes, daß das Dichtungsverständnis des Literaturwissenschaftlers notwendigerweise ein anderes, tieferes, auch bewußteres ist als das, das der Dichter selbst von dem eigenen Werk haben kann, und daß es zu den Aufgaben (freilich auch den Gefahren) der Interpretation gehört, auszuformulieren, was im Text zwar angelegt sein muß, indes nicht immer expressis verbis ausgesprochen wird.

Eine Gesamtdeutung des Nibelungenliedes, in die seine zahlreichen früheren Arbeiten eingegangen sind, hat als zweiter Nibelungenforscher der Nachkriegszeit im Jahre 1965 Bert *Nagel* vorgelegt (Das Nibelungenlied. Stoff – Form – Ethos). Seine Interpretation berührt sich in manchem mit der Gottfried Webers, unterscheidet sich jedoch auch wiederum von ihr, so in der Frage der Wertung der ritterlich-höfischen Welt durch den Dichter (»Die höfische Ritterkultur wird im Nibelungenlied mit keinem einzigen Wort verworfen, sondern im Gegenteil gerühmt und bewundert«, S. 268). Vor allem gehen beider Deutungen darin auseinander, daß Weber dem Dichter einen bestimmten Aussagewillen im Hinblick auf die Zeitsituation bzw. den höfischen Ritter in einer Krisensituation zuschreibt und davon überzeugt ist, daß »die Dichtung wahrhaft zentrale, brennende Anliegen und Probleme der eigenen Zeit zum Gegenstand hatte und konsequent durchführte« (Das Nibelungenlied, S. 197), daß die dichterische Darstellung des totalen Zusammenbruchs »der das eigene Zeitalter tragenden ideellen Grundkräfte« die innere Mitte, die »Idee« des Nibelungenliedes sei (ebd.). Nach Nagel dagegen zielen die Klagen des Dichters »tiefer auf die gebrechliche Einrichtung der Welt überhaupt. Der Mensch als solcher, nicht der höfisch ritterliche Mensch ist der Gegenstand des tränenreichen Mitleids« (S. 269), und so sei der Dichter »nicht Kritiker einer bestimmten Ideologie, sondern *Tragiker*, der im allgemeinsten Sinne des Wortes an der Unvollkommenheit des menschlichen Daseins leidet« (ebd. [die Hervorhebung bei N.]). Daß es dem Dichter des Epos von *der Nibelunge nōt* um eine so allgemeine oder prinzipielle Aussage über die »gebrechliche Einrichtung der Welt« (Heinrich von Kleist!) zu tun gewesen sei, erscheint selbst dann höchst zweifelhaft, wenn man mit Bert Nagel übereinstimmt, »daß es *die* Interpretation des Nibelungenliedes nicht gibt, daß vielmehr [. . .] verschiedene, sich ergänzende und auch widersprechende Deutungen möglich, ja geboten sind« (Das Nibelungenlied, Vorwort [die Hervorhebung bei N.]).

Die methodische Spannweite der neueren interpretatorischen Bemühungen um das Nibelungenlied wird an den weiteren Gesamtdeutungen sichtbar. Besonders aufschlußreich ist die Gegenüberstellung der Untersuchungen von Karl Heinz *Ihlenburg* (1969) einerseits und von Hugo *Bekker* (1971) andererseits. Ihlenburg deutet das Nibelungenlied auf der Basis der marxistischen Literaturtheorie konsequent als Ausdruck der feudalhöfischen Zeit um 1200, als Spiegelung konkreter historisch-gesellschaftlicher Konstellationen und Konflikte. Dabei stehen seine Deutungen trotz der ganz andersartigen, eben historisch-materialistischen bzw. historisch-dialektischen Geschichtsauffassung und der auf sie bezogenen Interpretation denen Gottfried Webers oft sehr nahe. Wie dieser betont er z. B. nachdrücklich die Desillusionierung der höfischen Welt im Nibelungenlied, übergeht, im Unterschied zu Weber, allerdings die religiöse Problematik oder löst das Religiöse ins Ethische und Humane (als dessen vermeintlichen Kern) auf. Hugo Bekkers Interpretation des Nibelungenliedes geht von der Überzeugung aus, daß die bloße Befragung des Textes und wenig Abschweifung von ihm ein Verständnis des Werkes verbürge, wie der Dichter selbst es gewünscht habe (vgl. S. XIV). Das erinnert an die von Max Kommerell im Vorwort zu seiner bedeutenden Arbeit ›Geist und Buchstabe der Dichtung‹ (1940) ausgesprochene Devise, es scheine rätlich, »auf das unbefangene Befragen des Gegenstands« zurückzugehen. Tatsächlich ist Bekkers Verfahren als werkimmanent zu kennzeichnen oder mit der im angelsächsischen Bereich üblichen Terminologie als ›intrinsic approach‹, als ›close reading‹. Er praktizierte den ›intrinsic approach‹ zu einer Zeit, als in der deutschen Mediävistik die Erkenntnis längst wieder Allgemeingut geworden war (die ihre Vertreter übrigens viel weniger aus dem Blick verloren hatten als zeitweilig manche Vertreter der sog. Neueren Literaturwissenschaft), daß nur ein geschichtliches Verständnis dem Nibelungenlied, wie jeder anderen Dichtung, gerecht zu werden vermag. Bekkers bewußt unhistorischer Ansatz – der erhellende Detailbeobachtungen nicht verhindert, wohl aber ein adäquates Gesamtverständnis des Epos von *der Nibelunge nôt* – ist bereits für einige englischsprachige Nibelungenforscher vor ihm charakteristisch (so D. G. *Mowatt*, GLL 14, 1960/61, S. 257–270; Hugh *Sacker*, ebd., S. 271–281 [vgl. zu beiden Werner *Hoffmann*, ZfdPh 84, 1965, S. 275 – 278]; D. G. *Mowatt* und Hugh *Sacker*, The Nibelungenlied. An Interpretative Commentary, 1967). Die drei Jahre nach Bekkers ›literary analysis‹, also 1974, erschienene, aber schon mehrere Jahre vorher geschriebene Deutung des Nibelungenliedes durch Walter *Falk* unterscheidet sich grundlegend von Bekkers Vorgehen. Sie ist ein Beispiel für die von Falk, und zwar ohne Absolutheitsanspruch, verfochtene Methode der Epocheninterpretation. Das ›Nibelungenlied in seiner Epoche‹ zu sehen (so der Titel von Falks Untersuchung) muß in der Tat als zentrales Anliegen einer Nibelungenlieddeutung gelten, die heutigen literaturtheoretisch-methodischen Einsichten genügt. Leider ist das, was Walter Falk inhaltlich ausführt, wenig geeignet, die Frage nach der Stellung des Nibelungenliedes in der hochmittelalterlichen Literatur und deren geschichtlichen Kontext befriedigend zu beantworten, sind doch die Wesensmerkmale der Epoche und ihre Probleme, deren Reflexe im Nibelungenlied (möglicherweise) greifbar werden, gerade nicht überzeugend herausgearbeitet.

Man kann die gegenwärtige Nibelungenforschung angesichts der Pluralität der in ihr begegnenden Methoden und ihrer thematischen Vielfalt schwerlich auf einen einheitlichen Nenner bringen, es sei denn den, daß man durchweg nüchterner, mit mehr Distanz zum Gegenstand und weniger spekulativ verfährt, als dies früher oft zu beobachten war. Das wird auch an den Gesamtdarstellungen bzw. -deutungen augenfällig, die in den letzten Jahren veröffentlicht worden sind und von denen die ganz unterschiedlich angelegten von Theodore M. *Andersson* einerseits und von Otfrid *Ehrismann* andererseits, beide aus dem Jahre 1987, besonders hervorgehoben seien. Ehrismanns umfangreiche Arbeit ist in ihrer gelungenen Verbindung von Informationen und so textnaher wie methodenbewußter Interpretation ein Beispiel für die Erwartungen, die heutzutage Gesamtdarstellungen des Nibelungenliedes erfüllen müssen. Und wenn Ehrismann, wie andere Autoren auch, das Nibelungenlied in dem Dreischritt von ›Epoche – Werk – Wirkung‹ betrachtet, dann ist das gewissermaßen die Signatur für den gegenwärtig vorherrschenden Zugang zum Nibelungenlied und das für diesen leitende Erkenntnisinteresse. Wie wenig eine als werkimmanent zu bezeichnende Untersuchung des Nibelungenliedes oder seine Situierung allenfalls in einem großzügig skizzierten geistesgeschichtlichen Kontext der Dichtung gerecht wird, bedarf keiner Diskussion mehr. Es ist auch als ein Gegenschlag zu diesen unzureichenden Deutungsansätzen zu verstehen, wenn sich in den siebziger und frühen achtziger Jahren als eine besonders charakteristische Tendenz der Forschung die Frage nach den realgeschichtlichen, den sozio-kulturellen und auch den politischen Voraussetzungen und Bezügen des Nibelungenliedes, seiner Produktion wie seiner Rezeption, herausgebildet hat. Eine solche Frage ist ebenso legitim wie schwierig zu beantworten, und nicht selten klafft eine Lücke zwischen dem im Rückgriff auf die historische Forschung (unter Umständen recht aufwendig) nachgezeichneten Bild der geschichtlichen Entwicklungen und Konflikte und dem, was aus der Analyse des Textes als ihm an dieser Problematik inhärent aufgewiesen werden kann. Und kann man auch füglich nicht bestreiten, daß das Nibelungenlied eine politische Dichtung ist, so ist es ebenso sicher nicht nur eine politische Dichtung. Überdies gibt es sehr verschiedenartige Aspekte, unter denen Antworten auf die Frage nach realgeschichtlichen Problemen, die im Nibelungenlied ihren Niederschlag gefunden haben, möglich sind.

Der erste, der aktuell-politische Implikationen des Epos von *der Nibelunge nôt* aufzeigte, war wohl Siegfried *Beyschlag* in seinem vielbeachteten, aber nicht unproblematischen Aufsatz ›Das Motiv der Macht bei Siegfrieds Tod‹ aus den frühen fünfziger Jahren. Von späteren einschlägigen Deutungen sei zunächst diejenige Helmut *Birkhans* genannt, nach der das Nibelungenlied »zeitlich und gesinnungsmäßig in der Auseinandersetzung zwischen Welfen und Staufern einen planvoll vorausbedachten Platz einnimmt« (Zur Entstehung und Absicht des Nibelungenliedes, 1977, S. 17). Rüedeger erscheint in solcher Sicht u. a. als positives Gegenbild zu Heinrich dem Löwen (S. 16). Hauptvertreter der spezifisch sozialgeschichtlichen Deutung des Nibelungenliedes sind Jan-Dirk *Müller* (1974) und Gert *Kaiser* (in seinem Beitrag zum 7. Band des ›Neuen Handbuchs der Literaturwissenschaft‹, 1981). Beide schließen ihre Interpretationen an jenen einschneidenden geschichtlichen Vorgang an, den die Historiker ›Territorialisierungsprozeß‹ oder ›Herausbildung der Landesherrschaft‹ nennen. Dieser Vorgang hat zu einer grundlegenden Änderung der Herrschaftsform geführt, indem der bisherige ›Personenverbandsstaat‹ vom ›institutionellen Flächenstaat‹ abgelöst wird. Am gravierendsten sind die Folgen für den altfreien Adel, der zwischen dem Suprematieanspruch der zur Landesherrschaft gelangenden großen Dynastenfamilien und dem vom König und den Landesherren geförderten Aufstieg der Ministerialität an Herrschaft und politischem Einfluß verliert. In dieser geschichtlichen Umbruchsituation kann, so Gert Kaiser, die schriftlich gewordene Heldendichtung von *der Nibelunge nōt* als ein ›gesellschaftliches Sinnangebot‹ gemeint gewesen oder jedenfalls verstanden worden sein, als ›Ausdruck eines gesellschaftlichen Selbstbehauptungswillens von Teilen des altfreien Adels‹ (S. 184). Daß ein solches Verständnis des Nibelungenliedes anscheinend ohne tragfähige Grundlage ist, hat im Jahre 1985 Fritz Peter *Knapp* unter Heranziehung der neuesten landesgeschichtlichen Forschung zu den Verhältnissen im Herzogtum Österreich dargelegt. Die Rolle der Ministerialität bei der Herausbildung der Landesherrschaft in Österreich muß offenbar anders gesehen werden, als Kaiser dies annahm. Wesentlich ist gerade nicht »die Koalition des Landesherrn mit der Ministerialität«, vielmehr waren die »mächtigen landesfürstlichen Ministerialen« umgekehrt »die Träger des Widerstandes gegen den Landesherrn« (Beitr. 107, S. 184), wohingegen der altfreie Adel bis auf wenige Reste schon ausgestorben war. Und der Territorialisierungsprozeß setzt im Herzogtum Österreich erst im Laufe des 13. Jh.s ein, d.h. deutlich später als zur Entstehungszeit des Nibelungenliedes (S. 188). Sollte sich diese geschichtliche Analyse bestätigen, so müßte die oben kurz referierte sozialhistorische Deutung des Nibelungenliedes, die übrigens auch textintern problematisch ist, endgültig aufgegeben werden, gewiß aber nicht der Interpretationsansatz, der nach Beziehungen zwischen dem fiktionalen Text des Epos von *der Nibelunge nōt* und der außerliterarischen Realität seiner Zeit fragt.

Dies hat jüngst wieder der Historiker Heinz *Thomas* getan (1990). Er bringt das Nibelungenlied in einen Zusammenhang mit der Reichsgeschichte, der Geschichte der Staufer, und findet Parallelen zwischen der (christlichen) Vergänglichkeitsperspektive, unter der die Ereignisse im Nibelungenlied erzählt werden, und der, unter der gleichermaßen in der zeitgenössischen Chronistik vom Geschick der staufischen Herrscher berichtet wird (Otto von St. Blasien, vermutlich 1209/10). Thomas gelangt aufgrund einer detaillierten Argumentation, die hier nicht im einzelnen wiedergegeben werden kann, zu dem Ergebnis: »Im Augenblick seines Ursprungs [. . .] war das Lied [das Nibelungenlied] auf die aktuelle, die staufische Gegenwart der Tage nach dem Tode Heinrichs VI. bezogen und ist [. . .] von den Zeitgenossen auch als ein solch gegenwartsbezogenes Epos verstanden worden« (ZfdPh 109, S. 354). Zugunsten seiner These hat Thomas eine Fülle von fundierendem Material herangezogen, das von unterschiedlicher Beweiskraft ist. Wie immer es jedoch um die Einzelheiten stehen mag: der Literarhistoriker wird daran erinnern, daß man zwischen der (nicht stringent aufzuhellenden) Intention des Autors und den Motiven und Reaktionen der Rezipienten unterscheiden muß. Beides, Autorintention und Rezeptionsmotive, muß keineswegs übereinstimmen, und für die letzteren gilt die nüchterne Feststellung, die Heinz *Rupp* im Jahre 1976 ausgesprochen und im Jahre 1985 noch einmal wiederholt hat: »Ein tief christlich denkender Zuhörer wird sorgenvoll gedacht haben, daß menschliches und politisches Handeln, wie es im Nibelungenlied geschieht, zur Katastrophe führen muß und daß nur ein Um-Denken die Zustände in der Welt ändern kann. Andere werden im Nibelungenlied ihre eigenen Lebenserfahrungen bestätigt gefunden und mit Fatalismus an die Zukunft gedacht haben. Andere – und es wird immer so sein – werden sich am Heldischen begeistert haben und mehr denn je bereit gewesen sein, ihr Leben für politische Ziele, fragwürdiger und weniger fragwürdiger Art, einzusetzen« (Vorwort zu: Nibelungenlied und Kudrun, hg. von H. R., 1976, S. XIV, und: WW 35, 1985, S. 174). Dem ist nichts hinzuzufügen.

Erwähnung verdient das Faktum, daß nach einer Phase gelegentlich forcierter politischer und namentlich sozialgeschichtlicher Deutungen des Nibelungenliedes in jüngerer Zeit andere Fragestellungen wieder an Bedeutung gewonnen haben, so die nach der Gattungsstruktur des Werkes (etwa: Anteil und Gewicht der im engeren Sinne des Begriffs epischen und der romanhaften Konstituenten) oder die nach der ›Eigenart des Erzählens im Nibelungenlied. Handlung, Figuren, Erzähler‹ (Peter *Göhler*, 1989, S. 37 ff.), weiterhin z. B. die nach dem Verhältnis zwischen der literarischen Tradition, in der das Nibelungenlied verwurzelt ist, und den Neuerungen, den ›Innovationen‹ seines Dichters. Im übrigen lassen allein schon die Titel der Untersuchungen aus den letzten Jahren das außerordentlich breite Spektrum des Interesses am Nibelungenlied erkennen.

Daß das Nibelungenlied auf den verschiedensten Ebenen literaturwissenschaftlicher und literarhistorischer Betrachtung nach wie vor eine Fülle von offenen Fragen bietet, ist evident. Aber dies ist im Grunde nur ein Teilaspekt einer für seine Rezeption als Ganzes grundlegenden Tatsache: Offenbar stellt das Nibelungenlied ein mehrschichtiges und plurivalentes ›Bedeutungspotential‹ dar, aus dem immer wieder je nach den historisch-gesellschaftlichen Verhältnissen und den Bedürfnissen und Erwartungen der Rezipienten unterschiedliche ›Sinnangebote‹ selektiert und aktualisiert werden konnten, und dies wie im Mittelalter so auch wieder in den mehr als zweieinviertel Jahrhunderten seit seiner Wiederentdeckung bis heute. Gerade, daß das Nibelungenlied nicht auf *einen* Sinn, *eine* Aussage, *eine ›message‹* (J. K. *Bostock*) festgelegt werden kann, weder zur Zeit seiner Entstehung, noch gar in den folgenden Jahrhunderten, erweist seinen künstlerischen Rang. Gewiß ist es die Aufgabe des Literarhistorikers, das Werk zunächst einmal in seiner Geschichtlichkeit, d.h. aus seiner Zeit heraus und im literarischen und allgemeingeschichtlichen Kontext seiner Epoche, zu verstehen und nach der (mutmaßlichen) Intention des Autors und den (mutmaßlichen) Rezeptionsmotiven der zeitgenössischen Hörer und Leser zu fragen. Aber je bedeutender und ranghöher eine Dichtung ist, um so weniger bleibt ihre Aussage, ihr ›Sinnangebot‹ auf die Zeit ihrer Entstehung beschränkt, desto mehr gewinnt sie an Bedeutung auch für andere Epochen und erlaubt den späteren Rezipienten ein mehr als nur historisches Interesse an ihr. Dies zu bezweifeln wäre ebenso töricht, wie es bedenklich wäre, den Literaturwissenschaftler von seiner Pflicht zu entbinden, die Geschichtlichkeit – und das besagt: die geschichtliche Bedingtheit – auch der großen, überragenden dichterischen Leistungen (zu denen das Epos von *der Nibelunge nôt* gehört) ernst zu nehmen und bei der Erschließung des Textes von ihr auszugehen.

Literatur:

a) Zur Rezeption des Nibelungenliedes in der Neuzeit, insbesondere zur Geschichte der Nibelungenforschung

Hermann *Fischer:* Die Forschung über das Nibelungenlied seit Karl Lachmann. Eine gekrönte Preisschrift, 1874; daraus ›Der Verfasser des Nibelungenliedes‹ wieder abgedruckt in: WdF, Bd. 109, 1969, S. 83 – 113.

Josef *Körner:* Nibelungenforschungen der deutschen Romantik, 1911, unveränderter Nachdruck 1968.

Heinz *Küpper:* Französische Nibelungen-Forschung. Eine Studie zur französischen Germanistik und Literaturkritik, Diss. Köln, 1934.

Mary *Thorp:* The Study of the Nibelungenlied. Being the History of the Study of the Epic and Legend from 1755 to 1937, 1940.

Hendricus *Sparnaay:* Karl Lachmann als Germanist, 1948.

Friedrich *Panzer:* Das Nibelungenlied. Entstehung und Gestalt, 1955 (darin 1. Kap.: Geschichte der Nibelungenforschung im Überblick, S. 19 – 63).

Robert-Henri *Blaser:* Un Suisse, J. H. Obereit, 1725 – 1798, médecin et philosophe tire de l'oubli la Chanson des Nibelungen, 1965.

Helmut *Brackert:* Nibelungenlied und Nationalgedanke. Zur Geschichte einer deutschen Ideologie, in: Mediaevalia litteraria. Festschrift für Helmut de Boor, 1971, S. 343 – 364.

Ulrich *Schulte-Wülwer:* Das Nibelungenlied in der deutschen Kunst und Kunstliteratur zwischen 1806 und 1871, Diss. Kiel, 1974.

Ders.: Das Nibelungenlied in der deutschen Kunst des 19. und 20. Jahrhunderts, 1980.

Otfrid *Ehrismann:* Das Nibelungenlied in Deutschland. Studien zur Rezeption des Nibelungenlieds von der Mitte des 18. Jahrhunderts bis zum Ersten Weltkrieg, 1975 (= Münchner Germanistische Beiträge, Bd. 14).

Ders.: Nibelungenlied und Nationalgedanke. Zu Geschichte und Psychologie eines nationalen Identifikationsmusters, in: Damals. Zeitschr. f. geschichtliches Wissen 12, 1980, S. 942 – 960; S. 1033 – 1046; 13, 1981, S. 21 – 35; S. 115 – 132.

Ders.: Philologie der Natur – die Grimms, Schelling, die Nibelungen, in: Brüder Grimm Gedenken 5, 1985, S. 35–59.

Ders: Nibelungenlied 1755–1920: Regesten und Kommentare zu Forschung und Rezeption, 1986 (= Beiträge zur deutschen Philologie, Bd. 62).

Lerke von *Saalfeld*: Die ideologische Funktion des Nibelungenliedes in der preußisch-deutschen Geschichte von seiner Wiederentdeckung bis zum Nationalsozialismus, Diss. FU Berlin, 1977.

Werner *Wunderlich*: Der Schatz des Drachentödters. Materialien zur Wirkungsgeschichte des Nibelungenliedes, 1977.

Jan-Dirk *Müller*: J. J. Bodmers Poetik und die Wiederentdeckung mittelhochdeutscher Epen, in: Euph. 71, 1977, S. 336 – 352.

Annemarie *Gailhofer Pajewski*: Die jüngere Nibelungenforschung 1960 – 1974, 1978 (= Diss. Rice University [Houston/Texas], 1978).

Werner *Hoffmann*: Das Siegfriedbild in der Forschung, 1979 (= Erträge der Forschung, Bd. 127).

Ders.: Das Nibelungenlied in der Literaturgeschichtsschreibung von Gervinus bis Bertau, in: Hohenemser Studien zum Nibelungenlied, 1981, S. 193 – 211.

Siegfried *Grosse*: Zur Rezeption des Nibelungenliedes im 19. Jahrhundert, in: Kunsterfahrung und Kulturpolitik im Berlin Hegels. Hg. von O. Pöggeler und A. Gethmann-Siefert, 1983 (= Hegel-Studien. Beiheft 22), S. 309–331.

Francis G. *Gentry*: Die Rezeption des Nibelungenliedes in der Weimarer Republik, in: Das Weiterleben des Mittelalters in der deutschen Literatur. Hg. von J. F. Poag und G. Scholz-Williams, 1983, S. 142–156.

Else *Ebel* (Hg.): Wilhelm Grimms Nibelungenkolleg, 1985.

Jörg *Kastner*: Das Nibelungenlied in den Augen der Künstler vom Mittelalter bis zur Gegenwart, 1986 (= Katalog der Ausstellung in der Staatlichen Bibliothek Passau vom 2. 5. 1986 bis 12. 6. 1986).

Wolfgang *Storch* (Hg.): Die Nibelungen. Bilder von Liebe, Verrat und Untergang, 1987 (= Katalog der Ausstellung im Haus der Kunst, München, 5. Dezember 1987 bis 14. Februar 1988).

Eckhard *Grunewald*: Friedrich Heinrich von der Hagen 1780–1856. Ein Beitrag zur Frühgeschichte der Germanistik, 1988.

Herfried *Münkler* und Wolfgang *Storch*: Siegfrieden. Politik mit einem deutschen Mythos, 1988.
Marie-Renée *Diot-Duriatti:* Les frères Schlegel et le Nibelungenlied: partialité et universalité, in: Sammlung – Deutung – Wertung. Mélanges de littérature médiévale et de linguistique allemande offerts à Wolfgang Spiewok. Hg. von Danielle Buschinger, 1988, S. 61–71.
Herfried *Münkler*: Das Nibelungenschicksal und die deutsche Nation, in: Forschung Frankfurt. Wissenschaftsmagazin der Johann Wolfgang Goethe-Universität Frankfurt am Main, 7. Jg., 1989, H. 1, S. 5–11.
John Evert *Härd*: Nibelungeneposets moderna historia. Mottagande och värderingar från tysk romantik till nutid, 1989.
Rainer *Kolk*: Berlin oder Leipzig? Eine Studie zur sozialen Organisation der Germanistik im »Nibelungenstreit«, 1990.
Joachim *Heinzle* und Anneliese *Waldschmidt* (Hg.): Die Nibelungen. Ein deutscher Wahn, ein deutscher Alptraum. Studien und Dokumente zur Rezeption des Nibelungenstoffs im 19. und 20. Jahrhundert, 1991 (= suhrkamp taschenbuch. 2110).
Ernst S. *Dick*: The Nibelungenlied between Epic and Romance: The Genre Aspect in the Process of Reception, in: Von Otfried von Weißenburg bis zum 15. Jahrhundert. [. . .]. Hg. von Albrecht Classen, 1991 (= GAG, Nr. 539), S. 53–64.
Untersuchungen zu den dichterischen Neugestaltungen des Nibelungenliedes s. in der Auswahlbibliographie unter l) (Seite 161f.).

b) Auswahl forschungsgeschichtlich wichtiger Arbeiten (von Karl Lachmann bis Friedrich Panzer)

Karl *Lachmann:* Über die ursprüngliche Gestalt des Gedichts von der Nibelungen Noth, 1816; wieder abgedruckt in: K. L., Kleinere Schriften zur Deutschen Philologie. Hg. von K. Müllenhoff, 1876, unveränderter Nachdruck 1969, S. 1–80, und in: WdF, Bd. 109, 1969, S. 1–82. [In *Lachmanns* ›Kleineren Schriften‹ findet man auch seine Auseinandersetzung mit den Ausgaben des Nibelungenliedes durch Friedrich Heinrich *von der Hagen*.]
Ders.: Zu den Nibelungen und zur Klage. Anmerkungen, 1836.
Friedrich Heinrich *von der Hagen:* Die Nibelungen: ihre Bedeutung für die Gegenwart und für immer, 1819.
Ders.: Zur Geschichte der Nibelungen, 1820.
Wilhelm *Müller:* Über die Lieder von den Nibelungen, 1845.
Ders.: Mythologie der deutschen Heldensage, 1886 (über das Nibelungenlied S. 29 – 123).
Adolf *Holtzmann:* Untersuchungen über das Nibelungenlied, 1854.
Ders.: Kampf um der Nibelunge Hort gegen Lachmanns Nachtreter, 1855.
Friedrich *Zarncke:* Zur Nibelungenfrage. [. . .], 1854.
Karl *Müllenhoff:* Zur Geschichte der Nibelunge Not, 1855 (als Aufsatz im Dezemberheft der Allg. Monatsschr. f. Wiss. u. Litt., 1854).

Rochus von *Liliencron:* Über die Nibelungenhandschrift C. [. . .], 1856. [Spätere Beiträge zur Handschriftenfrage sind im Literaturverzeichnis zum 3. Kapitel angeführt.]

Heinrich *Fischer:* Nibelungenlied oder Nibelungenlieder? Eine Streitschrift, 1859.

Rudolf *Henning:* Nibelungenstudien, 1883.

Henri *Lichtenberger:* Le poème et la légende des Nibelungen, 1891.

Emil *Kettner:* Die österreichische Nibelungendichtung. Untersuchungen über die Verfasser des Nibelungenliedes, 1897.

Andreas *Heusler:* Lied und Epos in germanischer Sagendichtung, 1905, unveränderter Nachdruck 1956, Sonderausgabe 1960 (= Libelli, Bd. 32).

Ders.: Nibelungensage und Nibelungenlied. Die Stoffgeschichte des deutschen Heldenepos, 1921, ^{2}1922, ^{3}1929, später Nachdrucke (^{6}1965, ND 1982). [Vgl. die Würdigung von *Heuslers* Konzeption durch Laura Mancinelli, La ›Nibelungenforschung‹ di Andreas Heusler alla luce della critica più recente, in: Arte e Storia. Studi in onore di Leonello Vincenti, 1965, S. 285 – 307.]

R. C. *Boer:* Untersuchungen über den Ursprung und die Entwicklung der Nibelungensage, Bd. 1, 1906; Bd. 2, 1907; Bd. 3, 1909.

Friedrich *Panzer:* Studien zur germanischen Sagengeschichte II. Sigfrid, 1912, unveränderter Nachdruck 1969.

Samuel *Singer:* Eine Episode des Nibelungenliedes, in: Neujahrsblätter der Literarischen Gesellschaft Bern, 1917; umgearbeitete Fassung in: S. S., Germanisch-romanisches Mittelalter. Aufsätze und Vorträge, 1935, S. 232 – 254.

Heinrich *Hempel:* Nibelungenstudien I. Nibelungenlied, Thidrikssaga und Balladen, 1926. [Dazu Dietrich *Kralik,* Arch., 82. Jg., 152. Bd., 1927, S. 229 – 240.]

Hans *Sperber:* Heuslers Nibelungentheorie und die nordische Überlieferung, in: Festschrift Max H. Jellinek [. . .] dargebracht, 1928, S. 123 – 138.

Dietrich *Kralik:* Die Sigfridtrilogie im Nibelungenlied und in der Thidrekssaga. I. Teil, 1941. [Dazu Hermann *Schneider,* AfdA 60, 1941, S. 59 – 70; Wolfgang *Mohr,* DuV (= Euph.) 42, 1942, H. 4, S. 83 – 123.]

Friedrich *Panzer:* Studien zum Nibelungenliede, 1945. [Dazu Heinrich *Hempel,* AfdA 64, 1948/50, S. 28 – 37; Hermann *Schneider,* Euph. 45, 1950, S. 493 – 498. Eine kritische Auseinandersetzung mit *Panzer* bietet Irene *Ott-Delagneau:* Romanisches im Nibelungenlied? Eine Untersuchung im Anschluß an Friedrich Panzers ›Studien zum Nibelungenlied‹ 1945, Diss. Tübingen, 1948 (Masch.-Schr.).]

Ders.: Nibelungische Ketzereien, in: Beitr. 72, 1950, S. 463 – 498 (wieder abgedruckt in: WdF, Bd. 14, 1961, S. 138 – 169); Beitr. 73, 1951, S. 95 – 123; Beitr. 75, 1953, S. 248 – 272.

Ders.: Nibelungische Problematik, HSB, 1953/54, 3. Abh.

Ders.: Das Nibelungenlied. Entstehung und Gestalt, 1955. [Dazu Bert *Nagel,* ZfdPh 76, 1957, S. 268 – 305.]

Neuere Literatur zur Vorgeschichte des Nibelungenliedes ist im Anschluß an das 2. Kapitel verzeichnet. Wichtige Untersuchungen, die vorwiegend dem ›Gehalt‹ des Nibelungenliedes gelten, sind in der ›Auswahlbibliographie‹, S. **144** ff. zusammengestellt.

2. Kapitel

Die Grundlagen und die Entwicklung des Stoffes

Wenn man auch das Nibelungenlied als eine wesenhaft hochmittelalterliche Dichtung betrachten muß, so hat es doch selbstverständlich seine Vorgeschichte und seine z. T. weit zurückreichenden und weit ausgreifenden stofflich-motivischen Grundlagen und Beziehungen. Die Tatsache, daß immer mehr Forscher es aufgegeben haben, das Nibelungenlied von ihnen und insbesondere von seinen unmittelbaren ›Vorstufen‹ aus zu sehen und zu beurteilen, besagt nicht, daß die Beschäftigung mit den Sagen und Dichtungen aus dem Stoffkreis des Nibelungenliedes nicht wichtig und nützlich wäre, in begrenztem Maße durchaus auch für das Verständnis und die ästhetische Wertung des Nibelungenepos aus der Zeit um 1200. Die Frage nach den stofflichen Grundlagen des Nibelungenliedes führt sogleich über die überlieferte Dichtung hinaus und damit, notwendig, rasch in den Bereich von Konstruktionen und Hypothesen. Es ist deshalb nicht verwunderlich, daß wir hier den umstrittensten und ungesichertsten Teil der Nibelungenforschung vor uns haben. Archetypisch-mythische Züge, Märchenmotive, geschichtliche Ereignisse (vielleicht auch solche aus der Gegenwart noch des letzten Dichters), bereits geformte Heldensage (Heldendichtung), dazu weitere Motive aus den Literaturen verschiedener Zeiten und Völker sind an der Ausbildung des Nibelungenstoffes beteiligt und sind in dem hochmittelalterlichen Epos eine Verbindung eingegangen, die sich wohl kaum je völlig entwirren lassen wird, zumal nicht nur der jeweilige Anteil dieser Komponenten unsicher bleiben muß, sondern auch ihr Vorhandensein z. T. bestritten wird; dies gilt etwa für die Märchenmotive. Vgl. zu den einzelnen Stoffbereichen, auf die der Nibelungendichter zurückgegriffen hat (oder haben kann), zusammenfassend Bert *Nagel*, Das Nibelungenlied, [2]1970, S. 12 – 52 (S. 14 – 33: geschichtliche Elemente; S. 34 – 47: Mythos und Märchen; S. 48 – 52: literarische Quellen).

Noch im Nibelungenlied ist deutlich die ursprüngliche Zweiteilung des Stoffes zu erkennen. Der Einschnitt liegt zwischen der 19. Aventiure (*Wie der Nibelunge hort ze Wormez brâht wart*) und der 20. (*Wie künec Etzel ze Burgonden nâch Kriemhilde sande* [Wortlaut jeweils nach *de Boors* Ausgabe]); mit der Strophe B 1143 (*Daz was in einen zîten dô vrou Helche erstarp, / unt daz der künic Etzel umb ein ander vrouwen warp*) setzt der zweite Teil der

Dichtung ein. Für jede stofflich-motivische Betrachtung muß diese Zweiteilung – Siegfried-Brünhilt-Handlung (Siegfrieds Tod) und Burgundenuntergang – zugrunde gelegt werden. Wann die beiden Sagenkreise zusammengefügt wurden, ist nicht sicher zu entscheiden. Ob dies tatsächlich erst durch den Dichter des Nibelungenliedes um 1200 geschehen ist, wie Andreas *Heusler* und mit ihm viele andere Forscher annehmen, ist heute zweifelhafter als vor einigen Jahrzehnten. Dadurch, daß Siegfried überall der Schwager der burgundischen Könige wird, sind die beiden Sagenkreise auf jeden Fall aufeinander bezogen. Ihre Verbindung kann locker bleiben, wie in den Liedern der Edda: Keines von ihnen umspannt beide Fabeln (vgl. jedoch Karl *Hauck*, DVjs. 31, 1957 [s. auch oben, S. 16f.]). Beide können aber auch äußerlich und innerlich zu *einer* Dichtung verschmolzen sein, wie eben im Nibelungenlied. Hier bildet das Geschehen im ersten Teil, Siegfrieds Tod, die Voraussetzung für das Geschehen im zweiten Teil, indem der Untergang der Burgunden als das Werk Kriemhilts erscheint, die Siegfried, ihren ersten Mann, an ihren königlichen Brüdern und Hagen rächt. Aus zwei ursprünglich getrennten Sagenkreisen sind also die beiden, kausal miteinander verknüpften Teile einer großepischen Dichtung geworden. Nur am Rande klingt im Nibelungenlied noch ein dritter Stoffkreis an, der von den Jung-Siegfried-Abenteuern (Drachenkampf, Schatzerwerb), die außer in nordischen Dichtungen in dem späten (oder wenigstens spät überlieferten) ›Lied vom Hürnen Seyfrid‹ (ältester bekannter Druck ca. 1530) erzählt werden. Der Nibelungendichter konnte auf sie für die Handlungsführung nicht gänzlich verzichten (Nibelungenhort, Siegfrieds Tarnkappe und Hornhaut), war aber an ihnen offensichtlich nicht sonderlich interessiert und hat sie darum nicht episch dargestellt, sondern nur in Hagens kurzem Bericht in der 3. Aventiure (B, Str. 87 ff.) den Hörern in Erinnerung gerufen. Wenn er diesen stark von mythischen und märchenhaften Elementen getragenen Stoffkreis nur insoweit in seine Dichtung einbezogen hat, wie dies unerläßlich war, dann zeigt das, daß er die Geschichte Siegfrieds sich wo irgend möglich im höfischen Rahmen entfalten lassen wollte und daß es im Nibelungenlied auf die ›menschliche‹ Motivation der Handlung ankommt (zu der etwa auch machtpolitische Überlegungen gehören können).

Geschichtliche Grundlagen der Nibelungensagen

Für den zweiten Teil des Nibelungenliedes, also den Burgundenuntergang, sind historische Grundlagen verhältnismäßig klar erkennbar, während sie für den ersten Teil, also Siegfrieds Tod, heftig umstritten sind (wobei wir in diesem Kapitel nicht an etwaige, namentlich von Friedrich *Panzer* [vgl. oben, S. 20] herangezogene geschichtliche Ereignisse aus der unmittelbaren Vergangenheit oder der Gegenwart des Nibelungendichters um 1200 denken). Wir beginnen mit den geschichtlichen Grundlagen des zweiten Teils.

Der Burgundenkönig Gundahar(ius) hatte in den Jahren 406 bis 413 nach Überschreiten des Rheins seinem Stammesteil neue, linksrheinische Sitze erobert. Seit 413 gab es das burgundische Föderatenreich wahrscheinlich am Mittelrhein (um *Borbetomagus* = Worms) – wahrscheinlich, denn Sicherheit, daß Worms die Hauptstadt des Burgundischen Reiches war, hat sich bis jetzt nicht gewinnen lassen, auch nicht durch Ausgrabungen. So fehlt es nicht an Forschern, die das Burgundenreich statt dessen am Niederrhein lokalisieren. Man vergleiche zu dieser Kontroverse vor allem die im Literaturverzeichnis (S. 69f.) genannten Untersuchungen von Peter *Wackwitz* und Karl Friedrich *Stroheker*. Bei seinem Versuch, seinen Herrschaftsbereich in nordwestlicher Richtung gegen das noch römische Gallien auszudehnen, wurde König Gundahar (435/) 436 von dem weströmischen Heermeister Aëtius geschlagen und 436 oder 437 von den Hunnen, die wohl als Hilfstruppen des Aëtius anzusehen sind, entscheidend besiegt. Er selbst verlor mit der ganzen Königssippe und dem größten Teil seines Volkes – die Geschichtsschreiber sprechen von 20 000 Toten – das Leben. Den Resten der Burgunden wies Aëtius im Jahre 443 neue Sitze in der *Sapaudia*, dem heutigen Savoyen, an der oberen Rhône und der Saône, an, wo ein neues Burgundenreich entstand. Seit dem Jahre 461 war *Lugdunum* (>Lyon) die neue burgundische Residenz. In der Folgezeit dehnten die Burgunden ihr neues Reich weit aus (so nach Süden fast bis zum Mittelmeer), wobei sie rasch die überlegene römische Kultur adaptierten. Im Jahre 534 wurden sie von den Franken besiegt und ihr Gebiet dem fränkischen Reich eingegliedert.

Unter König Gundobad wurde das burgundische Recht aufgezeichnet (vor 516, dem Todesjahr des Königs), die *Lex Burgundionum* oder *Lex Gundobada*, ein auch im Zusammenhang mit den geschichtlichen Grundlagen des Nibelungenliedes wichtiges Dokument, weil in ihm als Vorfahren Gundobads die Könige Gibica, Gundomar, Gislahar und Gundahar verzeichnet sind. Alle vier haben Eingang in die Heldensage gefunden. *Gibica* (anord. *Gjúki*, mhd. *Gibiche*) ist in allen Nibelungendichtungen außer dem Nibelungenlied der Vater der burgundischen Brüder; im Nibelungenlied heißt dieser *Dancrât* (B 7,2). Doch war der eigentliche Name des Vaters Kriemhilts und ihrer Brüder auch noch im ausgehenden Mittelalter bekannt. So ist er in der Fassung des Nibelungenliedes in

›Lienhart Scheubels Heldenbuch‹ (Wiener Piaristenhandschrift, Ende des 15. Jh.s) ebenso bewahrt wie vorher im ›Rosengarten zu Worms‹ und später noch im ›Lied vom Hürnen Seyfrid‹ und in dem auf diesem beruhenden Volksbuch ›Von dem gehörnten Siegfried‹. *Gundomar* ist vermutlich mit dem im Nordischen erscheinenden *Guthorm* identisch, an dessen Stelle in der deutschen Dichtung *Gernot* getreten sein wird, während umgekehrt *Gislahar* als *Giselher* auf die deutsche Heldendichtung beschränkt ist. *Gundahar* ist natürlich *Gunther* (anord. *Gunnar*). Der Kampf zwischen Gunther und Etzel (nord. Gunnar und Atli) ist sagenhafte Umdeutung der Geschichte: der Führer der Hunnen, die im Jahre 436 oder 437 die Burgunden unter Gundahar besiegten, war nicht Attila. Aber eine solche sagenhafte Umformung der geschichtlichen Grundlagen, wie sie für die Heldensage und Heldendichtung charakteristisch ist, konnte doch auch auf die Geschichtsschreibung einwirken, in sie eingehen. So verlegt Paulus Diaconus im 8. Jh. die Vernichtung des Burgundenreiches in das Jahr 451 – es ist dies das Jahr der Schlacht auf den Katalaunischen Feldern, in der die Hunnen tatsächlich unter Attilas Führung standen – und macht Attila zum Vernichter der Burgunden. Historisch war es so, daß in der Schlacht auf den Katalaunischen Feldern burgundische Truppen aus dem in die Sapaudia umgesiedelten Volksteil auf seiten des Aëtius standen, während rechtsrheinische Burgunden zu Attilas Heer gehörten.

453 starb Attila in der Hochzeitsnacht mit der Germanin *Hildico* (Diminutivform eines Frauennamens auf -hild, »Hildchen«; gegen die Deutung des Namens als ursprüngliches Hypokoristikon Gottfried *Schramm*, ZfdA 94, 1965, S. 40 f.) an einem Blutsturz; so der Bericht des Jordanes (Mitte des 6. Jh.s) unter Berufung auf den byzantinischen Geschichtsschreiber Priskos, einen Zeitgenossen Attilas. Es ist verständlich, daß der natürliche, ganz ›unheldische‹ Tod des mächtigen Hunnenherrschers die Phantasie immer wieder zu Vermutungen angeregt hat. Sollte ihn nicht etwa die Frau, die mit ihm die Hochzeitsnacht verbrachte, getötet haben? Diese Ansicht äußerte zuerst der oströmische Geschichtsschreiber Marcellinus Comes etwa 70 Jahre nach Attilas Tod (MGH, Auct. ant., Bd. XI, 1894, S. 86). Nur *ein* Motiv für eine solche Tat war für die Germanen vorstellbar: Verwandtenrache. Dabei wird man zunächst an die Vernichtung des rheinischen Burgundenreiches im Jahre 436 oder 437 gedacht haben, die ja mit Attila in Verbindung gebracht wurde. Im späten 9. Jh. spricht dann der Poeta Saxo davon, die Germanin habe Attila ermordet, um ihren Vater zu rächen (MGH, SS, Bd. I, 1826, S. 247) – eine bezeichnende ›Personalisierung‹ des volks- oder völkergeschichtlichen Ereignisses des 5. Jh.s, wenngleich die Frau

nach der Darstellung des sächsischen Dichters ihren Vater und nicht, wie in den Nibelungendichtungen, ihre Brüder oder ihren ersten Gatten (und diesen an ihren Brüdern) rächt.

Ein Jahr nach Attilas Tod besiegten germanische Stämme unter Führung des Gepidenkönigs Ardarich die Hunnen in der Schlacht am Flusse Nedao (?) und befreiten sich von der hunnischen Herrschaft. In dieser Schlacht fand zumindest der älteste von Attilas Söhnen, Ellak, den Tod. An dem Kampf gegen die Söhne Attilas nahm auch Theodemer, der Vater Theoderichs des Großen, teil. Wie diese geschichtliche Grundlage im Laufe der Zeit umgestaltet und sagenhaft umwoben wurde, zeigt die ›Chronica Hungarorum‹ des ungarischen Geschichtsschreibers Simon von Kéza aus dem letzten Viertel des 13. Jh.s. Kézas Chronik beruht auf einer älteren Darstellung der Geschichte Ungarns, für die auch deutsche Quellen herangezogen wurden. Kéza berichtet von den Nachfolgekämpfen am Hunnenhof nach Attilas Tod zwischen dem Sohn einer griechischen Frau Attilas und dem einer germanischen Fürstin Crimildis. Unter den am Hunnenhof lebenden germanischen Fürsten nennt er auch Dietrich von Bern. In dem über fünfzehn Tage dauernden Kampf seien nicht nur die fremdlingischen Halbbrüder, sondern auch die Hunnen selbst untergegangen. Ein Druck vom Jahre 1781 enthält den Zusatz, daß die Ungarn diesen Kampf noch heute das ›proelium Crumhelt‹ nennen.

Eine völlig abweichende Auffassung über den historischen Kern des Burgundenuntergangs im Nibelungenlied hat der Slavist Heinrich *Kunstmann* zu inaugurieren gesucht (1982). Danach beruhe die Erzählung vom Burgundenuntergang auf der Niedermetzelung eines (proto-)bulgarischen Stammes durch Baiern im Jahre 631 oder 632 auf Befehl des fränkischen Königs Dagobert I., und zwar wahrscheinlich in der Nähe der Enns, der alten bairisch-pannonischen Grenze. Nach dem Bericht des fränkischen Geschichtsschreibers Fredegar sollen von den 9000 Bulgaren 8300 ihr Leben verloren haben. Die Identifizierungen, die Kunstmann vornimmt, sind ebenso weitgehend wie kühn, etwa auch hinsichtlich der Gestalt Rüedegers, in dem jener bairische *dux* literarisch weiterlebe, der dem vor den Awaren geflohenen (proto-)bulgarischen Stamm zunächst Asyl gewährt habe, ihn dann aber auf Dagoberts Befehl niedermetzeln lassen mußte. Die Nibelungenforscher haben die Thesen Kunstmanns durchweg mit großer Skepsis aufgenommen. In der Tat sind sie überaus problematisch, und viele der von ihm angeführten Parallelen sind offensichtlich ad hoc konstruiert. Auch wenn die Germanisten sich mit Kunstmanns Arbeit nicht so umfassend, d. h. detailliert, auseinandergesetzt haben, wie dies möglich wäre, kann man konstatieren, daß die These vom ›bairischen Bulgarenmord‹ die traditionelle Anknüpfung des Burgundenuntergangs im Nibelungenlied an Ereignisse des 5. Jahrhunderts nicht ernstlich in Frage zu stellen vermag.

Weit schwieriger lassen sich geschichtliche Grundlagen für den ersten Teil des Nibelungenliedes nachweisen, wenngleich kaum ein Zweifel besteht, daß sie vorhanden sind. Am ehesten sind sie in der merowingischen Geschichte des 6. Jh.s zu suchen, womit die um Siegfried und Brünhilt zentrierten Geschehnisse von vornherein in kleiner dimensionierten Räumen wurzeln würden und auch in einer anderen historischen ›Atmosphäre‹ angesiedelt wären als die ein Völkerschicksal spiegelnde Erzählung vom Burgundenuntergang. Im Jahre 566 oder 567 vermählte sich der austrasische König Sigibert I. mit Brunhild (Brunichild), einer Tochter des Westgotenkönigs Athanagild. Sigiberts Bruder Chilperich I. von Neustrien heiratete Brunhilds Schwester Galswintha, nachdem er sich von seinen Konkubinen getrennt hatte. Eine von ihnen, Fredegund, gewann jedoch die Gunst des Königs zurück und bewog ihn, seine Gattin ermorden zu lassen. Kurz danach heiratete Chilperich Fredegund. Brunhild trieb daraufhin Sigibert zum Krieg gegen seinen Bruder an. Der austrasische König war zunächst erfolgreich, fiel aber im Jahre 575 einem Meuchelmord zum Opfer, offenbar auf Anstiftung Fredegunds, während Brunhild hinter der Ermordung Chilperichs im Jahre 584 stehen könnte. Wenn diese historische Anknüpfung richtig ist, geht Siegfried (Schreibung in den Handschriften des Nibelungenliedes: *Sifrit*, *Sivrit*; anord. *Sigur*ðr, Sigurd) auf den merowingischen König Sigibert zurück, und aus der geschichtlichen Brunichild ist in der Dichtung Grimhild geworden, was eine Folge des Stabreims in den Namen der Angehörigen der burgundischen Königsfamilie sein könnte. (Die Namensform Kriemhilt, die die Medienverschiebung g > k aufweist, ist obd.)* Der Name Brun-

---

* Der Name Kriemhilt bietet nach Ursprung und Lautentwicklung manche Schwierigkeiten, und es fehlt nicht an abweichenden Auffassungen und Erklärungen. So ist die Meinung vertreten worden, der erste Bestandteil des Namens Grīmhild sei etymologisch ein anderes Wort als der in Kriemhilt < Krēmhild (Edward *Schröder*, AfdA 56, 1937, S. 57). Andererseits hat Klaas *Heeroma* darauf aufmerksam gemacht, daß die unterschiedlichen Vokale (ē > ie neben ī) sich ohne Schwierigkeit erklären ließen und der Wechsel gr-/kr- eine nicht an eine bestimmte Zeit gebundene Erscheinung sei (Nd. Jb. 83, 1960). Vgl. jetzt auch Heinrich *Tiefenbach* (BNf 20, 1985): Übergang von *Grīmhild* zu *Crēmhild* vielleicht im franko-lateinischen Raum im Zusammenhang mit dem Romanisierungsprozeß.

hild (anord. Form: *Brynhildr*) müßte dann mit der Rolle der historischen Fredegund verbunden worden sein. Ob dieser Rollen- und Namenstausch wirklich eingetreten ist, läßt sich schwer entscheiden. Hugo *Kuhn* z.B. hält ihn für möglich (1953, S. 19), und man kann darauf hinweisen, daß der Name Grimhild in dem Sagenkreis um Siegfried nicht unverrückbar festgelegt war: Im Norden erscheint statt seiner Gudrun (anord. *Guðrún*), während Grimhild (anord. *Grimhildr*) der Name ihrer Mutter, der deutschen Uote, ist. Bedenken hat, um wenigstens eine Gegenstimme anzuführen, Helmut *de Boor* geäußert (zuletzt in der Einleitung zu seiner Ausgabe des Nibelungenliedes, [20]1972; [22]1988). Der vorauszusetzende Rollentausch widerspreche »aller Erfahrung mit heroisch-historischer Dichtung« (S. XXV bzw. S. XXVII). »Aller heroischen Dichtung geht es um die historische Persönlichkeit; die Ereignisse sind dichterischer Umgestaltung freigegeben, die großen Namen werden festgehalten« (ebd.). Die Zurückführung der Siegfried-Brünhilt-Sage auf die merowingische Geschichte hat sich allen anderen Ableitungen gegenüber als überlegen erwiesen. Eine so weitgehende historische Identifizierung sämtlicher Einzelheiten, wie sie etwa der dänische Forscher Gudmund *Schütte* versucht hat (1935), muß man allerdings mit Skepsis beurteilen. Es dürften insgesamt mehr Reflexe der grauenhaften merowingischen Geschichte des 6. Jh.s mit ihren verbreiteten Intrigen und Morden sein, die wir im ersten Teil des Nibelungenliedes finden, als daß sich Sicherheit darüber gewinnen ließe, welche geschichtlichen Personen und Vorgänge im einzelnen hinter den Gestalten und Ereignissen stehen, von denen Sage und Dichtung erzählen.

Sigibert ist keineswegs das einzige historische ›Modell‹, das man für die Gestalt Siegfrieds geltend gemacht hat (vgl. dazu im einzelnen Werner *Hoffmann*, Das Siegfriedbild in der Forschung, 1979). So hat man u. a. auf Personen und Geschehnisse der burgundischen Geschichte zurückgegriffen, sowohl auf solche im mittelrheinischen Burgundenreich des ersten Drittels des 5. Jh.s (Helmut *de Boor*, 1939; Siegfried wäre dabei der vertriebene Sproß eines ripuarischen Fürstenhauses, der am burgundischen Königshof Aufnahme gefunden hätte) als auch auf solche im neuen Burgundenreich des frühen 6. Jh.s. Andere Forscher haben an den ostgotischen Heerführer Uraja erinnert (schon in der Frühzeit der germanistischen Forschung, später hauptsächlich der Historiker Martin *Lintzel*, 1934) oder an den Cheruskerfürsten Arminius. Diese seit Franz Joseph *Mone* (1830) und namentlich Adolf *Giesebrecht* (Über den Ursprung der Siegfriedssage, in: Germania 2, 1837, S. 203–234) immer wieder einmal propagierte These findet auch heute noch oder wieder Anhänger. Aus der Zeit nach dem Zweiten Weltkrieg sind besonders die Untersuchungen des Klassischen Philologen Ernst *Bickel* und die des Altgermanisten Otto *Höfler* zu nennen. Beider Argumentation ist unterschiedlich. Bickel rekurriert auf die Übereinstimmung der Todesart des Arminius und Siegfrieds, die beide in noch jugendlichem Alter von Verwandten heimtückisch ermordet werden (Arminius im Jahre 19 oder 21 n. Chr.), und auf Siegfrieds Herkunft aus Xanten, dem Zentrum der Arminiusüberlieferung in der römischen Kaiserzeit. Otto Höfler rückt demgegenüber den Sieg des Arminius über Varus in der Schlacht im Teutoburger Wald (9 n. Chr.) in den Mittelpunkt. Dieser Sieg sei – und das ist für Höflers Auffassung nachgerade konstitutiv – dann mythisch überhöht und als Drachenkampf versinnbildlicht, damit zugleich anschaubar gemacht worden. Nicht das historische Ereignis als solches ist in Höflers Betrachtungsweise wesentlich, sondern dessen Transponierung in eine andere Dimension: »Das menschlich-historische Geschehen wird ins Mythische und Übermenschliche *erhöht,* indem man es als eine Wiederholung, als eine Re-Präsentierung mythischer und zugleich archetypischer Ur-Ereignisse versteht und gestaltet. Das bedeutet [. . .] eine Erhöhung des historisch wirklichen Geschehens durch Sinnbindung an das Mythische und Sinndeutung aus dem Mythischen« (1961, S. 20 [die Hervorhebung bei H.]).

Überhaupt aus dem Mythos sieht Franz Rolf *Schröder* die Gestalt Siegfrieds erwachsen, wie dies in der Frühzeit der germanistischen Sagenforschung und während des ganzen 19. Jh.s üblich war (bei durchaus unterschiedlicher Identifizierung Siegfrieds mit germanischen Göttern, wie Freyr oder Baldr). Nach F. R. Schröder repräsentiert Siegfried den Typ des früh sterbenden Göttersohns – der Göttersohn als Jahres- und Wachstumsgott, als Heilbringer und Überwinder des Chaos-Ungeheuers (in Form des Sieges über den Drachen), der dann früh sein Leben verliert. ›Heroisierung des Mythos‹ ist in der Sicht F. R. Schröders der entscheidende Vorgang in der Ausbildung der Heldensage, auch der Siegfriedsage. Die grundsätzliche Problematik dieser These vom Ursprung der Heldensage, ihre Herleitung aus Mythos und Kult (was nach Schröder amythische, geschichtlich verwurzelte und nicht erst sekundär historisierte Heldensagen nicht ausschließt), ist hier nicht zu erörtern. Ebensowenig ist es möglich, die gleichfalls versuchte Herkunft der Heldensage, gerade der von Siegfried, aus dem Märchen (›Heroisierung des Märchens‹) zu behandeln, eine Ursprungsthese, die hauptsächlich mit dem Namen Friedrich *Panzers* verknüpft ist. Mythos und Märchen können sehr wohl an dem Werden von Heldensagen beteiligt sein. Dies gilt auch für die sich um Siegfried herumrankenden Sagen. In den nordischen Texten ist ein starker mythischer Einschlag vorhanden, der überhaupt nicht bestritten werden kann. Die Frage ist nur, »ob solche mythische Züge primär sind, und nicht eher Wirkungen einer *sekundären Mythisierung*« (Gudmund *Schütte*, S. 18 [die Hervorhebung bei Sch.]). Man wird der zweiten Möglichkeit den Vorzug geben müssen, denn der mythische Wurzelgrund der germanischen Heldensage ist zwar immer wieder einmal postuliert und behauptet, aber niemals schlüssig erwiesen worden – auch nicht für die Siegfriedsage.

Möglich ist immerhin (angesichts der Vielschichtigkeit der Sachlage sollte man in einer zusammenfassend-informierenden Darstellung nicht über diese gewiß etwas vage Formulierung hinausgehen), daß die Gestalt Siegfrieds und die um ihn zentrierten Geschehnisse keinen monogenen Ursprung haben. In diesem Sinne hat sich auch Helmut *de Boor* in seiner letzten Stellungnahme zu diesem Problem geäußert: »Die Werbung und ihre Folgen haben in aller Siegfrieddichtung so viele zauberhafte und mythische Züge, daß man fragen muß, ob sie nicht von Haus aus, fern aller Historie, zu den Taten des mythischen Heros Siegfried gehört und dessen Tod herbeigeführt haben. Dann wäre das, was sich uns als älteste erreichbare Siegfrieddichtung [. . .] ergeben wird, bereits aus einer Verschmelzung zweier Gestalten, des historischen Merowingers und des jugendlichen mythischen Heros und deren Geschichten entstanden« (Einleitung zur Ausgabe des Nibelungenliedes, [20]1972, S. XXV; [22]1988, S. XXVII). Ähnlich hat auch (1979) Alois *Wolf* wieder »die früh einsetzende und folgenschwere Verknüpfung heroisierter Geschichte und mythischer Handlungskerne« betont (Mythos und Geschichte [. . .], S. 50 [b]), dabei im Hinblick auf die hochmittelalterliche Dichtung jedoch mit Recht konstatiert: »Das Nibelungenlied sieht im Höfischen selbst die Problematik und das, was genetisch dem Mythos zuzuordnen wäre, ist als solches nicht mehr wirksam, sondern wird auf das Nebengeleise des Märchenhaften, Abenteuerlichen, Burlesken abgeschoben oder von der realen mittelalterlichen Geographie absorbiert« (S. 52 [b]).

Deutsche Nibelungendichtungen

Auf deutschem Boden ist das mhd. Nibelungenlied zugleich die älteste erhaltene Nibelungendichtung überhaupt. Was es in den vorausgegangenen Jahrhunderten seit dem frühen Mittelalter an dichterischen Gestaltungen der spätestens im Nibelungenlied endgültig verschmolzenen beiden Sagenkreise sowie an Jung-Siegfried-Dichtungen gegeben hat, läßt sich nur mit mehr oder weniger großer Wahrscheinlichkeit erschließen. Deutsche Nibelungendichtungen neben oder nach dem Nibelungenlied sind erst in sehr später Überlieferung auf uns gekommen, wohl gerade deshalb, weil das Epos von *der Nibelunge nôt* die überragende Gestaltung der mittelalterlichen Heldendichtung gewesen ist. Sie sind ohne dichterisch-ästhetischen Rang, aber durchaus von literarhistorischem Interesse. Man hat für sie den von Hans *Naumann* geprägten Begriff des ›gesunkenen Kulturguts‹ herangezogen. Diese Kennzeichnung ist an sich richtig, entbindet den Literarhistoriker aber nicht von der Aufgabe, Eigenart und Funktion dieser späten Werke zu analysieren, ohne sie von vornherein am Nibelungenlied als der vermeintlich zeitenthobenen Norm der mittelalterlichen Heldendichtung zu messen. Gewiß ist die Funktion der späten Heldendichtung, nicht nur der aus dem nibelungischen Stoffkreis, in erheblichem Umfang die – oft genug recht grobe – Unterhaltung, doch geht sie über diese, übrigens völlig legitime, Funktion von Dichtung immer wieder einmal hinaus.

Erst aus dem 16. Jh. ist das ›Lied vom Hürnen Seyfrid‹ erhalten, das noch weit ins 17. Jh. hinein gedruckt wurde. Wahrscheinlich ist das Seyfridslied, so wie es uns vorliegt, das Produkt eines ziemlich unachtsam verfahrenden, vermutlich Nürnberger Kompilators aus der Zeit um 1500. Aber es hat selbstverständlich ältere Siegfrieddichtungen gegeben, die er benutzt und verbunden hat. Inwiefern man mit einem biographisch angelegten Siegfriedepos des 13. Jh.s als Hauptquelle des ›Liedes vom Hürnen Seyfrid‹ rechnen kann, wie dies etwa Dietrich *Kralik* annimmt, ist sehr zweifelhaft. Zusammenfassende Darstellungen der mit dem ›Hürnen Seyfrid‹ verbundenen Probleme geben Werner *Hoffmann*, Mittelhochdeutsche Heldendichtung, 1974, S. 95–104, und Horst *Brunner*, Hürnen Seyfrid, in: VL, Bd. 4, 1983, Sp. 317–326. Auf dem ›Lied vom Hürnen Seyfrid‹ beruht sowohl die Dramatisierung des Stoffes durch Hans Sachs im Jahre 1557 als auch die Prosaisierung im Volksbuch ›Von dem gehörnten Siegfried‹, das erstmals genau hundert Jahre nach Sachs' ›Tragedi‹ gedruckt wurde. Dieser Druck ist verlorengegangen; der älteste erhaltene Druck stammt erst aus dem Jahre 1726. Von Interesse für die Stoffgeschichte des zweiten Teils des Nibelungenliedes ist auch, trotz seines verworrenen Charakters, der Anhang zum ›Straßburger Heldenbuch‹. Die Handschrift des ›Straßburger Heldenbuches‹ wurde von dem aus einem Straßburger Geschlecht stammenden Goldschmied Diebolt von Hanowe in der zweiten Hälfte des 15. Jh.s, vielleicht um 1480, geschrieben. Sie ist im Jahre 1870 in Straßburg verbrannt. Bewahrt geblieben ist eine Anzahl von Drucken (deshalb auch der Name ›Gedrucktes Heldenbuch‹), deren ältester etwa in das Jahr 1484 fällt. Die in der Handschrift als Vorrede erscheinende Partie steht in den Drucken teilweise am Schluß und wird darum in der Forschung ebenso als ›Vorrede‹ wie als ›Anhang‹ zitiert; seit einiger Zeit hat sich die neutrale Bezeichnung ›Heldenbuch-Prosa‹, für die vor allem Joachim *Heinzle* eingetreten ist, mehr und mehr durchgesetzt. Wie dieser Text über die stoffgeschichtlichen Aufschlüsse hinaus für das damalige Verständnis von Heldendichtung fruchtbar gemacht werden kann, hat neuerdings Kurt *Ruh* gezeigt (Verständnisperspektiven von Heldendichtung im Spätmittelalter und heute, in: Deutsche Heldenepik in Tirol. [. . .], hg. von E. Kühebacher, 1979, S. 15 – 31 [hier S. 17 – 21]; wieder abgedruckt in: K. R., Kleine Schriften. Bd. I: Dichtung des Hoch- und Spätmittelalters. Hg. von V. Mertens, 1984, S. 200 – 213 [hier S. 201 – 204].

Nordische Nibelungendichtungen

Die ältesten Nibelungendichtungen, die naturgemäß für die stoffgeschichtliche Forschung besonders wichtig sind, sind im Norden Europas entstanden, wohin die Stoffe aus dem südgermanischen Raum gelangten.* Es handelt sich um einen Zyklus von Eddaliedern, die der sog. Codex regius überliefert. Er trägt seinen Namen nach seinem früheren Aufbewahrungsort, der Königlichen Bibliothek zu Kopenhagen, von wo er im Jahre 1971 nach Island (Reykjavik) zurückgebracht worden ist. Den Inhalt des Codex regius pflegt man als ›Ältere Edda‹ oder ›Lieder-Edda‹ zu bezeichnen (Sammlung um oder nach 1250). Neben Liedern mit mythologischer Thematik (Götterliedern) enthält der Codex regius eine geschlossene Reihe von Heldenliedern. Für diese ist charakteristisch die Tendenz zur genealogischen Verknüpfung: die Helden der einzelnen Lieder stehen in verwandtschaftlichen Beziehungen miteinander. Die ältesten Lieder gehen wohl ins 9. Jh. zurück, die jüngsten haben zumindest ihre endgültige Gestalt erst zur Zeit der Niederschrift im 13. Jh. erhalten.

Von Sigurds Aufwachsen und seinen Jugendtaten, der Vaterrache, der Tötung des Drachen (von einem eigentlichen Drachenkampf kann keine Rede sein!) und dem Erwerb eines fluchbeladenen Hortes, berichten das ›Reginlied‹ (›Reginsmál‹) – das starke mythische Einschläge aufweist und formal unausgeglichen ist (die Strophen werden wiederholt durch Prosa unterbrochen) – und das zielstrebiger komponierte ›Fafnirlied‹ (›Fáfnismál‹). Am Schluß der ›Fáfnismál‹ wird erzählt, daß Meisen Sigurd den Weg zu Gjúki weisen, dessen Tochter er sich mit Hilfe seines Schatzes (zur Frau) kau-

---

* Zur Ergänzung der folgenden Ausführungen, die manchmal kaum mehr sein können als eine Aufzählung von Titeln, sei innerhalb der ›Sammlung Metzler‹ auf die Darstellung von Heiko *Uecker*, Germanische Heldensage (SM. 106), 1972, verwiesen.

fen könne, und zum Hindarfjall, wo eine von Odin mit dem Schlafdorn gestochene Walküre ruhe. Daran schließt sich unmittelbar das ›Sigrdrifalied‹ (›Sigrdrífumál‹) an mit der Erzählung von der Erwekkung der Walküre durch Sigurd. Die ›Sigrdrífumál‹ sind nicht vollständig überliefert, denn im Codex regius ist eine Lage mit 16 Seiten verlorengegangen. Man kann diese sog. ›Lieder der Lücke‹ aber im Ungefähren rekonstruieren, sogar auf doppelte Weise. Noch im 13. Jh. hat ein Dichter, dem die gesamte ›Lieder-Edda‹ bereits schriftlich vorgelegen haben dürfte, eine knappe versifizierte Inhaltsangabe verfaßt, die er in die Form einer Vision gekleidet hat: der junge Sigurd sucht seinen Oheim Grípir auf, der über seherische Fähigkeiten verfügt, und dieser verkündet ihm die Zukunft bis zu seinem Tode, so wie sie in den Eddaliedern erzählt worden ist (›Gripisspá‹, ›Weissagung Gripirs‹). Die zweite Möglichkeit, die Lücke zu schließen, bietet die Prosa der Völsungasaga, die freilich nicht ausschließlich auf Eddaliedern beruht, weshalb etwa auch die Ergänzung des Schlusses der ›Sigrdrífumál‹ mit Hilfe der Völsungasaga zu einem anderen Ergebnis führt, als wenn man der ›Weissagung Gripirs‹ folgt. (So trägt nur in der Völsungasaga die auf dem Hindarfjall erweckte Walküre den Namen Brynhild. Sigurd begegnet ihr wieder am Hof Heimirs, während nach der ›Weissagung Gripirs‹ er dort zum ersten Mal mit Brynhild zusammentrifft.) Die Völsungasaga ist in einer Handschrift aus der Zeit um 1400 überliefert, wird aber schon um die Mitte des 13. Jh.s verfaßt worden sein. Sie ist zwar »dem klassischen isländischen Sagastil verhaftet, aber doch nur ein epigonenhaftes Kompilationsprodukt, das kaum die bevorzugte Rolle verdient, die es in der Forschung des 19. Jhs. besonders wohl deswegen spielte, weil es die Hauptquelle für Richard Wagners ›Ring des Nibelungen‹ ist« (Klaus von See, Germanische Heldensage. [. . .], 1971, S. 19).*

Auf die Erweckungssage folgt in der Sigurdbiographie die Brynhildsage samt der mit ihr verbundenen Erzählung von Sigurds Tod. Neben der Völsungasaga und der Thidrekssaga (vgl. unten, S. 54f.) sind es wiederum Eddalieder, die hiervon erzählen. Zunächst das ›Alte Sigurdlied‹ (›Brot af Sigurðarkviðu‹ [anord. *brot* bedeutet »Bruch(stück)«]). Sein erster Teil ist infolge der Lücke im Codex regius verloren. Es setzt in der überlieferten Form mit einem Gespräch über Sigurds Ermordung ein. Nicht Högni (= Hagen) ist es, der Si-

* Im Hinblick auf *Wagners* ›Ring‹ als Ganzes ist die Formulierung »die Hauptquelle« dabei eine Abbreviatur.

gurd ermordet, sondern sein und Gunnars Bruder Guthorm. Högni hat im Gegenteil von der Tat abgeraten (bekennt sich aber, nachdem sie vollbracht worden ist, offen zu ihr: »Nieder hieben den Helden wir«*), während Gunnar sich von Brynhild mit unberechtigten Vorwürfen gegen Sigurd hat aufhetzen lassen. Den heimkehrenden Mördern prophezeit ein Rabe ihren Tod durch Atli: »An euch wird Atli Eisen röten; / der Meineid muß die Mörder fällen.« Damit ist eine Verbindung zum Burgundenuntergang angebahnt, was genealogisch dadurch motiviert ist, daß Brynhild Budlis Tochter und das heißt Atlis Schwester ist. (Im Nibelungenlied erscheint Etzels – aber nicht Brünhilts! – Vater als Botelunc.) Das Lied schließt mit einer schreckenkündenden Rede Brynhilds, die zugleich enthüllt, daß Sigurd die Gunnar geschworenen Eide nicht gebrochen hat.

Man hat seither i. a. angenommen, daß in dem verlorenen ersten Teil des ›Alten Sigurdliedes‹ davon erzählt worden sei, daß Sigurd in Gunnars Gestalt die Waberlohe *(vafrlogi)* überwunden und auf diese Weise seinem Schwurbruder Gunnar Brynhild gewonnen habe. Aber diese Ergänzung mit Hilfe der Motive von Flammenritt und Gestaltentausch ist unsicher, und auch das zweite wichtige Sigurdlied der Edda, das ›Kurze Sigurdlied‹ (›Sigurðarkviða in skamma‹), das unter den erhaltenen Liedern übrigens zu den längeren gehört und das etwa dreihundert Jahre jünger ist als das vielleicht um 900 entstandene ›Alte Sigurdlied‹, weiß von dem Flammenritt nichts. Deshalb wird man mit Klaus von *See* annehmen können, daß der Flammenritt kein ursprüngliches Motiv der Sigurddichtung ist, sondern erst in das ›Längere Sigurdlied‹ (›Sigurðarkviða in meiri‹), das wir nicht besitzen, aber aufgrund der Paraphrasierung in der Völsungasaga erschließen können, eingeführt worden ist.

Das nach einem Zwischenstück in Prosa auf das ›Alte Sigurdlied‹ folgende ›Erste Gudrunlied‹ (›Gudruns Gattenklage‹) zeigt Gudrun in zunächst stummem Leid, wie versteinert neben der verhüllten Leiche Sigurds. Als eine Frau das Leichentuch zurückschlagen läßt, bricht Gudrun in bewegte Klagen aus und rühmt den Ermordeten. Lediglich genannt seien das ›Zweite Gudrunlied‹ und das ›Dritte Gudrunlied‹. Literarisch interessant ist das junge Lied von ›Brynhilds Helfahrt‹ (›Helreið Brynhildar‹), weil es das Geschehen aus der sicht Brynhilds erzählt: Einer Riesin, die am Helweg, dem Weg zum Totenreich, wohnt, berichtet die auf einem Scheiterhaufen Sigurd nachgestorbene Brynhild von ihrem Leben und spricht am Schluß den Wunsch aus, künftig mit Sigurd vereint zu sein.

* Übersetzung der Zitate aus den Eddaliedern stets nach Felix *Genzmer.*

Von den Liedern über den Burgundenuntergang ist das ›Alte Atlilied‹ (›Atlakviða‹) die älteste erhaltene dichterische Gestaltung dieses Ereignisses überhaupt. Wenn man der gutbegründeten Ansicht Felix *Genzmers* folgt (Der Dichter der Atlakviða, in: ANF 42, 1926, S. 97 – 134), ist es Ende des 9. Jh.s von Thorbjörn Hornklofi – bekannt als Dichter der ›Hrafnsmál‹, des ›Rabenliedes‹ –, dem Hofskalden des norwegischen Königs Harald Harfagri (Schönhaar), nach einer Vorlage gedichtet worden. Im ›Alten Atlilied‹ lädt Atli seine Schwäger, die Brüder Gunnar und Högni, aus Hortgier verräterisch zu sich ein und nimmt sie gefangen. Auf die Frage nach dem Hort verlangt der gefesselte Gunnar, erst Högnis Herz zu sehen. So wird Högni das Herz aus dem Leibe geschnitten. Aber nun frohlockt Gunnar, daß niemand mehr außer ihm den Ort kennt, wo der Hort der Nibelungen verborgen ist. Gunnar stirbt, die Harfe schlagend, unter Schlangenbissen. Gudrun rächt ihre Brüder, indem sie Atli die Herzen seiner eigenen Söhne, Erp und Eitil, zum Mahle vorsetzt (das antike Motiv des Atreusmahls), den sinnlos betrunkenen Herrscher tötet und die Halle in Brand steckt, in der die Hunnen und sie selbst den Tod finden:

> Blut gab mit dem Schwerte sie dem Bett zu trinken
> mit helgieriger Hand; die Hunde löste sie,
> trieb sie vors Tor; die Trunkenen weckte sie
> mit heißem Brande: so rächte sie die Brüder.

Es ist soziologisch wie psychologisch aufschlußreich, daß Gudrun hier noch ganz als die Sippengebundene erscheint, die den Tod ihrer Brüder an ihrem Gatten rächt (während im Nibelungenlied Etzel am Leben bleibt, am Leben bleiben kann, weil hier Kriemhilt ja gerade für die Ermordung ihres ersten Mannes an ihren Brüdern Rache nimmt). Vgl. zum ›Alten Atlilied‹ die Monographie von Carola L. *Gottzmann*, Das alte Atlilied: Untersuchungen der Gestaltungsprinzipien seiner Handlungsstruktur, 1973. Das ›Jüngere Atlilied‹ (›Atlamál‹), wohl aus dem 11. oder eher dem 12. Jh., zeigt bei prinzipiell gleicher Fabel der ›Atlakviða‹ gegenüber doch bezeichnende Abweichungen, im pragmatischen Nexus hauptsächlich durch das Fehlen der Hortforderung und der Hortverweigerung, Kernszenen der Heroik im alten Liede. Es ist auch nicht nur etwas Äußerliches, wenn die ›Atlamál‹ im Verhältnis zur ›Atlakviða‹ erheblich aufgeschwellt sind (Einführung von Nebenpersonen und Einschaltung episodenhafter Auftritte), so daß sie von der Gattungsstruktur her eher als Kurzepos denn noch als Lied charakterisiert werden müssen. Anders ist auch das Milieu, in dem das Geschehen sich jetzt entfaltet: »Das soziale Milieu, in das die Heldensage hier herabgesunken ist, prägt sich darin aus, daß die Handlung in enge, kleinräumige lokale Verhältnisse gestellt und mit volkstümlichen genrehaften Zügen ausgestattet ist« (Klaus von *See*, Germanische Heldensage, S. 134; vgl. zum ›Jüngeren Atlilied‹ überhaupt S. 134–139; s. auch Carola L. *Gottzmann*, Atlamál. Eine jüngere nordische Version des Nibelungenstoffes, in: Festschrift für Herbert Kolb, 1989, S. 131–144).

Bloß erwähnt seien noch die späteren skandinavischen Volksballaden aus dem Stoffkreis der Nibelungen, namentlich die dänischen und die färöischen (färingischen). Es ist nicht entschieden, auf welche vorausliegende Dichtungen sie zurückgehen, und wahrscheinlich ist auch keine pauschale Antwort möglich. Offensichtlich beruhen aber die färöischen Balladen, die erst Ende des 18. Jh.s und im frühen 19. Jh. aufgezeichnet wurden, zum Teil auf den dänischen.

Von den nordischen Prosawerken, die in die Nibelungensagen Eingang gefunden haben, gehören drei ins 13. Jh.: die ›Snorra-Edda‹, die Völsungasaga (vgl. oben, S. 51) und die Thidrekssaga. Die ›Snorra-Edda‹, auch als ›Prosa-Edda‹ oder ›Jüngere Edda‹ bekannt, geht in ihrem Grundbestand auf den Isländer Snorri Sturluson (1178/79 – 1241) zurück. Sie entstand um 1220 oder in den zwanziger Jahren des 13. Jh.s und ist als Lehrbuch für Skalden konzipiert, indem sie u. a. die komplizierte und oft dunkle Bildlichkeit der Skaldendichtung, in der auf alte Mythen und Heldensagen angespielt wird, mit Hilfe knapper Erzählungen dieser Dichtungen zu erläutern sucht. Im Hinblick auf das mhd. Epos von *der Nibelunge nōt* ist die Thidrekssaga (nordische Schreibung: *þ*iðreks saga) am wichtigsten – am wichtigsten auch als Forschungsproblem. Sie entstand um die Mitte des 13. Jh.s, wohl kurz vor der Völsungasaga, in norwegischer Sprache, wahrscheinlich in Bergen; später ist sie auch ins Altschwedische übersetzt worden.* Die eigentliche Mittelpunktsgestalt ist Dietrich von Bern (norwegische Form: *þ*iðrekr), doch hat der Verfasser – mehr Kompilator als wirklicher Dichter – auch Heldensagenstoffe einbezogen, die mit Dietrich kaum etwas zu tun haben. Der Sagamann beruft sich für seine Quellen auf deutsche Lieder und die Erzählungen deutscher Männer aus Soest, Bremen und Münster, gewiß hansische Kaufleute. Insofern liegt der Thidrekssaga niederdeutsche Heldendichtung zugrunde, doch hat der Verfasser sie gelegentlich mit Zügen verbunden, die ihm aus der heimi-

* Erwähnt sei, daß neuerdings (1981) Heinz *Ritter* die Ansicht vertreten hat, die altschwedische Fassung der Thidrekssaga sei »eher aus dem Deutschen oder Dänischen« übersetzt worden (Die Nibelungen zogen nordwärts, S. 101).

schen Überlieferung vertraut waren. Da beispielsweise A. T. *Hatto* als Anhang zu seiner Übersetzung des Nibelungenliedes ins Englische eine leicht zugängliche und hinreichend detaillierte Übersicht über das Geschehen der Thidrekssaga gegeben hat, soweit sie die Sigurd-Brynhild-Fabel und die Erzählung vom Niflungenuntergang umfaßt (S. 375–383), und Theodore M. *Andersson* die entsprechenden Partien ebenfalls in englischer Übersetzung in seiner Darstellung ›A Preface to the Nibelungenlied‹ (1987) publiziert hat (S. 169 – 208) – ein Stoffkomplex, der auch unter dem Namen ›Niflunga saga‹ bekannt ist –, ist es entbehrlich, hier auf den Inhalt einzugehen.

Umstritten sind die Quellen für die Erzählung des Niflungenuntergangs in der Thidrekssaga – ein Problem, das im Hinblick auf die Rekonstruktion der Vorlage(n) für den zweiten Teil des Nibelungenliedes und damit auch für die Beurteilung der Leistung seines Dichters von erheblicher Bedeutung ist. Hier können nur die wichtigsten Positionen der Forschung skizziert werden, und zwar im wesentlichen bloß die Ergebnisse, nicht das Verfahren, wie sie erzielt worden sind. Daß der unbekannte Verfasser der Thidrekssaga das Nibelungenlied gekannt und benutzt habe, hat schon B. *Döring* angenommen, der den ersten gründlichen Vergleich zwischen den beiden Texten durchgeführt hat (ZfdPh 2, 1870); in diesem Sinne äußerte sich dann auch Hermann *Paul* (1900). Demgegenüber setzte sich dann allgemein die von Wilhelm *Wilmanns* (1903) vertretene These durch, daß der Sagamann nicht auf das Nibelungenlied zurückgegriffen habe, sondern auf dessen Vorstufe, was am besten erlaubt, sowohl die genauen Übereinstimmungen als auch die Abweichungen zwischen dem Nibelungenlied und der Thidrekssaga zu erklären. Diese Beurteilung der Quellenlage erlangte besonders durch die Arbeiten Andreas *Heuslers* weite Verbreitung. Nach Heusler ist die Quelle für den Niflungenuntergang wie für den zweiten Teil des Nibelungenliedes die ›Ältere Not‹ (vgl. oben, S. 13 und unten, S. 63), die in der nordischen Saga besser erhalten sei als im deutschen Epos. Damit wäre zugleich die Grundlage für die Erzählung vom Burgundenuntergang eine oberdeutsche Dichtung, während Karl *Droege* mit einem rheinischen Nibelungenepos rechnet (das auch schon die Siegfriedsage umfaßt habe). Dessen zweite Stufe, nach Droege um 1120 im rheinfränkischen Gebiet entstanden, liege den entsprechenden Abschnitten der Thidrekssaga zugrunde (ZfdA 58, 1921). Zwar hat sich diese Ansicht von einem rheinischen Nibelungenepos trotz der Unterstützung, die sie vor allem durch Heinrich *Hempel* erhalten hat (1926; 1952), nicht durchgesetzt. Doch ist offenkundig, daß Heusler bei seiner Rekonstruktion der Vorgeschichte des Nibelungenliedes zu sehr auf den oberdeutschen Raum fixiert ist.

In den Jahren von 1945 bis 1955 hat sich Friedrich *Panzer* in mehreren Arbeiten dafür ausgesprochen, daß die Thidrekssaga doch auf das Nibelungenlied selbst zurückgehe, so daß sie als Quelle, mit deren Hilfe sich die Vorgeschichte des Nibelungenliedes klären läßt, und insbesondere als Hauptgrundlage für die Wiedergewinnung der ›Älteren Nibelungennot‹ (an deren Existenz Panzer nicht glaubt), ausscheiden müsse. Übrigens schreibt Panzer auch dem Verfasser der Völsungasaga Kenntnis des Nibelungenliedes zu. Panzer hat außerdem den Quellenwert der Thidrekssaga für die Aufhellung der Vorgeschichte des Nibelungenliedes dadurch in Frage gestellt, daß er in ihrem Verfasser einen »gewissenlosen Literaten« sieht (Das Nibelungenlied, 1955, S. 12, 276), »der mit dem ihm bekannt gewordenen deutschen Heldengesang aufs willkürlichste umgesprungen ist« (S. 12). Panzers philologische Argumente halten einer Nachprüfung schwerlich stand, und der von ihm geltend gemachte Gesichtspunkt, es sei unmöglich, daß der Verfasser der Thidrekssaga das damals ein halbes Jahrhundert alte und rasch berühmt gewordene Nibelungenlied nicht gekannt haben sollte, läßt sich überhaupt nicht als Stütze seiner These heranziehen. Das Nibelungenlied ist in der überlieferten buchepischen Form eine durchaus oberdeutsche Dichtung, deren Verbreitung auf das bairisch-österreichische sowie das alemannische Gebiet konzentriert war. Es läßt sich nicht erweisen, sondern allenfalls vermuten, daß es bis zu jener Zeit, in der die Thidrekssaga entstand, im niederdeutschen Raum oder gar außerhalb des deutschen Sprachgebiets rezipiert worden ist. So hat Friedrich Panzer mit seiner Erneuerung der Auffassung von Döring und Hermann Paul auch nur relativ wenig Zustimmung gefunden. Die meisten Forscher haben daran festgehalten, daß der Thidrekssaga nicht das Nibelungenlied selbst zugrunde liege, haben dabei allerdings die Heuslerschen Vorstellungen zum Teil modifiziert. Eine interessante Variante hat Joachim *Heinzle* ins Gespräch gebracht, daß nämlich für die Thidrekssaga sowohl eine ältere, auch im Nibelungenlied benutzte Tradition als auch das mhd. Epos selbst verarbeitet worden sei (Das Nibelungenlied, 1987, S. 36 ff.).

Besondere Beachtung verdient die Untersuchung von Roswitha *Wisniewski* (1961). Für die Darstellung des Niflungenuntergangs in der Thidrekssaga erschließt sie eine zweite selbständige Quelle, die im Verhältnis zur ›Älteren Not‹ einen anderen Charakter habe und die im Grunde sogar die Hauptquelle sei, ohne daß freilich die ›Ältere Not‹ damit zur Nebenquelle degradiert werden dürfe (vgl. S. 225). Diese zweite Quelle bestimmt Wisniewski als eine Chronik, und zwar nicht aus Soest (was aufgrund der Lokalisierung des Niflungenuntergangs in Soest anzunehmen naheliegt), sondern aus dem ehemaligen Prämonstratenserkloster Wedinghausen (bei, heute in, Arnsberg), vermutlich aus der Zeit zwischen 1210 und 1230 (S. 265). Theodore M. *Andersson* hat gegen den Ansatz dieser zweiten, chronikalischen Quelle eingewandt, »that epic source and chronicle source, as they emerge from Wisniewski's study, are often so similar to one another that it is difficult to distinguish between them« (Med. Scand. 7, 1974, S. 23; vgl. auch ANF 88, 1973, S. 2). Er selbst rechnet nach wie vor nur mit einer Hauptquelle der Niflunga saga, der ›Älteren Not‹, neben der ein sächsisches Lied, das schon Heinrich Hempel herausgearbeitet hat, und Soester Lokaltradition von untergeordneter Bedeutung seien. Andersson hat seine Sicht selbst so formuliert: »The common source is in itself sufficient to explain the second part of the Nibelungenlied, but it is not sufficient to explain the composition of ›Niflunga saga‹, the compiler of which clearly made use of other north German or Saxon sources in addition to the south German epic« (Med. Scand. 7, S. 22). Die Kompilation der epischen Hauptquelle mit den Nebenquellen verlegt Th. M. Andersson nach Soest (ANF 88, 1973, S. 10; The Legend of Brynhild, 1980, S. 130 f.), sei es doch schwer vorstellbar, »that this connection was made from the distant perspective of Bergen« (ANF 88, S. 10). In Norwegen wäre demnach der deutsche Text, mit einigen notwendigen Angleichungen an die übrige Erzählung, nur übersetzt worden. Es ist dies die Position, die bereits Heinrich Hempel vertreten hat. Nach dem gegenwärtigen Forschungsstand erscheint als Antwort auf die Frage nach den Quellen der Darstellung des Niflungenuntergangs in der Thidrekssaga grundsätzlich sowohl diejenige möglich, die, im einzelnen unterschiedlich, Andreas Heusler und Heinrich Hempel gegeben haben und die jetzt wieder von Theodore M. Andersson favorisiert wird, als auch diejenige Roswitha Wisniewskis. Friedrich Panzers These muß dagegen als wenig wahrscheinlich gelten.

Der Schauplatz des Untergangs der Nibelungen ist nach der Thidrekssaga, wie erwähnt, *Susat* (= Soest). Diese Lokalisierung ist nie angezweifelt worden, im übrigen aber hat man die geographischen Angaben und Vorstellungen der Thidrekssaga bisher für inkonsistent und reichlich verworren gehalten. Demgegenüber ist in neuerer Zeit Heinz *Ritter-Schaumburg* zu einer völlig anderen Auffassung gelangt. Er hat in detaillierten Untersuchungen, die seit den sechziger Jahren zunächst in Zeitschriften veröffentlicht und 1981 einer breiteren Öffentlichkeit in Buchform vorgestellt wurden, ein verhältnismäßig begrenztes, aber sinnvolles »einheitliches geographisch-topographisches Vorstellungsbild« der Thidrekssaga erschlossen (S. 243), das ebenso wie die geschichtlichen Spuren ins 6. Jh. weist, d.h. in die Zeit vor

Einführung des Christentums in Niederdeutschland. Für die ›Niflunga saga‹ ist es das Rheingebiet und der westfälische Raum. Die gern als Musterbeispiel für die geographische Wirrnis in der norwegischen Sagenkompilation angeführte Aussage, daß Rhein und *Duna* (offensichtlich, nach Ritter indes nur scheinbar, die Donau) zusammenfließen, war für Ritter der Schlüssel für die neue Bestimmung der Schauplätze der Thidrekssaga. Er hat herausgefunden, daß es einen Nebenfluß des Rheins namens Dhün, im 12. Jh. *Duone*, gegeben hat, der seit dem Jahre 1840 mit der Wuppermündung vereinigt ist. Zu dieser Identifizierung fügen sich die anderen geographischen Angaben der Thidrekssaga gewissermaßen nahtlos und in erstaunlicher Konsequenz, die allerdings von Ritter gelegentlich zu weit getrieben worden ist. Diesen Einwand spricht auch Walter *Böckmann* aus (dessen Darstellung, soweit sie wissenschaftlichen Charakter hat, ganz auf Heinz Ritter-Schaumburg fußt, von dessen Untersuchung er einen grob popularisierenden Aufguß bietet): »Was in einem allgemeinen geschichtlichen Bild bei der Zusammenschau aller Elemente überzeugt, kann leicht durch allzu gewollte Detaillierung wieder falsch werden« (1981, S. 59). Ein paar Beispiele für Ritters Deutungen: *Bern* ist in der Thidrekssaga nicht Verona, sondern Bonn, das im Mittelalter auch als *Verona cisalpina* bezeichnet wurde, und hier ist nicht Theoderich d. Gr. (> Dietrich von Bern) zu Hause, sondern ein fränkischer Didrik. *Vernica*, der Königssitz der Nibelungen, ist Virnich/Virmenich in der Nähe von Zülpich (römisch *Tolbiacum*) im Kreis Euskirchen, nicht etwa Worms. Die Nibelungen sind also Rheinfranken (und nicht die historischen Burgunden). *Bakalar*, der Sitz des Markgrafen Rodingeir (im Nibelungenlied: Rüedeger), ist nicht das niederösterreichische Pöchlarn, sondern findet sich in der Gemeinde Odenthal dort, wo die ehemalige Zisterzienserabtei Altenberg oder der ›Bergische Dom‹ steht und wo es nahebei den Ort Blecher gibt. In Soest lebt natürlich nicht der hunnische Attila, sondern ein friesisch-westfälischer Attala/Atilius; sein Herrschaftsgebiet, das *Hunaland*, entspricht etwa dem heutigen Westfalen, reicht aber weiter nach Osten. Manche von Ritters Identifizierungen leuchten unmittelbar ein, bei anderen bleiben Zweifel. Aber wie immer das sein mag: Für den Literarhistoriker ist die entscheidende Frage, welche Folgerungen sich aus Ritters Deutung ergeben. Nach seiner eigenen Meinung ist die Konsequenz »die Umkehr aller bisherigen Vorstellungen über die Nibelungen-Überlieferung« (1981, S. 11). »Was bisher als ursprünglich galt, erwies sich nun als abgeleitet, was als abgeleitet galt, zeigte sich als ursprüngliche Quelle« (ebd.). Eben diese Konsequenz ist nicht überzeugend. Ritters mit Scharfsinn und Akribie durchgeführten Untersuchungen nötigen nicht zu einer »Umkehr aller bisherigen Vorstellungen«, wenn man bereit ist anzuerkennen, daß für die Heldensage bzw. -dichtung zwar die Namenskonstanz (der Handlungsträger), indessen gerade nicht eine Schauplatzkonstanz charakteristisch ist, daß die Schauplätze des Geschehens vielmehr je nach den regionalen Vorstellungen der Verfasser, Vortragenden und Rezipienten unterschiedlich lokalisiert, regional unterschiedlich ›aktualisiert‹ werden können. »Die aktuelle Lokalisierung dient der Familiarisierung«. Auf diese knappe und treffende Formel hat Otto *Holzapfel* das Motiv für die Transponierungsmöglichkeit der Schauplätze gebracht (Die dänischen Nibelungenballaden, 1974, S. 32). Ganz gewiß hat Andreas *Heusler* den Anteil des Rheinlandes und Niederdeutschlands an der Ausbildung der Nibelungendichtungen nicht gebührend berücksichtigt. Aber ihnen aufgrund der Thidrekssaga in der Genese des Nibelungenstoffes den Primat der historischen und geographischen Authentizität gegenüber dem oberdeutschen Raum zuzuschreiben, dazu haben sich auch nach Heinz Ritters Monographie die Nibelungenforscher aus gutem Grund nicht entschließen können. Während Ritter mit seinen Thesen in der populären Publizistik nicht bloß große Resonanz, sondern auch Zustimmung gefunden hat, hat ihm die Fachwissenschaft erhebliche methodische und sachliche Mängel nachweisen können, die den von ihm gezogenen Folgerungen die Grundlage entziehen (wobei man einräumen muß, daß die Gegenargumentation nicht frei von Überspitzungen geblieben ist). Heinz Ritter hat gleichwohl an seiner Auffassung festgehalten und sie auch auf den ersten Teil des Nibelungenliedes ausgedehnt (›Sigfrid ohne Tarnkappe‹, 1990). Gegen diese Darstellung erheben sich die gleichen Bedenken wie gegen die neun Jahre ältere.

Ein spätes Zeugnis für die variable Lokalisierung des Geschehens ist auch die letzte nordische Prosadarstellung des Nibelungenuntergangs, die wenigstens im Vorübergehen noch genannt werden muß: die ›Hvensche Chronik‹. Sie wurde im 16. Jh. in lateinischer Sprache aufgezeichnet und ist in dieser Form verloren. Wir kennen sie aus einer dänischen Übersetzung aus dem Anfang des 17. Jh.s. In ihr ist der Schauplatz der Katastrophe die Insel Hven (schwedisch Ven) im Öresund (also zwischen der dänischen Insel Seeland und dem südschwedischen Schonen).

Diachrone Darstellung

Die Frage nach der Entwicklung der Nibelungensage bzw. den Nibelungensagen, vom Nibelungenlied her gesehen: die nach seiner Vorgeschichte, führt in einen nicht weniger kontrovers diskutierten Bereich als den zuletzt referierten. Andreas *Heuslers* bestechend übersichtlicher Stammbaum der Genese des Nibelungenliedes bleibt dabei der wirkungsvollste Versuch, das Werden des Nibelungenliedes zu klären, neben dem neuere Versuche, unter denen der von Kurt *Wais* (1953) herausragt, keine vergleichbare Geltung erlangen konnten. Helmut *de Boor* hat die Problemlage in seiner letzten einschlägigen Äußerung treffend so formuliert: »Die neuere Forschung hat die Haltbarkeit von Heuslers Konstruktion erschüttert, aber nichts Gleichwertiges an ihre Stelle gesetzt« (Einl. zur Ausgabe des Nibelungenliedes, ^{20}1972, S. XXII; ^{22}1988, S. XXIV). Es ist symptomatisch, daß de Boor selbst, der – bei manchen Abweichungen im einzelnen – in der Einleitung zu seiner Nibelungenliedausgabe lange Zeit im wesentlichen Andreas Heusler gefolgt war, sich in der 20., revidierten Auflage zu einer sehr viel vorsichtigeren, skeptischeren Auffassung hinsichtlich der Möglichkeit bekannt hat, die Vorgeschichte des Nibelungenliedes mehr als in den ungefähren Grundzügen zu erhellen. Er rechnet zwar mit gutem Grund nach wie vor mit einem Lied vom Burgundenuntergang und einem Lied von Siegfrieds Tod als Ausgangspunkten der Stoffgeschichte des Nibelungenliedes, betont jedoch ausdrücklich die Unsicherheit ihrer Rekonstruktion, die nicht mehr sein könne als eine »Idealskizze« (S. XXIX [²²1988, S. XXXI]; vgl. auch S. XXVII [²²1988, S. XXIX] und S. XXXV [²²1988, S. XXXVII]). Vollends bleibt die Entwicklung zwischen den beiden »Urliedern« und dem hochmittelalterlichen Epos weit mehr im dunkeln, als dies in Heuslers Darstellung der Fall ist. Gerade aus diesen verlorengegangenen »Zwischenstufen« sind aber die unmittelbaren »Vorstufen« des Nibelungenliedes geworden, die das Interesse des Literarhistorikers noch mehr als das des Sagenforschers beanspruchen. Zwar hat Heusler selbst – was manchmal übersehen wird – mit einer Mehrzahl von gleichzeitigen Liedern mit nicht völlig identischer Fabel gerechnet, indes die Variabilität auf die wechselnde Füllung des gleichen Rahmens beschränkt. So konstatiert er zur ältesten Gestalt der Brünhiltsage: »Es muß schon in der fränkischen Heimat mehrere Lieder gegeben haben: gleichlaufende Lieder, das heißt mit gleichem Grundriß im großen, mit gleichem Anfang und Schluß, aber mit wechselnder Füllung dieses Rahmens« (Nibelungensage und Nibelungenlied, ⁶1965, S. 6). Diese Einsicht hat er jedoch für die Konstruktion des Stammbaums des Nibelungenliedes nicht ausgewertet, vielmehr hat er ihn konsequent nur aus jenem Minimum an Liedern aufgebaut, das unbedingt notwendig ist. Außerdem genügt Heuslers Zugeständnis von Liedvarianten nicht, um der literarischen Wirklichkeit gerecht zu werden. Angemessen hat u. E. Hellmut *Rosenfeld* den Sachverhalt beschrieben: »Dabei darf man nie vergessen, daß solch ein aufrüttelndes Geschichtsereignis [wie z. B. die Vernichtung des Burgundenreiches am Mittelrhein] nicht nur einen einzigen Heldenliedsänger gefunden haben wird, sondern mehrere. Wir müssen also von vornherein mit *Parallelliedern* rechnen, die das gleiche Ereignis auf verschiedene Weise zum Heldenlied formen« (Beitr. 99 [Tüb.], 1977, S. 68 = Wiederabdruck, S. 88 [die Hervorhebung bei R.]). Auch ist nicht auszuschließen, daß heldische Stoffe außer in Liedform auch in dichterisch nicht geformter Prosa tradiert wurden.

Für den ersten Teil des Nibelungenliedes nimmt Andreas *Heusler* als Ursprung ein fränkisches Brünhildenlied des 5./6. Jh.s an (vgl.

die allzu detaillierte und dem Lied wahrscheinlich zu viel an Handlung zuschreibende Geschehenswiedergabe Heuslers, Nibelungensage und Nibelungenlied, S. 7 f.). Helmut *de Boor* nennt das gleiche Lied das ›Lied von Siegfrieds Tod‹. Bereits auf dieser frühen Stufe wird Siegfried (wenn wir die Namensform des Nibelungenliedes verwenden dürfen) zum Schwager der burgundischen Könige. Doch kommt Brünhilt eine größere Rolle zu als Gudrun/Kriemhilt – gerade umgekehrt wie im Nibelungenlied. Überaus erwägenswert ist, ob man nicht mit zwei »Urliedern« aus diesem Stoffbereich rechnen sollte: einem stärker geschichtlich verwurzelten Siegfriedlied (Lied von Siegfrieds Tod) und einem mit mythischen und märchenhaften Zügen durchsetzten Brünhildenlied.

Als einziges Bindeglied zwischen dem fränkischen »Urlied« und dem mhd. Epos setzt Heusler ein ›Jüngeres Brünhildenlied‹ spielmännischen Charakters aus dem späten 12. Jh. an. Auch dieses Lied, das nach Heusler »vielleicht doppelt so lang als der stabreimende Vorgänger« war (S. 22), entstand vermutlich noch im Rheinland, in der alten Heimat der Siegfried-Brünhilt-Sage, und kam dann ziemlich bald ins Donaugebiet, wo es dem Nibelungendichter als »die eigentliche Quelle für seinen ersten Teil« gedient habe (S. 22). Als wichtige Neuerungen gegenüber dem mehr als ein halbes Jahrtausend älteren Lied des fränkischen Skops erschließt Heusler: Brünhilt hat an seelischer Größe zugunsten Kriemhilts verloren; Siegfried raubt Brünhilt, die sich Gunther in der Brautnacht verweigert, an dessen Stelle das Magdtum; Brünhilts Leben endet nach Siegfrieds Ermordung nicht mehr mit ihrem Freitod. Wenn Andreas Heusler die Vorgeschichte des ersten Teils des Nibelungenliedes sich nur in zwei Schritten oder Stufen vollziehen läßt (ohne dazwischenliegende Neuerungen ganz auszuschließen [vgl. S. 18]), so dürfte er die tatsächliche Entwicklung besonders stark vereinfacht haben. Es ist kein Zufall, daß es schon vor der Zeit, in der es üblich geworden ist, das von Heusler entworfene Gesamtbild der Genese des Nibelungenliedes in Frage zu stellen, nicht an abweichenden Auffassungen gefehlt hat. Hermann *Schneider* etwa rechnet (1947) mit einer doppelten Fortsetzung des alten Brünhildenliedes im 12. Jh., mit einem niederdeutschen Brünhildlied nach 1150 und einem österreichischen Krimhildlied der 1160er Jahre, das aber vielleicht auch älter sei als das niederdeutsche Lied. Desgleichen ist Joachim *Bumke* der Ansicht, daß der Nibelungendichter für die Brünhiltfabel eine doppelte Quelle gehabt habe (Euph. 54, 1960). Wie wenig dieses Problem entschieden ist, geht daraus hervor, daß neuerdings Theodore M. *Andersson* wieder für den Ansatz nur einer Quelle plädiert (The Legend of Brynhild, 1980; zu Bumke: S. 216 –

221). Andersson seinerseits meint, daß der Nibelungendichter für die Ausweitung der liedhaften Vorlage zu den epischen Maßen des ersten Teils seines Werkes hauptsächlich auf die ›Ältere Not‹ zurückgegriffen habe (s. die Übersicht S. 226 f.).

Das »Urlied« für den zweiten Sagenteil, den Burgundenuntergang, ist nach Heusler ein fränkisches Lied des 5. (oder 6.) Jh.s. Seinen Inhalt hat er vornehmlich aus der ›Atlakviða‹ zurückgewonnen (S. 23 f.). Nicht definitiv entscheidbar ist, ob dieses älteste Lied vom Burgundenuntergang schon von der Rache der Schwester (Grimhild, im Nordischen Gudrun) an Attila erzählt hat (so mit Heusler z. B. auch Helmut de Boor) oder ob dieser Schluß zunächst im Norden entwickelt wurde (vgl. Werner *Betz*, DPh, Bd. III, [2]1962, Sp. 1937). Aber es bleiben nicht nur Unsicherheiten über den Inhalt, sondern es erhebt sich darüber hinaus die Frage, ob es sich tatsächlich um ein fränkisches Lied gehandelt hat oder nicht eher um ein burgundisches. Damit, daß – zumindest in einer Fassung – die Vernichtung der burgundischen Königssippe und großer Teile des Volkes in einem heroischen Lied der Burgunden selbst besungen wurde, und zwar nach Ansiedlung der überlebenden Burgunden als Föderaten in der Sapaudia, rechnet auch Hellmut *Rosenfeld* (Beitr. 99 [Tüb.], 1977, S. 73 f. = Wiederabdruck, S. 93 f.; RL Germ. Altertumskunde, Bd. 4, [2]1981, S. 231). Von den Burgunden könnten die Franken nach Zerstörung des Burgundenreiches an der Rhône das Lied mit neuer, umgedeuteter Funktion übernommen haben.

Als zweite Stufe der Burgundensage setzt Heusler ein baiwarisches (d.h. bairisches, donauländisches) Burgundenlied des 8. Jh.s an. Daß die Nibelungensage im Bayern der Karolingerzeit bekannt war, ist sicher. Heusler selbst hat bereits, wenn auch eher beiläufig, auf Namen in bairischen Urkunden hingewiesen, die der Nibelungensage entstammen (S. 29). Für ihn war diese Bekanntschaft mit der Sage nur als Heldendichtung und damit, in dieser Zeit, in Form von Heldenliedern denkbar. Das ist gewiß zu restriktiv gesehen. Vor allem aber: Heusler und die Literarhistoriker insgesamt haben nicht genügend danach gefragt, wie heroische Stoffe von ihrem Entstehungsraum über große Gebiete Europas verbreitet und dabei nicht allein inhaltlich, sondern unter Umständen auch in ihrer Funktion verändert werden konnten. Mit der Erklärung, die Lieder seien eben von Skop zu Skop und später von Spielmann zu Spielmann weitergegeben und weitergetragen worden, ist es nicht getan. Neuere historische, insbesondere genealogische, Forschung hat eine lebendige Nibelungentradition als Hausüberlieferung verschiedener Familien wie der fränkischen Reichsaristokratie so auch in Bayern nachzuweisen vermocht (Reinhard *Wenskus*, 1973). Damit ist zum mindesten zur Diskussion gestellt, inwiefern die Tradierung heroischer Stoffe von der späten Völkerwanderungszeit bis zum Hochmittelalter (auch) spezifisch genealogische Voraussetzungen hat. Als wichtigste Neuerung im ›Baiwarischen Burgundenlied‹ erschließt Heusler, daß Kriemhilt jetzt als Rächerin für ihren ersten Gatten (Siegfried) an ihren Brüdern erscheint – Gattenrache statt Brüderrache. »Kriemhild hat Sigfrids Ermordung nicht vergeben und vergessen. Etzels Weib wurde sie, um Sigfrid zu rächen« (S. 29). Der Umwandlung der Gestalt Kriemhilts entspricht die Attilas: aus dem hortgierigen, blutrünstigen Barbaren, der er in den nordischen Dichtungen im wesentlichen immer geblieben ist, ist der milde, friedliebende Etzel geworden, dessen Hof den vertriebenen Recken als Zufluchtsstätte dient. Diese Umgestaltung des Attilabildes ist sicherlich aus der ursprünglich ostgotischen Heldensage um Dietrich von Bern in das Burgundenlied gedrungen, und aus der Dietrichdichtung ist auch Dietrich selbst in die Erzählung vom Burgundenuntergang gekommen. Nach Heuslers Rekonstruktion ist er es, der im ›Baiwarischen Burgundenlied‹ das Gericht an der entmenschten Kriemhilt vollzogen hat. Ob Dietrich tatsächlich schon im 8. oder 9. Jh. in ein (im Sinne Heuslers: in das) bairische Burgundenlied übernommen wurde, ist freilich nicht sicher. So erklärt Helmut de Boor in der neugefaßten Einleitung zur 20. Auflage seiner Ausgabe des Nibelungenliedes, er halte die Aufnahme Dietrichs in die Nibelungendichtung für spät durchgeführt, vielleicht erst in einer (bezeichnenderweise nicht mehr ›der‹!) epischen Vorstufe des Nibelungenliedes (S. XXXIV; [22]1988, S. XXXVI).

Das bairische Burgunden-Kriemhilt-Lied der Karolingerzeit wurde nach Andreas Heusler in den sechziger Jahren des 12. Jh.s im donauländischen Gebiet zum ›Älteren Burgundenepos‹, zur ›Älteren Nibelungennot‹ aufgeschwellt, die dem zweiten Teil des mhd. Nibelungenepos und – über niederdeutsche Vermittlung – der ›Niflunga saga‹ innerhalb der Thidrekssaga zugrunde liegt und aus ihnen zurückgewonnen werden kann. (Zur abweichenden Position Friedrich Panzers vgl. oben, S. 56.) Ob die ›Ältere Not‹ mit einer knappen Erzählung von Siegfrieds Tod als Einleitung begann, wissen wir nicht, doch ist dies eine naheliegende Annahme. Wenngleich der Dichter von etwa 1160/70 den Burgundenuntergang (nach Heusler zum ersten Mal) als Epos erzählt hat, etwa durch breiteres Ausspinnen der Handlung, durch episodische Ausgestaltung, durch Vermehrung der Zahl der hervortretenden Personen, so bleibt sein Werk an Umfang doch deutlich hinter dem zweiten Teil des Nibelungenliedes zurück. Heuler bestimmt den Umfang der ›Älteren Not‹ auf »einige 400 Langstrophen« (S. 48), de Boor rechnet mit etwa der doppelten Ausdehnung: »nicht mehr als 800 bis 900 Strophen«, »weniger als 1000 Strophen« (S. XXXVIII [^{22}1988, S. XL] bzw. S. XLII [^{22}1988, S. XLIV]), »von denen 100 bis 150 dem Siegfriedteil zugehört haben könnten« (S. XXXVIII [^{22}1988, S. XL]). Bei aller Unverbindlichkeit und Problematik solcher Berechnungen dürften de Boors Zahlen der Wirklichkeit näherkommen.

Daß etwa seit den sechziger Jahren des 12. Jh.s die Nibelungendichtung, und zwar nach Heusler zunächst nur der zweite Teil, als Epos strukturiert war – andere Forscher setzen die epischen Großform schon Jahrzehnte früher an (vgl. oben, S. 55) –, bedeutet nicht, daß daneben Lieder aus dem Stoffkreis der Nibelungensage nicht noch lange im Umlauf blieben und einzeln vorgetragen wurden. Dies gilt auch noch für die Zeit nach der Entstehung des hochmittelalterlichen Epos von *der Nibelunge nōt*, wie aus dem Vortragsrepertoire des Marners († etwa 1270) hervorgeht.

Niemand wird heute mehr zu behaupten wagen, die Entwicklung der Nibelungensage(n) müsse so verlaufen sein, wie Heusler sie konstruiert hat – die Dogmatisierung seiner Vorstellungen wäre nicht nur grundsätzlich unwissenschaftlich, sondern angesichts der Sachlage auch unberechtigt. Aber man kann auch nicht ausschließen, daß sein Entwurf wenigstens in den großen Linien zutrifft. Selbstverständlich ist das von ihm errichtete Gebäude an bestimmte literaturtheoretische Voraussetzungen, an Axiome gebunden, ohne die es hinfällig ist. Über sie könnte sinnvoll nur in einem breiteren Rahmen gesprochen werden (vgl. zu diesem grundlegenden Aspekt Walter *Haug*, Andreas Heuslers Heldensagenmodell: Prämissen, Kritik und Gegenentwurf, in: ZfdA 104, 1975, S. 273 – 292; wieder abgedruckt in: W. H., Strukturen als Schlüssel zur Welt. [. . .], 1989, S. 277–292). Statt dessen seien lediglich noch einmal die Stellen bezeichnet, an denen auch derjenige, der im Prinzip bei Heuslers Betrachtungsweise bleibt, am ehesten zu anderen Resultaten gelangen kann als er: es sind die Annahmen, daß die beiden Sagenkreise bis zur Wende vom 12. zum 13. Jh., d. h. bis zum hochmittelalterlichen Nibelungenepos, äußerlich getrennt geblieben seien und daß der erste Teil erst damals epische Breite gewonnen hätte, also bis dahin auf der Stufe des Liedes verharrt habe.

Fragt man abschließend nach dem Sinn und dem Nutzen der Beschäftigung mit den Vorstufen des Nibelungenliedes – und das heißt zugleich: nach dem Recht der diachronen Fragestellung –, dann kann man mit Theodore M. *Andersson* antworten: »The ultimate justification for the effort expended on the reconstruction of lost sources is a better appreciation of the extant texts« (The Legend of Brynhild, S. 221). Zu diesem besseren Verständnis des überlieferten

Textes gehört auch, aber keineswegs ausschließlich, daß aus der Genese der Dichtung Unausgeglichenheiten und Widersprüche der Erzählung erklärbar werden. Deren Vorhandensein im Epos von *der Nibelunge nôt* ist nicht zu bestreiten, ohne daß man sie überbewerten darf, wie das in der älteren Forschung häufig geschehen ist. Manche Widersprüche können gar nicht anders erklärt werden als aus dem »Stoffzwang der Überlieferung« (Bert *Nagel*), dem der Dichter sich weder entziehen konnte noch wollte, näherhin aus dem nicht immer geglückten Bemühen des Dichters, verschiedene Überlieferungen zu homogenisieren, d. h. in *einem* epischen Werk zu integrieren, oder sie folgen aus der Beibehaltung überkommener Motive und Züge in einem Kontext, der nach anderen, ›moderneren‹ Vorstellungen geformt ist.

Ein berühmtes Beispiel bietet die B-Strophe 1912. Ihre Aussage: *Dô der strît niht anders kunde sîn erhaben / (Kriemhilt ir leit daz alte in ir herzen was begraben), / dô hiez si tragen ze tische den Etzelen sun* (v. 1 – 3) steht im Widerspruch zu dem tatsächlichen Ausbruch des Kampfes, wie ihn der Dichter berichtet, erklärt sich aber aus der Vorlage (der ›Älteren Not‹, die in der Thidrekssaga bewahrt ist), und allein aus dem dort erzählten Geschehen wird auch der wertende Kommentar des Erzählers *wie kunde ein wîp durch râche immer vreislîcher tuon?* (1912, 4) verständlich. Ebenfalls nur aus der älteren Dichtung ist zu erklären, daß Hagen in der 25. Aventiure eigenhändig das burgundische Heer von mehr als zehntausend Mann über die Donau setzt (so ausdrücklich Str. B 1573) – in jener war es eben noch eine kleine Schar. Es begegnen jedoch auch Unstimmigkeiten, die nicht auf der mangelnden Harmonisierung der *alten maere* und der neuen Konzeption des Dichters beruhen, sondern aus seiner im Detail des öfteren unachtsamen Erzählweise resultieren. Ein immer wieder angeführtes Beispiel ist die Tatsache, daß Kriemhilt in der 15. Aventiure Hagen zusagt, Siegfrieds verwundbare Stelle durch Aufnähen eines kleinen Kreuzes auf seinem Gewand kenntlich zu machen. Das ist natürlich Siegfrieds Kampfgewand, während er bei der Jagd ein *edel pirsgewant* trägt (B 918, 2), auf dem kein Kreuz angebracht ist – und trotzdem durchbohrt Hagen den aus der Quelle trinkenden Siegfried mit seinem Ger an der durch das Kreuz gekennzeichneten Stelle (B 981). Den Unstimmigkeiten – seien sie nun entstehungsgeschichtlich bedingt oder unabhängig hiervon die Folge mangelnder Detailsorgfalt beim Erzählen – läßt sich die Beobachtung anschließen, daß der Dichter gelegentlich undeutlich erzählt. A. T. *Hatto* hat in diesem Zusammenhang von »the poet's unconcern for clarity« gesprochen (An Introduction to a Second Reading, in: A. T. H., The Nibelungenlied. A New Translation, [zuerst] 1965, S. 308). Beispiele sind die Strophe B 860 (hat Siegfried den Eid geleistet oder hat Gunther ihn ihm erlassen?), der unklare Verlauf des Mordrats (Str. 865 ff. nach B) und die Partie, in der von der Versenkung des Nibelungenhorts im

Rhein berichtet wird (B 1132 ff.). Über »inconsistencies, obscurities, prevaricactions« im Nibelungenlied hat sich etwa A. T. Hatto in der genannten Publikation geäußert (S. 301 – 312). Weiterhin vergleiche man den Beitrag von Bert *Nagel* über ›Widersprüche im Nibelungenlied‹, in: WdF, Bd. 54, 1976, S. 392 – 431 (zuerst erschienen in den ›Neuen Heidelberger Jahrbüchern‹, 1954), sowie dens., Stoffzwang der Überlieferung in mittelhochdeutscher Dichtung, in: Philologische Studien. [. . .], 1978 (über das Nibelungenlied S. 55 –74); wieder abgedruckt in: B. N., Kleine Schriften zur deutschen Literatur, 1981, S. 67 – 128 (über das Nibelungenlied S. 69 – 98).

Literatur:

B. *Döring:* Die Quellen der Niflungasaga in der Darstellung der Thidrekssaga und den von dieser abhängigen Fassungen, in: ZfdPh 2, 1870, S. 1 – 79 und S. 265 – 292.

Hermann *Paul:* Die Thidrekssaga und das Nibelungenlied, in: MSB, 1900, S. 297 – 338.

Andreas *Heusler:* Die Lieder der Lücke im Codex Regius der Edda, in: Germanistische Abhandlungen. Hermann Paul zum 17. März 1902 dargebracht, 1902, S. 1 – 98; wieder abgedruckt in: A. H., Kleine Schriften, Bd. 2, 1969, S. 223 – 291.

Ders.: Die Heldenrollen im Burgundenuntergang, in: BSB, 1914, S. 1114 – 1143; wieder abgedruckt in: A. H., Kleine Schriften, Bd. 2, 1969, S. 518 – 545.

Ders.: Die Quelle der Brünhildsage in Thidreks saga und Nibelungenlied, in: Aufsätze zur Sprach- und Literaturgeschichte. Wilhelm Braune zum 20. Februar 1920 dargebracht, 1920, S. 47 – 84; wieder abgedruckt in: A. H., Kleine Schriften, Bd. 1, 1943, Nachdruck 1969, S. 65 – 102.

Ders.: Die deutsche Quelle der Ballade von Kremolds Rache, in: BSB, 1921, S. 445 – 469; wieder abgedruckt in: A. H., Kleine Schriften, Bd. 1, 1943, Nachdruck 1969, S. 103 – 131.

Wilhelm *Wilmanns:* Der Untergang der Nibelunge in alter Sage und Dichtung, 1903 (= Abh. d. Kgl. Ges. d. Wiss. zu Göttingen. Philol.-hist. Kl., N. F., Bd. 7, Nr. 2).

Karl *Droege:* Zur Geschichte des Nibelungenliedes, in: ZfdA 48, 1906, S. 471 – 503.

Ders.: Die Vorstufe unseres Nibelungenliedes, in: ZfdA 51, 1909, S. 177 – 218.

Ders.: Nibelungenlied und Waltharius, in: ZfdA 52, 1910, S. 193 – 231.

Ders.: Zur Geschichte der Nibelungendichtung und der Thidrekssaga, in: ZfdA 58, 1921, S. 1 – 40.

Ders.: Das ältere Nibelungenepos, in: ZfdA 62, 1925, S. 185 – 207.

Ders.: Zur Siegfrieddichtung und Thidrekssaga, in: ZfdA 71, 1934, S. 83 – 100.
Léon *Polak:* Untersuchungen über die Sigfridsagen, Diss. Berlin, 1910.
Ders.: Untersuchungen über die Sage vom Burgundenuntergang, in: ZfdA 54, 1913, S. 427 – 466; ZfdA 55, 1914/17, S. 445 – 502; ZfdA 60, 1923, S. 1 – 26 (in Buchform als Diss. Groningen, 1922).
Friedrich *Panzer:* Studien zur germanischen Sagengeschichte II. Sigfrid, 1912 , Nachdruck 1969.
Helmut *de Boor:* Die färöischen Lieder des Nibelungenzyklus, 1918.
Ders.: Das Attilabild in Geschichte, Legende und heroischer Dichtung, 1932, Nachdruck 1963.
Ders.: Hat Siegfried gelebt?, in: Beitr. 63, 1939, S. 250 – 271; wieder abgedruckt in: WdF, Bd. 14, 1961, S. 31 – 51.
Franz Rolf *Schröder:* Nibelungenstudien, 1921.
Ders.: Kriemhilds Falkentraum, in: Beitr. 78 (Tüb.), 1956, S. 319 – 348.
Ders.: Sigfrids Tod, in: GRM 41, 1960, S. 111 – 122.
Carl *Wesle:* Brünhildlied oder Sigfridepos?, in: ZfdPh 51, 1926, S. 33 – 45.
Martin *Lintzel:* Der historische Kern der Siegfriedsage, 1934.
Gudmund *Schütte:* Sigfrid und Brünhild. Ein als Mythus verkannter historischer Roman aus der Merowingerzeit, 1935.
Wolfgang *Mohr:* Entstehungsgeschichte und Heimat der jüngeren Eddalieder südgermanischen Stoffes, in: ZfdA 75, 1938, S. 217 – 280.
Georg *Baesecke:* Vor- und Frühgeschichte des deutschen Schrifttums. 1. Band: Vorgeschichte des deutschen Schrifttums, 1940.
George *Nordmeyer:* Source Studies on Kriemhild's Falcon Dream, in: GR 15, 1940, S. 292 – 299.
Hermann *Schneider:* Die deutschen Lieder von Siegfrieds Tod, 1947.
Hans *Kuhn:* Kriemhilds Hort und Rache, in: Festschrift, Paul Kluckhohn und Hermann Schneider gewidmet zu ihrem 60. Geburtstag, 1948, S. 84 – 100; wieder abgedruckt in: H. K., Kleine Schriften, Bd. 2, 1971, S. 65 – 79.
Ders.: Brünhilds und Kriemhilds Tod, in: ZfdA 82, 1948/50, S. 191 – 199; wieder abgedruckt in: H. K., Kleine Schriften, Bd. 2, 1971, S. 80 – 87.
Ernst *Bickel:* Arminiusbiographie und Sagensigfrid, 1949.
Ders.: Römisch-Germanischer Namen-Nimbus im deutschen Mittelalter, in: RhMPh, N. F. 98, 1955, S. 193 – 258.
Peter *Adler:* Über die Quellen der Brünhildsage im Nibelungenlied, Diss. Tübingen, 1950 [Masch.-Schr.].
Irene *Dittus* geb. *Messerschmid:* Studien zum Nibelungenlied und zur Kudrun, Diss. Tübingen, 1951 [Masch.-Schr.] (über das Nibelungenlied S. 1 – 76).
Heinrich *Hempel:* Sächsische Nibelungendichtung und sächsischer Ursprung der *þiðrikssaga*, in: Edda, Skalden, Saga. Festschrift zum 70. Geburtstag von Felix Genzmer, 1952, S. 138 – 156; wieder abgedruckt

in: H. H., Kleine Schriften, 1966, S. 209 – 225.
Ders.: Zur Datierung des Nibelungenliedes, in: ZfdA 90, 1960/61, S. 181 – 197; wieder abgedruckt in: H. H., Kleine Schriften, 1966, S. 226 – 239.
Ders.: Niederdeutsche Heldensage, in: Die Nachbarn. Jb. für vergleichende Volkskunde 3, 1962, S. 7 – 30; wieder abgedruckt in: H. H., Kleine Schriften, 1966, S. 134 – 152.
Kurt *Wais:* Frühe Epik Westeuropas und die Vorgeschichte des Nibelungenliedes. I. Bd.: Die Lieder um Krimhild, Brünhild, Dietrich und ihre frühen außerdeutschen Beziehungen. Mit einem Beitrag von Hugo *Kuhn:* Brunhild und das Krimhildlied, 1953. [Dazu Cola *Minis,* Rom. Jb. 6, 1953/54, S. 207 – 213; Siegfried *Beyschlag,* GRM 35, 1954, S. 257 – 265; Wolfgang *Mohr,* AfdA 68, 1955/56, S. 7 – 20, wieder abgedruckt in: WdF, Bd. 500, 1978, S. 211 – 229; Heinrich *Hempel,* Euph. 50, 1956, S. 113 – 119.]
Ders.: Ermessent, die vier Söhne des Gibouart und der Mord an Sigfrid, in: Romanisches Mittelalter. Festschrift zum 60. Geburtstag von Rudolf Baehr. Hg. von Dieter Messner und Wolfgang Pöckl, 1981, S. 343 – 372.
Gerhart *Lohse:* Xanten und das Nibelungenlied, in: Bonner Jahrbücher 153, 1953, S. 141 – 145.
Ders.: Rheinische Nibelungendichtung und die Vorgeschichte des deutschen Nibelungenliedes von 1200, in: RhVjbll. 20, 1955 (= Festschrift Adolf Bach, 1. Teil), S. 54 – 60.
Ders.: Die Beziehungen zwischen der Thidrekssaga und den Handschriften des Nibelungenliedes, in: Beitr. 81 (Tüb.), 1959, S. 295 – 347.
Ders.: Nachahmung und Schöpfung in der Nibelungendichtung bis zum ›Gehörnten Siegfried‹ (1726), in: Rezeption und Produktion zwischen 1570 und 1730. Festschrift für Günther Weydt, 1972, S. 499 – 514.
Gerhard *Eis:* Die Hortforderung, in: GRM 38, 1957, S. 209 – 223; wieder abgedruckt in: G. E., Kleine Schriften zur altdeutschen weltlichen Dichtung, 1979, S. 93 – 112.
Karl *Hauck:* Germanische Bilddenkmäler des früheren Mittelalters, in: DVjs. 31, 1957, S. 349 – 379.
Werner *Betz:* Der Gestaltwandel des Burgundenuntergangs von Prosper Aquitanus bis Meister Konrad, in: Gestaltprobleme der Dichtung. Günther Müller zu seinem 65. Geburtstag, 1957, S. 1 – 8.
Emil *Ploss:* Zeizenmûre und die Helchenburg. Zur Vorgeschichte der donauländischen Heldensage, in: FuF 31, 1957, S. 208 – 215.
Ders.: Byzantinische Traumsymbolik und Kriemhilds Falkentraum, in: GRM 39, 1958, S. 218 – 226.
Ders.: Die Nibelungenüberlieferung im Spiegel der langobardischen Namen, in: FuF 34, 1960, S. 53 – 60.
Ders.: Siegfried-Sigurd, der Drachenkämpfer. Untersuchungen zur germanisch-deutschen Heldensage. Zugleich ein Beitrag zur Entwicklungsgeschichte des alteuropäischen Erzählgutes, 1966.

Klaus von *See:* Die Werbung um Brünhild, in: ZfdA 88, 1957/58, S. 1 – 20; wieder abgedruckt in: K. v. S., Edda, Saga, Skaldendichtung. Aufsätze zur skandinavischen Literatur des Mittelalters, 1981, S. 194 – 213, dazu Nachtrag, S. 516 – 521.

Ders.: Freierprobe und Königinnenzank in der Sigfridsage, in: ZfdA 89, 1958/59, S. 163 – 172; wieder abgedruckt in: K. v. S., Edda, Saga, Skaldendichtung. [. . .], 1981, S. 214 – 223.

Karl Friedrich *Stroheker:* Studien zu den historisch-geographischen Grundlagen der Nibelungendichtung, in: DVjs. 32, 1958, S. 216 – 240; wieder abgedruckt in: K. F. St., Germanentum und Spätantike, 1965, S. 246 – 274.

Joachim *Bumke:* Sigfrids Fahrt ins Nibelungenland. Zur achten Aventiure des Nibelungenliedes, in: Beitr. 80 (Tüb.), 1958, S. 253 – 268.

Ders.: Die Quellen der Brünhildfabel im Nibelungenlied, in: Euph. 54, 1960, S. 1 – 38.

Ders.: Die Eberjagd im Daurel und in der Nibelungendichtung, in: GRM 41, 1960, S. 105 – 111.

Ernst *Walter:* Zur Entstehung der Thidrikssaga, in: Nd. Jb. 83, 1960, S. 23 – 28.

Roswitha *Wisniewski:* Die Darstellung des Niflungenunterganges in der Thidrekssaga. Eine quellenkritische Untersuchung, 1961.

Otto *Höfler:* Siegfried, Arminius und die Symbolik. Mit einem historischen Anhang über die Varusschlacht, 1961. [Ohne den Anhang schon 1959 veröffentlicht in der Festschrift für Franz Rolf Schröder, 1959, S. 11 – 121.]

Ders.: Siegfried, Arminius und der Nibelungenhort, 1978 (= WSB, 332. Bd.).

Dietrich *Kralik:* Die dänische Ballade von Grimhilds Rache und die Vorgeschichte des Nibelungenliedes, WSB, 241. Bd., 1. Abh., 1962.

Henry *Kratz:* The Proposed Sources of the Nibelungenlied, in: Studies in Philology 59, 1962, S. 615 – 630.

Siegfried *Beyschlag:* Deutsches Brünhildenlied und Brautwerbermärchen, in: Märchen, Mythos, Dichtung. Festschrift zum 90. Geburtstag Friedrich von der Leyens, 1963, S. 121 – 145.

Peter *Wackwitz:* Gab es ein Burgunderreich in Worms? Beiträge zu den geschichtlichen Grundlagen der Nibelungensage, 1964/65 (= Beihefte 20 und 21 der Zeitschrift ›Der Wormsgau‹; zuvor Diss. FU Berlin, 1957 [Masch.-Schr.]).

Hanns *Midderhoff:* Zur Verbindung des ersten und zweiten Teils des Nibelungenstoffes in der Lieder-Edda, in: ZfdA 95, 1966, S. 243 – 258.

Ders.: Übereinstimmungen und Ähnlichkeiten in den liedereddischen und epischen Nibelungen, in: ZfdA 97, 1968, S. 241 – 278.

R. G. *Finch:* Brunhild and Siegfried, in: Saga-Book of the Viking-Society 17, 1967/68, S. 224 – 260.

Alexander *Leyden:* Der geschichtliche Hintergrund des Sagenkreises um Sigfrid, in: Mannus 37, 1971, H. 2, S. 5 – 105.

Reinhard *Wenskus:* Wie die Nibelungen-Überlieferung nach Bayern kam, in: ZBLG 36, 1973, S. 393 – 449.

Theodore M. *Andersson:* The Epic Source of Niflunga saga and the Nibelungenlied, in: ANF 88, 1973, S. 1 – 54.

Ders.: Niflunga saga in the Light of German and Danish Materials, in: Med. Scand. 7, 1974, S. 22 – 30.

Ders.: The Legend of Brynhild, 1980.

Ders.: The Encounter between Burgundians and Bavarians in Adventure 26 of the Nibelungen-Lied, in: JEGP 82, 1983, S. 365 – 373.

Ders.: From the Xanthus to the Rhine: The Legend of Troy in the Nibelungenlied, in: Studies in Medieval and Renaissance Teaching 1, 1990, S. 3 – 9.

Otto *Holzapfel:* Die dänischen Nibelungenballaden. Texte und Kommentare, 1974 (= GAG, Nr. 122).

Hans *Schottmann:* Der Streit der Königinnen, in: »Sagen mit sinne«. Festschrift für Marie-Luise Dittrich zum 65. Geburtstag, 1976 (= GAG, Nr. 180), S. 133 – 155.

Hellmut *Rosenfeld:* Nibelungische Lieder zwischen Geschichte und Politik. Parallellied, Annexionslied, Sagenmischung, Sagenschichtung, in: Beitr. 99 (Tüb.), 1977, S. 66 – 77; wieder abgedruckt in: H. R., Ausgewählte Aufsätze zur deutschen Heldendichtung und zur Namenforschung [. . .]. Hg. von H.-A. Klein, 1987 (= GAG. 473), S. 86 – 97.

W. B. *Lockwood:* The Nibelungen Tradition in Faroese, in: GLL 32, 1978/79, S. 265 – 272.

Hermann *Reichert:* Skandinavische und deutsche Nibelungentradition, in: Nibelungenlied. Ausstellungskatalog des Vorarlberger Landesmuseums Nr. 86, 1979, S. 25 – 39.

Alois *Wolf:* Mythos und Geschichte in der Nibelungensage und im Nibelungenlied, in: Nibelungenlied. Ausstellungskatalog des Vorarlberger Landesmuseums Nr. 86, 1979, S. 41 – 54.

Otto *Gschwantler:* Die historische Glaubwürdigkeit der Nibelungensage, in: Nibelungenlied. Ausstellungskatalog des Vorarlberger Landesmuseums Nr. 86, 1979, S. 55 – 69.

Dieter *Rosenthal:* Zur Frage nach Siegfrieds Existenz. Einige zentrale Namen und Motive des Siegfried-Sagenkreises, in: Germanistisches Bulletin 4, 1980, S. 44 – 56.

Heide *Göttner-Abendroth*: Die Göttin und ihr Heros. Die matriarchalen Religionen in Mythos, Märchen und Dichtung, 1980, 8. Aufl. 1988.

Heinz *Ritter-Schaumburg:* Die Nibelungen zogen nordwärts, 1981, Neuauflage 1991.

[Dazu: Gernot *Müller*: Allerneueste Nibelungische Ketzereien. Zu Heinz Ritter-Schaumburgs ›Die Nibelungen zogen nordwärts‹, in: Stud. Neophil. 57, 1985, S. 105 – 116; Johannes *Janota*/Jürgen *Kühnel: Uns ist in niuwen maeren wunders vil geseit.* Zu Ritter-Schaumburgs ›Die Nibelungen zogen nordwärts‹. Eine Stellungnahme aus germanistischer Sicht, in: Soester Zeitschrift. Zs. des Vereins für Geschichte u. Heimatpflege Soest 97, 1985, S. 13 – 25. Zu *Janota/Kühnel* wiederum: Hans *den Besten*: Bemerkungen zu ei-

ner Kritik. Johannes Janota u. a. zu Ritter-Schaumburgs ›Die Nibelungen zogen nordwärts‹, in: ABÄG 33, 1991, S. 117 – 130.]
Ders.: Sigfrid ohne Tarnkappe, 1990.
Walter *Böckmann:* Der Nibelungen Tod in Soest. Neue Erkenntnisse zur historischen Wahrheit, 1981.
Dietrich *Hofmann:* »Attilas Schlangenturm« und der »Niflungengarten« in Soest. Zur Geschichtsauffassung des Volkes im Mittelalter, in: Nd. Jb. 104, 1981, S. 31 – 46.
Heinrich *Kunstmann:* Vorläufige Untersuchungen über den bairischen Bulgarenmord von 631/632. Der Tatbestand. Nachklänge im Nibelungenlied, 1982 (= Slavistische Beiträge. Bd. 159).
Riti *Krosen:* Der Drachentöter und sein Zwillingsbruder, in: ZfdPh 103, 1984, S. 77 – 102.
Wolfgang *Hochbruck:* Die Verbindungen des Klosters Lorsch zum Nibelungenlied, in: Geschichtsblätter Kreis Bergstraße 17, 1984, S. 41 – 50.
Heinrich *Beck:* Zu Otto Höflers Siegfried-Arminius-Untersuchungen, in: Beitr. 107 (Tüb.), 1985, S. 92 – 107.
Marjatta *Wis*: Das Nibelungenlied und ›Athis et Prophilias‹. Zu den Problemen der Urgeschichte des Nibelungenliedes, in: Neuphil. Mitt. 87, 1986, S. 4 – 15.
Joachim *Peeters*: Siegfried *von Niderlant* und die Wikinger am Rhein, in: ZfdA 115, 1986, S. 1 – 21.
Arend *Quak:* Siegfried und die niederländischen Wikinger, in: ZfdA 116, 1987, S. 280 – 283.
Wolfgang *Laur:* Finnsburgsage und Nibelungensage, in: Aspekte der Germanistik. Festschrift für Hans-Friedrich Rosenfeld zum 90. Geburtstag. Hg. von Walter Tauber, 1989 (= GAG, Nr. 521), S. 1 – 15.

3. Kapitel

Die Überlieferung des Nibelungenliedes

Das Nibelungenlied ist in einer reichen handschriftlichen Überlieferung auf uns gekommen: nicht weniger als 35 Handschriften bewahren die Dichtung ganz oder bruchstückhaft. Alle vollständigen Handschriften, mit Ausnahme der späten Piaristenhandschrift k (›Lienhart Scheubels Heldenbuch‹), überliefern außer dem Nibelungenlied auch die ›Klage‹ (vgl. das 7. Kapitel). Zwei der Textzeugen, die Fragmente G und P, enthalten allerdings bloß Verse aus der ›Klage‹, so daß sie zu den Nibelungenlied-Handschriften nur unter der Voraussetzung gezählt werden können, daß die ›Klage‹ immer zusammen mit dem Nibelungenlied tradiert worden ist. Eine Sonderstellung nimmt überdies das Fragment T ein, das eine Übersetzung des Nibelungenliedes ins Niederländische (ca. 1260 bis 1280) enthält. Wenn man die Eigenständigkeit des Niederländischen gegenüber den deutschen Dialekten betont, dann ist es konsequent, das Fragment T nicht zu den deutschen Textzeugen des Nibelungenliedes zu rechnen, deren Zahl dann, strenggenommen, nur 32 beträgt. Mit Bildern ist übrigens nur eine Handschrift ausgestattet, die in Ostschwaben (Augsburg?) geschriebene, aus dem zweiten Viertel des 15. Jh.s stammende Hundeshagensche (Sigel b; s. jetzt die Faksimileausgabe von Hans *Hornung*, Das Nibelungenlied in spätmittelalterlichen Illustrationen. Die 37 Bildseiten des Hundeshagenschen Kodex Ms. Germ. Fol. 855 [. . .], 1968). Die Überlieferung zieht sich vom frühen 13. Jh. bis zum beginnenden 16. Jh. (Hs. d: das Ambraser Heldenbuch, zwischen 1504 und 1515/16 von Hans Ried im Auftrag Kaiser Maximilians I. geschrieben; zwar enthält das Ambraser Heldenbuch Zeichnungen, doch stehen sie nicht in einer Beziehung zum Text, die es rechtfertigte, hier von einer illustrierten Handschrift in dem Sinne zu sprechen, wie dies beim Hundeshagenschen Kodex der Fall ist). Die meisten Handschriften entstammen dem süddeutschen Raum, wobei Tirol und Vorarlberg einen bemerkenswert hohen Anteil haben. Bereits die handschriftlichen Verhältnisse beweisen, daß das Nibelungenlied, modern gesprochen, ›ein großer Erfolg‹ war und daß dieser Erfolg lange anhielt. Doch ist es andererseits bezeichnend, daß das Nibelungenlied, im Gegensatz zu einigen anderen Heldendichtungen des 13. Jh.s, nicht mehr durch den Buchdruck verbreitet wurde.

Karl *Lachmann* führte für die Bezeichnung der Handschriften des Nibelungenliedes Sigel ein, und zwar verwendete er große Buchstaben für die älteren Pergamenthandschriften, kleine Buchstaben für die jüngeren Pergament- und die Papierhandschriften. Dieser Brauch ist von der Forschung beibehalten worden. Die wichtigsten Handschriften sind A, B und C. In der Reihenfolge der Benennung drückt sich Lachmanns Einschätzung der Handschriften aus: nach seiner Ansicht steht die Hs. A dem ursprünglichen Text am nächsten, die Hs. B weniger und die Hs. C in noch geringerem Maße. In den Hss. A und B endet die Dichtung mit den Worten: *daz ist der Nibelunge nōt,* in der Hs. C mit den Worten: *daz ist der Nibelunge liet.* Man pflegt deshalb die durch die Hss. A und B repräsentierte Gruppe auch die ›*nōt*-Gruppe‹, die durch die Hs. C vertretene die ›*liet*-Gruppe‹ zu nennen. Eine vorbildliche und für die wissenschaftliche Arbeit grundlegende Ausgabe der drei Haupthandschriften in Form eines Paralleldrucks, der lange Zeit ein bloßes Desiderat der Forschung geblieben war, liegt seit reichlich zwei Jahrzehnten vor: Das Nibelungenlied. Paralleldruck der Handschriften A, B und C nebst Lesarten der übrigen Handschriften, hg. von Michael S. *Batts*, 1971.

Hs. A: Die Hohenems-Münchener Hs. Cod. germ. 34 der Bayerischen Staatsbibliothek in München. Letztes Viertel des 13. Jh.s. Aus Hohenems. Das Nibelungenlied hat in der Hs. A 2316 Strophen. Ausgabe von Karl *Lachmann* 1826; zweite Ausgabe 1841; dritte Ausgabe 1851; vierte Ausgabe 1867; fünfte Ausgabe 1878. Später wiederholt abgedruckt. Anastatischer Neudruck der fünften Ausgabe mit Vorwort und vervollständigtem Handschriftenverzeichnis von Ulrich *Pretzel*, 1948, neue Aufl. 1960.

Hs. B: Die St. Galler Hs. Ms. 857 der Stiftsbibliothek zu St. Gallen. Mitte oder zweite Hälfte des 13. Jh.s, vielleicht aber schon erste Hälfte; von drei Schreibern geschrieben (vom ersten nur bis Str. 22,1, vom zweiten bis Str. 392,3, vom dritten der gesamte folgende Text). Das Nibelungenlied hat 2376 Strophen. Gegenüber A fehlen 3 Strophen, 63 Strophen sind hinzugekommen. Ausgabe von Karl *Bartsch,* Der Nibelunge Nôt, in 3 Bänden: Erster Teil (Text) 1870; Zweiter Teil, erste Hälfte (Lesarten) 1876; Zweiter Teil, zweite Hälfte (Wörterbuch) 1880; Nachdruck aller drei Bände 1966. Von demselben: ›Das Nibelungenlied‹ in der Reihe ›Deutsche Klassiker des Mittelalters‹, zuerst 1866, seit der 10. Aufl. (1940) bearbeitet von Helmut *de Boor*; jetzt 22., revidierte und von Roswitha *Wisniewski* ergänzte Auflage, 1988. Helmut de Boor hat den Text der Bartschschen Ausgabe aufgrund späterer Forschungen, zunächst namentlich denen von Wilhelm *Braune*, in der 20. Auflage (1972) auch unter Einbeziehung neuerer Forschungsergebnisse verbessert und die Einleitung völlig neu gestaltet. Sie entspricht aber in mancher Hinsicht nicht mehr dem heutigen Forschungsstand, und auch der Wortlaut der Dichtung bedarf einer Revision.

Hs. C: Die Hohenems-Laßbergische oder Donaueschinger Hs. Ms. 63 der Fürstl. Fürstenbergischen Hofbibliothek zu Donaueschingen. Erste Hälfte des 13. Jh.s (nach G. T. *Gillespies* Untersuchungen in seiner nicht gedruckten Magisterarbeit, King's College London, 1957: 1220 – 1230). Aus Hohenems. Das Nibelungenlied hat 2442 Strophen. Es fehlen gegenüber AB 45, gegenüber A allein eine, gegenüber B allein 3 Strophen; hinzugekommen sind gegenüber AB 112, gegenüber A allein 60, gegenüber B allein 2 Strophen. Ausgaben von Friedrich *Zarncke* (1856; 2. Aufl. 1865; 3. Aufl. 1868; 4. Aufl. 1871; 5. Aufl. 1875; 6. Aufl. 1887) und von Adolf *Holtzmann* (1857). Von beiden auch wiederholt aufgelegte Schulausgaben. Im Abstand von nur einem Jahr sind neuerdings zwei, in ihrer Art jeweils vorzügliche Faksimileausgaben der Hs. C des Nibelungenliedes und der ›Klage‹ ediert worden (zu denen für die Hss. A und B gleichwertige Gegenstücke fehlen): 1968 von Heinz *Engels* (mit Kommentarband), 1969 von Werner *Schröder* (= Deutsche Texte in Handschriften, Bd. 3). Eine neue Arbeitsausgabe stellt dar: Das Nibelungenlied nach der Handschrift C, hg. von Ursula *Hennig*, 1977 (= ATB, Bd. 83).

Die Hss. A, B und C sind hochalemannische Abschriften südbairischer Vorlagen. Wann und durch wen die 1755 und 1779 im Palast der Grafen von Hohenems gefundenen Hss. C und A dorthin gelangt sind, entzieht sich unserer Kenntnis, und wir wissen nichts über die Geschichte der beiden Handschriften vor ihrer Entdeckung. Dagegen weiß man Näheres über den Erwerb der Hs. B durch die Stiftsbibliothek St. Gallen (vgl. dazu Johannes *Duft*, 1979). Die Prachthandschrift, die neben dem Nibelungenlied und der ›Klage‹ Wolframs ›Parzival‹ und ›Willehalm‹ sowie Strickers ›Karl der Große‹ enthält, befand sich im Nachlaß des Schweizer Geschichtsschreibers und Politikers Aegidius Tschudi (1505 – 1572). Wann und wie Tschudi in den Besitz des Kodex gekommen ist, läßt sich freilich nicht mehr feststellen. Im Jahre 1768 hat die Stiftsbibliothek St. Gallen die Handschrift zusammen mit weit über hundert anderen einem Nachkommen Tschudis für 2640 Gulden abgekauft.

Die übrigen vollständigen Handschriften sind:

D Zweite Münchener Hs. (erstes Drittel des 14. Jh.s)

I(J) Berliner Hs. (wohl noch spätes 13. Jh.)

a Wallersteiner Hs. (früher in der Bibliothek der Fürsten von Oettingen-Wallerstein in Maihingen, jetzt in der Bibliotheca Bodmeriana in Genf-Coligny; um 1500)

b) Hundeshagensche Hs. (benannt nach Bernhard Hundeshagen, dem zeitweiligen Besitzer; 15. Jh.)
d Ambraser Heldenbuch (Anfang des 16. Jh.s)
h Meusebachs Hs. (Abschrift von I; benannt nach dem früheren Besitzer, dem Freiherrn von Meusebach; 15. Jh.)
k Piaristenhandschrift (lag im Piaristenkollegium in der Wiener Josefstadt; zweite Hälfte des 15. Jh.s)

Zu den Handschriften und Ausgaben vgl. die Zusammenstellung in der ›Bibliographie zum Nibelungenlied und zur Klage‹ von Willy *Krogmann* und Ulrich *Pretzel*, [4]1966, S. 11–21 (auch in der 6. Ausgabe des Nibelungenliedes von K. *Lachmann*, besorgt von Ulrich *Pretzel*, 1960, S. XVII–XXV), die im einzelnen aber nicht mehr dem gegenwärtigen Forschungsstand entspricht.

Die vollständigen Handschriften (einschließlich der jetzt verschollenen oder vernichteten) sind neuerdings auch beschrieben von Peter Jörg *Becker*, Handschriften und Frühdrucke mittelhochdeutscher Epen. [. . .], 1977, S. 140 – 160. Dabei treten die äußeren Daten zurück; das Schwergewicht liegt auf dem Schreibprogramm (bei Sammelhandschriften), der Herkunft und Geschichte der Handschriften (Schriftheimat, Auftraggeber, Besitzer).

Erst vor einigen Jahren hat Jürgen *Vorderstemann* eine in Darmstadt liegende Handschrift des Nibelungenliedes bekannt gemacht (ZfdA 105, 1976, S. 115–122), die in den älteren Handbüchern noch nicht verzeichnet ist. Er hat für sie das Sigel n vorgeschlagen. Die Handschrift – 1449 in rheinfränkischem Dialekt geschrieben – ist eine Mischhandschrift, die aber überwiegend zur *C-Version gehört. Sie enthält den zweiten Teil des Nibelungenliedes, dem eine Kurzfassung des ersten Teils vorangestellt ist. In den letzten Jahren sind noch weitere Bruchstücke von Handschriften des Nibelungenliedes gefunden worden, die man in der frühen Neuzeit zum Einbinden von Büchern benutzt hat. Sie gehören alle zu bereits bekannten Handschriften(fragmenten). Die im Archiv der Stadt Rosenheim und im Bayerischen Staatsarchiv in München entdeckten Bruchstücke gehören zur Fragmentgruppe Q (spätes 14. Jh.), die damit den umfangreichsten Strophenbestand aller Fragmente aufweist; die im Bischöflichen Priesterseminar in Mainz gefundenen Falze bereichern unsere Kenntnis des ebenfalls nur fragmentarisch auf uns gekommenen Manuskripts L (14. Jh.).

Karl *Lachmann* hielt den Text, wie er in der Hs. A überliefert ist, für denjenigen, der der Urfassung des Nibelungenliedes am nächsten stünde, und auf seine Autorität und auf seine für ihre Zeit vorbildliche Ausgabe (aus dem Jahre 1826) gegründet, galt dieser Text lange Zeit als maßgebend. Lachmann war sich über die Mängel der Hs. A durchaus im klaren. Aber gerade aufgrund ihrer Eigenarten entsprach sie am ehesten seiner Liedertheorie (vgl. oben, S. 8f.). Er glaubte, in den Mängeln die noch sichtbaren Zeichen der Summierung der selbständigen Einzellieder zur Nibelungendichtung erkennen zu können, so wie er sie sich dachte. Friedrich *Neumann* hat darauf hingewiesen, daß Lachmann außerdem unausgesprochen durch ein ästhetisches Empfinden geleitet gewesen sei, »das stärker vom Dramatisch-Novellistischen als vom Zuständlich-Epischen angezogen wurde« (GRM 46, 1965, S. 226/27 = Wiederabdruck, S. 36). Wie Lachmanns Hypothese über die Entstehung des Nibelungenliedes längst widerlegt worden ist, so ist die Forschung natürlich auch nicht bei seiner Bewertung der Handschriften stehengeblieben. 1854 trat Adolf *Holtzmann* mit seinen ›Untersuchungen über das Nibelungenlied‹ hervor, in denen er darlegte, daß die Hs. A eine Verschlechterung des in B besser überlieferten Wortlautes biete. Nach Holtzmann enthält aber auch die Hs. B nicht den ursprünglichen Text, dieser werde vielmehr am besten durch die Hs. C vertreten. Die nämliche Auffassung äußerte Friedrich *Zarncke* (›Zur Nibelungenfrage‹, 1854). Beide Forscher veranstalteten alsbald getrennte Ausgaben des Nibelungenliedes aufgrund der Donaueschinger Hs. (Zarncke 1856, Holtzmann 1857). Später, in der 6. Auflage seiner Ausgabe des Nibelungenliedes (1887), hat Zarncke die Ansicht, daß die Hs. C den ursprünglichen Text biete, aufgegeben. In dem gleichen Jahr, in dem Zarncke seine Ausgabe vorlegte, veröffentlichte Rochus von *Liliencron* seine Schrift ›Über die Nibelungenhandschrift C‹, in der er nachwies, daß sich die Fassung des Nibelungenliedes in der Hs. C als eine jüngere Bearbeitung der Dichtung darstellt, ein Ergebnis, das durch die wichtige Untersuchung von Karl *Bartsch* (›Untersuchungen über das Nibelungenlied‹, 1865) ebenso erhärtet wurde wie die Abwertung der Hs. A. Allerdings haben Bartschs Darlegungen in ihrer Beweisführung und ihren Schlußfolgerungen auch ihre Schwächen. Nach Bartsch gibt es zwei voneinander unabhängige Rezensionen des Originals des Nibelungenliedes, die durch die Hss. B und C repräsentiert werden. Zur ersten Gruppe gehört auch die Hs. A, die somit keinen selbständigen Wert beanspruchen kann. Die beiden Bearbeitungen des Nibelungenliedes gehen nach Bartsch zurück auf eine Rezension, die er um 1170/80 ansetzt und die ihrerseits wieder die Bearbeitung einer um 1140/50 entstandenen Dichtung sein soll. Bartsch gründete seine Ansicht auf formale Kriterien. Er geht von den unreinen und altertümlichen Reimen in beiden Rezensionen aus, die zum größeren Teile verschieden sind (entweder in beiden Reimwörtern oder doch in einem). Bei der Zusammenstellung der abweichenden Reimwörter ergibt sich jeweils eine Assonanz. Daraus schließt Bartsch, daß das Original Assonanzen gehabt habe, die bei den Bearbeitungen *B und *C beseitigt worden seien.* Weiter habe das Original viele unausgefüllte Senkungen aufgewiesen, die die Bearbeiter der beiden Rezensionen, jeweils selbständig, vielfach ausgefüllt hätten, und zwar der der Fassung *C in höherem Maße, während *B näher beim Original geblieben sei. 1876 hat Hermann *Paul* die Untersuchungen von Bartsch, wie er selbst sagt (Beitr. 3, S. 373), »einer eingehenden Prüfung« unterzogen und in vielem richtiggestellt. Weder Bartschs ›Assonanzentheorie‹ noch seine Darlegungen über die Ausfüllung der Senkungen haben seiner kritischen Nachprüfung standgehalten, zumindest haben sie sich nicht in dem Maße als tragfähig erwiesen, wie Bartsch dies glaubte. Paul stimmt mit Bartsch darin überein, in *B und *C selbständige Überarbeitungen zu sehen. Nachdrücklich aber hat er die Bartschsche Datierung zurückgewiesen: »Es zwingt nichts dazu, ja es ist nicht erlaubt, die Entstehung der Gedichte weiter als etwa bis 1190 oder höchstens ganz wenig darüber hinaus zurückzuschieben« (S. 442).

In dem vielfachen Bemühen um die Aufdeckung der Abhängigkeitsverhältnisse der Handschriften des Nibelungenliedes und damit auch um die Gewinnung eines dem Original möglichst nahestehenden Textes brachte dann im Jahre 1900 Wilhelm *Braunes* ausführliche und eindringliche Untersuchung ›Die Handschriftenverhältnisse des Nibelungenliedes‹ eine weithin wirkende Klärung und die ganz überwiegend angenommene Entscheidung für den Vorrang der Hs. B und der durch sie repräsentierten Fassung. Braunes Untersuchung gehört zu den Marksteinen der philologisch fundierten und orientierten Nibelungenforschung. Ihren Gang im einzelnen nachzuzeichnen liegt heutzutage gleichwohl kein Grund mehr vor. Im vorgegebenen Rahmen genügt es, einige wichtige Ergebnisse der Untersuchung hervorzuheben.

In der Frage, ob *C unmittelbar aus der Rezension *B entstanden ist (Karl Lachmann) oder aber beide unabhängig voneinander auf ein verlorenes Original zurückgehen (Karl Bartsch, Hermann Paul), entscheidet sich Braune wie folgt: »Die von Bartsch aufgestellte Theorie der zwei voneinander unabhängigen Rezensionen des Nibelungenliedes ist also falsch: *C ist aus *B durch *Jd oder

* Die mit dem Zeichen * (Asteriskus, Sternchen) versehenen Buchstaben bezeichnen eine nur erschlossene Fassung, Handschriftengruppe usw. des Nibelungenliedes, die nicht unmittelbar erhalten ist. So repräsentiert die Hs. B wohl aus der Mitte des 13. Jh.s die Fassung *B aus der Zeit um 1200.

genauer durch *d-*J hindurchgeflossen. *B ist also *für uns* das Original des Nibelungenliedes« (S. 121 [Hervorhebung durch mich]).

Braune kann aufgrund seiner weitgespannten Erörterungen einen Stammbaum (ein Stemma) der Überlieferungsverhältnisse des Nibelungenliedes aufstellen (S. 192), der unter Beschränkung auf die Haupthandschriften folgendes Aussehen hat (aus dem aber die soeben zitierte Position Braunes nicht überall augenfällig wird):

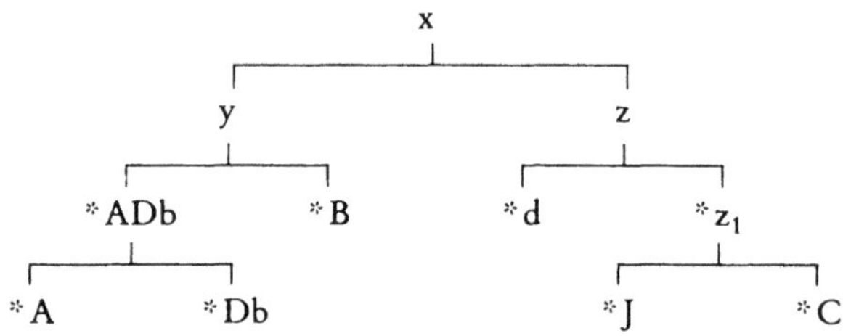

x ist der sog. Archetypus, aus dem die gesamte uns erhaltene Überlieferung hervorgegangen ist. Er enthält bereits die ›Klage‹ und ist nicht identisch mit dem Original, weicht aber im Text nur unwesentlich von ihm ab. Die Überlieferung spaltete sich zunächst in zwei Zweige, den y-Zweig – der dem Archetypus und damit auch dem Original nähersteht – und den z-Zweig. Aus dem Stemma wird klar, daß von den uns erhaltenen Handschriften die St. Galler Hs. (B) dem Archetypus am nächsten geblieben ist. Von den Handschriften des z-Zweiges ist *d dem Urtext noch nahe verwandt, und die junge Hs. d (das Ambraser Heldenbuch), die offenbar auf einer guten alten Vorlage beruht, hat dadurch eine große Bedeutung. Eine besondere Beurteilung verlangen die Eingangsstrophen, im wesentlichen die 1. Aventiure (vgl. Braune, S. 155 ff.). Den ursprünglichen Bestand zeigt nur die Hs. J, während die Fassung in der Hs. B stark von *C beeinflußt ist.

Braunes Verfahren und seine Ergebnisse haben lange als im Wesentlichen gesichert gegolten. Daß aber gleichwohl keine communis opinio erzielt war, zeigen die Arbeiten, die den Handschriftenverhältnissen des Nibelungenliedes noch nach Braunes Untersuchung gewidmet wurden. So hat 1928 Victor *Michels* die Hs. A wieder näher an das Original heranzurücken gesucht. Er kritisiert vor allem Braunes Ausführungen über den y-Zweig der handschriftlichen Überlieferung. Nach ihm hat es weder die Stammhandschrift y noch die Stammhandschrift *ADb gegeben (Zur Handschriftenkritik des Nibelungenliedes, S. 22), und der ursprüngliche Text sei »verhältnismäßig, aber doch nicht unbedingt, treu bewahrt in A, dessen Schreiber mit Bewußtsein nur gelegentlich unbedeutende Änderungen vornahmen, im übrigen aber sich an ihre Vorlage hielten« (S. 100). Das ist zwar eine wesentliche, aber doch nicht das Grundsätzliche berührende Abweichung von Braune – die stemmatologische Beweisführung als solche wird nicht in Frage gestellt.

In jüngerer Zeit ist dagegen mehr und mehr die Einsicht durchgedrungen, die Willy *Krogmann* so formulierte: »Ziehen wir die Summe, so scheint es überhaupt unmöglich zu sein, bei einer so reich überlieferten Dichtung wie dem Nibelungenlied, bei der wir zudem noch mit zahlreichen Verlusten rechnen müssen, ein Stemma aufzustellen« (ZfdA 87, 1956/57, S. 279). Es ist in der Tat infolge der Besonderheiten der Entstehungs- und Überlieferungsbedingungen des Nibelungenliedes unmöglich, die Nibelungenhandschriften in ein umfassendes Stemma einzuordnen. Zu dieser Erkenntnis hat namentlich die Untersuchung Helmut *Brackerts* beigetragen (veröffentlicht 1963; zuvor Diss. Hamburg 1960), die gründlichste Überprüfung von Wilhelm Braunes Abhandlung aus dem Jahre 1900, und zwar nicht nur ihrer Details, sondern auch der prinzipiellen Argumentation. Man hat sich vor dem Erscheinen von Brackerts Arbeit zu wenig Rechenschaft darüber abgelegt, daß Braunes Verfahren (und damit auch seine Resultate) an bestimmte zeitbedingte wissenschaftsgeschichtliche Voraussetzungen gebunden sind (vgl. dazu auch die knappen, aber treffenden Hinweise von Friedrich *Neumann*, GRM 46, S. 239 = Wiederabdruck, S. 49). Brackert hat die drei von Wilhelm Braune stillschweigend – das heißt zugleich: unreflektiert – zugrunde gelegten Prämissen wie folgt gekennzeichnet: »Er nahm einen relativ fehlerfreien Archetypus an, eine geschlossene Texttradierung und eine kontaminationslose Hss.-Entwicklung« (S. 160; s. auch S. 6 f., wo die dritte Voraussetzung etwas differenzierter formuliert ist). Eine Nachzeichnung von Brackerts Beweisführung ist hier ausgeschlossen; nur einige wichtige Ergebnisse sind festzuhalten. »Alle auf uns gekommenen Hss. oder Hss.-Gruppen bieten einen Text, der von Redaktoren und Schreibern immer schon nach bestimmten Tendenzen verändert und umgeformt worden ist. Der Archetypus entzieht sich damit [. . .] jeder sicheren Bestimmbarkeit« (S. 165). Zwar rechnet auch Brackert mit der Übereinstimmung »aller oder doch wenigstens der hauptsächlichen Hss.« in einem Wortlaut, »den wir mit einigem Recht für den Text des ›Archetypus‹ halten können« (S. 166). Aber »dieser ›Archetypus‹ ist unter gar keinen Umständen mit einem – wie immer beschaffenen – ›Original‹ gleichzusetzen. [. . .;] denn wir greifen in den einzelnen Hss. des öfteren Spuren einer Textform, die älter ist, als sie der gemeinsame Text im großen und ganzen repräsentiert« (ebd.). Der Aufstellung eines Stemmas und der Wiedergewinnung des Originals steht im Falle des Nibelungenliedes insbesondere entgegen, »daß Altertümliches im weitesten Sinne als Sonderlesung auf jeder beliebigen Stufe der Überlieferung auftreten kann und für die wichtigsten Zeugen [. . .] nachgewiesen ist« (S. 168). Den gesamten Komplex der Sonderlesarten faßt Brackert unter der Bezeichnung ›Sondergut‹ zusammen, und dieses ist überwiegend »ein mündliches Traditionsgut« (S. 169, Anm. 26). Daß auch nach der Literarisierung der mündlichen Nibelungenepik und ihrer schriftlichen Fixierung in verschiedenen Fassungen der Stoff noch mündlich tradiert wurde, sei es im Ganzen, sei es (wahrscheinlicher) in Form einzelner Lieder, ist keine bloße Vermutung, sondern konkret zu belegen; erwähnt sei in diesem Zusammenhang das Vortragsrepertoire des Marners um die Mitte des 13. Jh.s.

Nicht unproblematisch sind jedoch gewisse Folgerungen, die Helmut Brackert aus seinen textkritischen Studien gezogen hat, Folgerungen, die nicht zwingend, aber auch nicht notwendig erscheinen, deren Fragwürdigkeit eben darum Ergebnisse wie die skizzierten nicht aufhebt.

»Wer solches Sondergut in die Überlieferung eingeführt hat, muß selbst in der lebendigen Tradition gestanden haben, der die epische Fassung des Nibelungen-Stoffes entstammt; er kann sich m. a. W. nicht prinzipiell von dem für uns ungreifbaren ältesten Autor unterschieden haben, dem der gemeinsame Text seine Entstehung verdankt. Noch deutlicher: Die Urheber der verschiedenen Redaktionen, die uns vorliegen, lassen sich nicht *prinzipiell* als Geister minderen Ranges von jenem Autor unterscheiden, auf den der gemeinsame Text zurückginge. Es wird unter den verschiedenen Dichtern, die an der Herausbildung dieses Textes mitwirkten, einen gegeben haben, der größer war als alle anderen [. . .], grundsätzlich steht hinter diesem Text eine Mehrzahl, wenn nicht eine Vielzahl von Sängern (oder wie immer man sie nennen will), die alle in der gleichen poetischen Technik bewandert, mit dem gleichen Stoffe vertraut, sich an der Ausformung des Textes beteiligten« (S. 170 [die Hervorhebung bei Brackert]).

Gegen diese Folgerung spricht eine von Brackert selbst betonte Eigenheit der Überlieferung des Nibelungenliedes, daß es bei ihm, im Unterschied etwa zum ›Wolfdietrich‹, »die bindende Kraft eines im wesentlichen fest ausgeformten Textes« gegeben hat (S. 169). Diese Tatsache läßt sich kaum mit einer prinzipiell gleichberechtigten Pluralität von ›Dichtern‹ vereinbaren, sondern setzt – hier muß man Friedrich *Neumann* zustimmen – einen ›führenden Nibelungenmeister‹ voraus, »der zuerst das bewegliche und zugleich einheitliche Ganze auf das Pergament« gebracht hat (GRM 46, 1965,

S. 240 = Wiederabdruck, S. 50). Diesen ›führenden Nibelungenmeister‹ wird man, anders als die Redaktoren, Bearbeiter, Schreiber, die in Kenntnis und »in der lebendigen Tradition« des Nibelungenstoffes an der Fabel des nunmehr vorliegenden Buchepos weitergearbeitet haben, nach wie vor als *den* Dichter des Nibelungenliedes bezeichnen dürfen. (Zu den Bemühungen, ihn ständisch festzulegen, vgl. unten, S. 91ff.) Die Vorstellung freilich von einem autonomen ›Schöpfer‹ des Nibelungenliedes, dem der geniale Wurf dieses Epos souverän gegenüber den Gegebenheiten der Tradition und isoliert von ihren vielen Trägern, allein kraft seines künstlerischen Ingeniums gelungen sei, ist überholt.

Brackerts Untersuchungen haben – trotz mancher fragwürdiger Folgerungen – epochemachend gewirkt. Der Verteidigung des stemmatologischen Verfahrens durch Günter *Kochendörfer* (1973) blieb eine ähnliche Resonanz versagt. Dennoch muß sie in Erinnerung gerufen werden – und sei es nur, um dem Eindruck entgegenzuwirken, daß es in dieser Frage nichts mehr zu diskutieren gäbe. Kochendörfer hat seinen Standpunkt folgendermaßen zusammengefaßt: »Das Nibelungenlied nimmt, was seine Überlieferung betrifft, keine Sonderstellung unter den mittelhochdeutschen Versromanen bzw. Epen ein. Was von Brackert als mangelnde Festigkeit des Textes interpretiert wurde, gilt für viele volkssprachliche Überlieferungen, soweit sie nicht besondere Authentizität beanspruchen, wie z. B. religiöse Texte. Es muß auch beim Nibelungenlied mit *einem* Archetyp gerechnet werden, dessen Text für das Original eine Dichterleistung voraussetzt, die weit diejenige selbst des Redaktors C* übertrifft, von den anderen ›Bearbeitungen‹, deren Zustandekommen zudem leicht auch auf geringfügige Änderungen auf verschiedenen aufeinanderfolgenden Stufen der Tradition zurückgeführt werden kann, ganz zu schweigen. Die Herstellung eines allen Zeugen vorausliegenden, eventuell allerdings etwas unscharfen Textes ist nach wie vor sinnvoll« (S. 182).

Noch viel radikaler als Helmut Brackert haben die Anhänger der *theory of oral-formulaic composition* der Vorstellung von einem ›Original‹ des Nibelungenliedes und der Ansicht von einem individuellen Dichter des Epos eine Absage erteilt. Zu einer umfassenden Darstellung und Würdigung dieser Theorie ist hier nicht der Ort; sie könnte nur in einer eigenen Monographie erfolgen, die auch den Rahmen abgeben müßte für eine eingehende Stellungnahme zu ihrer Anwendung auf das Nibelungenlied. Als elementare Information sei lediglich angeführt, daß eine als *oral poetry* entstandene, genauer: immer wieder entstehende Dichtung nicht einfach für den Vortrag verfaßt ist, sondern – auf der sprachlichen Ebene – mit Hilfe von sprachlichen Formeln (und formelhaften Wendungen) und – auf der Handlungsebene – mit

Hilfe von Erzählmustern, Erzählschablonen erst während des Vortrags jeweils neu von den Sängern hervorgebracht wird, die in der gleichen stofflichen und sprachlich-erzähltechnischen Tradition stehen. Der jeweilige Vortragende, den man im Falle einer epischen Dichtung etwa als Epensänger bezeichnen kann, ist der ›Dichter‹, und die Dichtung lebt nur im Vortrag. Der amerikanische Gräzist Milman *Parry*, der die ›theory of oral-formulaic composition‹ inauguriert hat, definierte die Formel als »a group of words which is regularly employed under the same metrical conditions to express a given essential idea«. Die Anwendung dieses Formelbegriffs auf Texte gerade des Mittelalters hat zu erheblichen Schwierigkeiten und als Folge davon zu Versuchen neuer Definitionen des Begriffs der Formel geführt, und unter dem Begriff der ›traditionsgebundenen Handlungselemente‹ sind verschiedene Erscheinungen ›überindividueller Formen‹ zu subsumieren (Motivketten, typische Szenen, Handlungsgerüste ganzer Dichtungen, d. h. Lieder), deren Bezeichnung nicht eindeutig und nicht einheitlich ist (vgl. dazu Edward R. *Haymes*, Das mündliche Epos, S. 18 ff.), wobei der von der *Parry-Lord-Schule** gebrauchte Begriff ›theme‹ gänzlich ungenau ist und am wenigsten zu befriedigen vermag. Daß Begriffe wie ›Formel‹ und ›Erzählschablone‹ einerseits, ›Mündlichkeit‹ und ›Schriftlichkeit‹ andererseits »alles andere als fest umrissen« sind, weil »noch keine historisch fundierten Definitionen dieser Begriffe vorliegen«, hat mit Franz H. *Bäuml* auch jener Forscher eingeräumt, der in wiederholten Ansätzen die ›theory of oral-formulaic composition‹ am engagiertesten auf das Nibelungenlied übertragen hat (Hohenemser Studien zum Nibelungenlied, S. 297 [b]). Übrigens sieht Bäuml durchaus, daß mit dem Nibelungenlied die Grenze zwischen »illiteracy« und »literacy« überschritten ist (FMLS 10, 1974, S. 252), ja er hat mit aller wünschenswerten Deutlichkeit klargestellt, daß es sich auch nach seiner Ansicht beim Nibelungenlied nicht um ein Produkt von ›oral composition‹ handelt.

Unbestritten ist, daß ›mündliche Dichtung‹ formelhaft ist. Aber die Umkehrung dieses Satzes, daß eine formelhafte Dichtung auch notwendigerweise eine mündliche Dichtung sei, ist falsch, worauf mehrfach hingewiesen worden ist (Claes *Schaar*, Neophil. 40, 1956, S. 303 = WdF, Bd. 555, S. 73; Hans Dieter *Lutz*, DVjs. 48, 1974, S. 442, Anm. 57 = WdF, Bd. 555, S. 268, Anm. 57 [»Zwischen Mündlichkeit und Formelhaftigkeit besteht eine Implikationsbeziehung, aber keine Äquivalenzrelation«]). Und es ist kurzschlüssig, zu behaupten: »Ausschlaggebend für die Bestimmung, ob eine Dichtung aufgrund der Formelhaftigkeit in die Tradition mündlicher Überlieferung hineingehört, ist lediglich der Prozentsatz an Formeln und formelhaften Wendungen« (K. H. R. *Borghart*, S. 26). Eine solche Auffassung hat z. B.

---

* Albert B. *Lord*, ein Schüler und Mitarbeiter Milman Parrys, hat in seinem Buche ›The Singer of Tales‹, 1960 (dt. Übersetzung u. d. T.: Der Sänger erzählt. Wie ein Epos entsteht, 1965), eine Summe der *oral-poetry*-Forschung gezogen und sie damit in gewisser Weise populär gemacht.

auch Franz H. *Bäuml* zurückgewiesen, der es einen »fundamental mistake« nennt, »a high density of oral formulae« mit ›oral composition‹ gleichzusetzen (Oral Tradition 1, 1986, S. 403). Denn Formeln und formelhafte Wendungen können verschiedene Funktionen erfüllen, und in einer als *oral poetry* lebenden Dichtung ist ihre Funktion eine andere als in einem Werk, das zwar auf mündlicher Tradition beruht (wie zweifellos das Nibelungenlied), das aber nicht mehr als mündliche Dichtung entstanden ist. In Dichtungen wie dem Nibelungenlied ist die Formel nicht ein konstitutives Element der Komposition, sondern sie ist wesentlich als Stilmerkmal und Stilmittel zu betrachten, das auch von einem Dichter – unter Umständen sehr bewußt – gebraucht werden kann, der eindeutig lese- und schreibekundig ist und nicht, wie es von den Adepten der *Parry-Lord*-Theorie zumindest lange Zeit postuliert wurde, prinzipiell Analphabet sein muß. Formeln sind ein Element der epischen Sprache, aber ihre Funktionen und Leistungen sind nicht einfach die, die ihr die ›oral poetry‹-Forschung beigelegt hat. Es handelt sich, gerade auch beim Nibelungenlied, um das wichtige und komplexe Phänomen der »›pseudo-oral‹ formula in written Middle High German texts, that is, of formulicity as written style« (Franz H. *Bäuml,* 1986, S. 432). Möglich ist außerdem, daß die mündliche Tradition, auf der das hochmittelalterliche Nibelungenlied beruht, nicht von der Art gewesen ist, die von Parry und Lord an der serbokroatischen Epik nachgewiesen wurde, daß also für die mittelalterliche mündliche Epik nicht die spezifischen Bedingungen der *oral-formulaic composition* gegolten haben. Es ist überhaupt problematisch, Ergebnisse, die in einem Kulturkreis, hier dem südslawischen Raum, empirisch gewonnen worden sind, ziemlich unreflektiert auf die Verhältnisse des europäischen Mittelalters und zumal des deutschen Hochmittelalters zu übertragen, wie es vor allem und nicht zufällig amerikanische Forscher getan haben – die Produktionssituation einer hochmittelalterlichen Dichtung ist nicht ohne weiteres kommensurabel mit der südslawischer Epen.

Definiert man mit Edward R. *Haymes* ›mündliches Epos‹ als »die breit erzählende Dichtung, die schriftlos entsteht und weiterlebt« (Das mündliche Epos, S. 1), dann schließt diese Definition die ›Mündlichkeit‹ des Nibelungenliedes im Grunde aus: es ist nicht sinnvoll, von einem Text, der Merkmale mündlicher Komposition aufweist (ohne unbedingt so entstanden zu sein), der aber – von wem auch immer – niedergeschrieben wurde, der schriftlich tradiert und zum Ausgangspunkt einer breit gefächerten schriftlichen Überlieferung wird, als mündlicher Dichtung zu sprechen. Auch die z. B. von K. H. R. *Borghart* vertretene Auffassung, daß das Nibelungenlied »die schriftliche Fixierung einer oralen Dichtung ist« (S. 147), ein sog. ›oral dictated text‹, ist nicht zwingend, sondern eher unwahrscheinlich, die Vorstellung jedoch, die verschiedenen Fassungen oder Redaktionen des Nibelungenliedes seien Widerspiegelungen oder eben schriftliche Fixierungen verschiedener Vorträge, ist mit Sicherheit unhaltbar. Der Vergleich mit wirklich oraler Dichtung zeigt, »daß themaidentische Varianten der Mündlichkeit im sprachlichen Ausdruck weit entschiedener differieren, als es etwa bei den drei Grundredaktionen des Nibelungenliedes der Fall ist« (Hans *Fromm*, Der oder die Dichter des Nibelungenliedes?, S. 70 = Wiederabdruck, S. 283). Die Folgerung, daß die Fassungen des Nibelungenliedes in den Haupthandschriften auf eine schriftliche Vorlage zurückgehen, ist, worauf Norbert *Voorwinden* mit Recht hingewiesen hat (Lorsch im Nibelungenlied, in: Stauferzeit. [. . .], S. 282), darum unabweislich, weil sich die weitgehende Gleichheit der Texte nicht nur auf markante Partien, auf die Kernstellen des Epos erstreckt (was damit erklärt werden könnte, daß die Sänger solche Szenen auswendig und wörtlich identisch vorgetragen hätten), sondern auch auf relativ periphere Passagen.

Daß die von der ›theory of oral-formulaic composition‹ ausgehenden Arbeiten zum Nibelungenlied – von denen noch einmal die von Franz H. *Bäuml* genannt seien – anregend gewirkt haben, ist unbestreitbar. Aber sie haben nicht zu Ergebnissen geführt, die allgemeine Zustimmung gefunden haben oder die eine solche Zustimmung verdienten. Peter K. *Stein* hat in diesem Zusammenhang das harte Urteil abgegeben, daß die »Ungeschlachtheit«, mit der besonders in amerikanischen Arbeiten versucht werde, die ›theory of oral-formulaic composition‹ in praktischen Analysen auf mhd. Texte anzuwenden, »auch die schärfste Ablehnung rechtfertigen würde« (Hohenemser Studien zum Nibelungenlied, S. 322 [b]). Doch trifft Steins Kritik eine insgesamt wohl überwundene Phase der Anwendung der ›theory of oral-formulaic composition‹ auf die mittelalterliche Epik. Worüber es immerhin möglich sein sollte, sich zu verständigen, ist die von Edward R. Haymes so formulierte Einsicht, daß die mittelalterlichen Texte »eher ein *mittelbares* Verhältnis zur mündlichen Tradition« implizieren (Das mündliche Epos, S. 26 [die Hervorhebung durch mich]). Und nicht in Abrede gestellt werden kann, daß die ›theory‹ den Blick dafür geschärft hat, daß die volkssprachige Literatur des Mittelalters sich zwischen den Polen von Mündlichkeit und Schriftlichkeit bewegt und daß es zwischen ihnen zu Symbiosen ganz unterschiedlicher Art gekommen ist. Für das voll literarisierte Nibelungenlied selbst ist der Ertrag der langjährigen Bemühungen und Auseinandersetzungen freilich bescheiden geblieben.

Zieht man aus den kontroversen, aber auch weiterführenden Diskussionen der letzten Jahre das Fazit, das den größten Anspruch auf Wahrscheinlichkeit hat (die Komplexität und Vielschichtigkeit der Problematik verbietet eine eindeutigere Formulierung), dann kann es etwa so lauten: Es hat ein schriftliches ›Original‹ des Nibelungenliedes gegeben, das textlich wiederzugewinnen uns jedoch grundsätzlich versagt ist. Greifbar sind uns zwei Bearbeitungen (dieses ›Originals‹ oder bereits einer auf ihm beruhenden Version): in den Hss. A und B die *Nōt*-Fassung, in der Hs. C die *Liet*-Fassung. Ausdrücklich sei noch einmal hervorgehoben, daß es sich bei den in den Haupthandschriften greifbaren Fassungen um die Bearbeitungen einer (schriftlichen) Vorlage handelt, nicht etwa, wie die Anhänger der uneingeschränkten ›theory of oral-formulaic composition‹ meinen, um die jeweilige Spiegelung und Fixierung dreier verschiedener Vorträge der diffusen Nibelungenüberlieferung durch drei verschiedene Epensänger, die man zugleich als, prinzipiell gleichberechtigte, Dichter zu betrachten habe. Kaum zu entscheiden ist, ob der Text, wie ihn die Hohenems-Münchener Hs. (A) überliefert, oder die durch die St. Galler Hs. (B) repräsentierte Redaktion dem ›ursprünglichen‹ Nibelungenlied nähersteht. Für die erste Möglichkeit haben sich vor allem Friedrich *Neumann* (GRM 46, S. 242 = Wiederabdruck, S. 52) und Hans *Fromm* (Der oder die Dichter des Nibelungenliedes?, 1974, S. 72 = Wiederabdruck, S. 286) ausgesprochen, die zweite Auffassung findet wohl immer noch die breitere Zustimmung. Der *C-Text hat früh auf die *AB-Version gewirkt, stellt aber im Verhältnis zu dieser die jüngere Bearbeitung dar. Der gegenteilige Standpunkt, daß also der *Liet*-Fassung die Priorität gegenüber der *Nōt*-Fassung und damit die größere ›Originalitäts‹-Nähe zukomme, ist zwar wie im 19. Jh. so gerade in jüngerer Zeit wiederholt verfochten worden (Willy *Krogmann*, Rolf *Bräuer*, Walter *Falk*, Berta *Lösel-Wieland-Engelmann*), für die überwiegend vertretene These, daß die *C-Version eine ›durchgreifende Umgestaltung‹ (Helmut *Brackert*, S. 132) ist, sprechen aber nach wie vor die stärkeren Gründe. Völlig unbrauchbar ist das von den Befürwortern des Vorrangs von *C gern angeführte ›philologische‹ Argument, daß die Fassung *C schon in dem Fragment einer Nibelungenlied-Handschrift aus der Zeit um 1200 greifbar sei, nämlich in dem in Klagenfurt gefundenen Fragment Z. Man hat sich bei dessen Datierung auf Hermann *Menhardt* berufen (ZfdA 64, 1927, S. 211–235), ohne daß irgend jemand seine Angaben nachgeprüft hätte. Tatsächlich aber ist die Handschrift nicht vor dem zweiten Viertel des 13. Jh.s geschrieben worden (Karin *Schneider*, Gotische Schriften in deutscher Sprache. I. Vom späten 12. Jahrhundert bis um 1300. Textband, 1987, S. 144, Anm. 109). Den von den Verfechtern der Priorität der Fassung *C aus der von vornherein unwahrscheinlichen extrem frühen Datierung des Fragmentes Z gezogenen Folgerungen fehlt also die paläographische Grundlage.

Mit Recht hat in der neueren Forschung die Umgestaltung, die der Bearbeiter der Fassung *C vorgenommen hat, verstärktes Interesse gefunden. Er bemüht sich nicht nur um die Beseitigung äußerer Widersprüche, nicht nur um eine Glättung der (metrischen) Form, so durch die Einführung der fehlenden Senkung, namentlich im zweiten Takt des vierten Abverses der Strophe (vgl. unten, S. 115), ändert nicht bloß im Wortschatz, vielmehr ist die *Liet*-Fassung auch inhaltlich Ausdruck einer höfisierenden, dazu rationalen und moralischen Auffassung des Nibelungenepos. Wichtig ist nicht zuletzt, daß der Bearbeiter von *C, in Übereinstimmung mit der ›Klage‹(s. unten, S. 128), die Beurteilung der Hauptgestalten geradezu tendenziös verändert hat: seine Absicht geht dahin, Kriemhilt zu entlasten und zu entschuldigen (vgl. etwa den Wegfall der B-Strophen 698/699 und die neuen Strophen 1882, 1947, 2143 sowie die Aussage der C-Strophe 1963 gegenüber der B-Strophe 1912), Hagen dagegen herabzusetzen und in seinem Handeln abzuwerten (vgl. z. B. C, Str. 1153 und 2428).* Insgesamt hat man Grundcharakter und Grundanliegen der Fassung *C so beschreiben können: »Sie ist gleichsam die mittelalterlichere von beiden Fassungen, diejenige, die der Ansicht vieler Zeitgenossen Ausdruck gab, indem sie die heroisch-pessimistisch-tragische Weltsicht einzuschränken suchte zugunsten des rational-moralischen Erklärens leidvollen Geschehens als Folge menschlicher Verfehlung, menschlicher Schuld« (Werner *Hoffmann*, Die Fassung *C des Nibelungenliedes und die ›Klage‹, S. 131).

Die Frage, wann die *C-Fassung entstanden ist, hat unterschiedliche Antworten erfahren. Früher ist sie häufig recht spät angesetzt worden. Eine Datierung gegen oder um 1230 (Friedrich *Wilhelm*, Josef *Körner*) scheidet eindeutig aus. Dagegen ist die Möglichkeit, daß die Bearbeitung *C in das zweite Jahrzehnt des 13. Jh.s gehört, nicht auszuschließen, wenngleich diese Spätdatierung in der letzten Zeit nur noch selten vertreten worden ist. Meist nimmt man an, daß Wolfram von Eschenbach bei seiner Arbeit am ›Parzival‹ bereits die Fassung *C des Nibelungenliedes gekannt habe (vgl. unten, S. 105), so daß sie spätestens etwa 1205/06 verbreitet gewesen sein müßte. Entgegen der früher von ihm selbst vertretenen Auffassung hat dies Werner *Schröder* vor einigen Jahren bezweifelt (vgl. unten S. 104). Wenn er recht hat, ist die Fassung *C von dem durch *B repräsentierten ›Original‹ des Nibelungenliedes doch durch einen größeren zeitlichen Abstand getrennt, als das in jüngerer Zeit überwiegend vermutet wurde. In seiner letzten Äußerung zum Datierungsproblem hat Helmut *de Boor* wohl mit Bedacht eine exakte zeitliche Festlegung vermieden, wenn er schreibt: »Sie [die Fassung *C] liegt von dem Original zeitlich nicht weit ab« (Einleitung zur Ausgabe

* Wenn hier B- und C-Strophen gegenübergestellt sind, so um des erhellenden Vergleiches willen und ohne daß damit notwendigerweise impliziert ist, daß dem Bearbeiter die *B-Fassung vorgelegen haben müsse, daß mit anderen Worten der *C-Text auf dem *B-Text beruhe. Dies ist nur eine – freilich sehr wahrscheinliche – Möglichkeit.

des Nibelungenliedes, [20]1972, S. XLVII; [22]1988, S. IL); diese sehr allgemein gehaltene Formulierung erscheint durchaus angemessen.

Edward *Schröder* hat den Gedanken erwogen, der Dichter des Nibelungenliedes selbst habe auch noch die Bearbeitung, wie sie in der Hs. C auf uns gekommen ist, vorgenommen (ZfdA 70, 1933, S. 158, Anm. 1; ZfdA 78, 1941, S. 88), und ein Forscher wie Dietrich *Kralik* hat sich diese Auffassung zu eigen gemacht. Andere, wie Karl *Droege* (ZfdA 75, 1938, S. 102 f.), Friedrich *Panzer* (Das Nibelungenlied, S. 98) und Werner *Hoffmann* (S. 131 f.), haben die Verfasseridentität bezweifelt. Von anderen Überlegungen abgesehen, spricht gegen sie entscheidend, daß die Fassung *C in Geisteshaltung und Zielsetzung von der Version des Nibelungenliedes, wie sie die St. Galler Hs. repräsentiert, so wesentlich abweicht (weshalb man auch nicht von einer zweiten Auflage, sondern nur von einer neuen Bearbeitung oder neutraler: von einer anderen Fassung sprechen darf), daß kaum ein und derselbe Dichter als Autor beider Fassungen in Frage kommt.

Literatur:

Die einschlägigen Arbeiten vor Karl *Bartsch* sind im Literaturverzeichnis zum 1. Kapitel angeführt.

Karl *Bartsch:* Untersuchungen über das Nibelungenlied, 1865, unveränderter Nachdruck 1968.

Hermann *Paul:* Zur Nibelungenfrage, in: Beitr. 3, 1876, S. 373 – 490.

Wilhelm *Braune:* Die Handschriftenverhältnisse des Nibelungenliedes, in: Beitr. 25, 1900, S. 1 – 222.

Victor *Michels:* Zur Handschriftenkritik des Nibelungenliedes, Abh. d. philol.-hist. Kl. d. Sächs. Akad. d. Wiss., 39. Bd., Nr. 4, 1928.

Willy *Krogmann:* Zur Textkritik des Nibelungenliedes, in: ZfdA 87, 1956/57, S. 275 – 294.

Siegfried *Gutenbrunner:* Votum für A. Zur Handschriftenfrage beim Nibelungenlied, in: ZfdPh 78, 1959, S. 39 – 49.

Michael S. *Batts:* Poetic Form as a Criterion in Manuscript Criticism, in: MLR 55, 1960, S. 543 – 552.

Helmut *Brackert:* Beiträge zur Handschriftenkritik des Nibelungenliedes, 1963 (zuvor Diss. Hamburg, 1960). [Dazu Joachim *Bumke*, Euph. 58, 1964, S. 428 – 438; Werner *Schröder,* AfdA 77, 1966, S. 14 – 32, wieder abgedruckt in: W. Sch., Nibelungenlied-Studien, 1968, S. 19 – 47.]

Friedrich *Neumann:* Handschriftenkritik am Nibelungenlied (Ein Rückblick), in: GRM 46, 1965, S. 225 – 244; wieder abgedruckt in: F. N., Das Nibelungenlied in seiner Zeit, 1967, S. 35 – 59.

P. B. *Salmon:* The Nibelungenlied in Mediaeval Dutch, in: Mediaeval German Studies. Presented to Frederick Norman, 1965, reprinted 1973, S. 124 – 137.

Helmut *de Boor:* Die Schreiber der Nibelungenhandschrift B, in: Beitr. 94 (Tüb.), 1972, S. 81 – 112.
Günter *Kochendörfer:* Das Stemma des Nibelungenliedes und die textkritische Methode, Diss. Freiburg i. Br., 1973.
Peter Jörg *Becker:* Handschriften und Frühdrucke mittelhochdeutscher Epen. [...], 1977.
Johannes *Duft:* Die Nibelungen-Handschrift B in der Stiftsbibliothek St. Gallen, in: Nibelungenlied. Ausstellungskatalog des Vorarlberger Landesmuseums Nr. 86, 1979, S. 93 – 110.
Gerhart *Lohse:* Die Aventiurenüberschriften des Nibelungenliedes, in: Beitr. 102 (Tüb.), 1980, S. 19 – 54.
Achim *Masser:* Von Alternativstrophen und Vortragsvarianten im Nibelungenlied, in: Hohenemser Studien zum Nibelungenlied, 1981, S. 299 – 311.
Norbert *Voorwinden:* Die niederländischen Nibelungen-Fragmente (Hs. T), in: ABÄG 17, 1982, S. 177 – 188.
Joachim *Peeters:* Die mittelniederländische Übersetzung des Nibelungenliedes, in: Ars et Ingenium. Studien zum Übersetzen. Festgabe für Frans Stoks zum 60. Geburtstag. Hg. von Hans Ester u. a., 1983, S. 117 – 138.
Gerard *Jaspers:* Die deutschen Textfragmente in den lateinischen Werken des Wolfgang Lazius, in: In Diutscher Diute. Festschrift für Anthony van der Lee zum 60. Geburtstag. Hg. von M. A. van den Broek und G. J. Jaspers, 1983 (= ABÄG 20), S. 56 – 73.
Jean *Fourquet:* La composition numérique dans le ms. A du Nibelungenlied, in: Et. Germ. 39, 1984, S. 1 – 7.
Hans-Friedrich *Rosenfeld:* Die Rosenheimer Fragmente der Handschrift Q des Nibelungenliedes, in: Das bayerische Inn-Oberland 46, 1986, S. 27 – 110 u. S. 153 – 160.
Ders.: Neue Nibelungenfragmente aus Rosenheim und München, in: Beitr. 109 (Tüb.), 1987, S. 14 – 50.
William G. *Moulton:* Zur handschriftlichen Wiedergabe der e-Laute in den drei Haupthandschriften des Nibelungenliedes, in: Beitr. 110 (Tüb.), 1988, S. 153 – 171.
Shigekiyo *Ishizuka:* Die 1. Aventiure der Nibelungenhandschrift d – Text und Wortschatz, in: Studies in Languages and Cultures. Nr. 34. Institute of Modern Languages and Cultures. The University of Tsukuba, 1991, S. 1 – 22.

Zum Verhältnis des Nibelungenliedes zur ›oral poetry‹

Franz H. *Bäuml* und Donald J. *Ward:* Zur mündlichen Überlieferung des Nibelungenliedes, in: DVjs. 41, 1967, S. 351 – 390.
Ders. und Agnes M. *Bruno:* Weiteres zur mündlichen Überlieferung des Nibelungenliedes, in: DVjs. 46, 1972, S. 479 – 493.
Ders. und Edda *Spielmann:* From Illiteracy to Literacy: Prolegomena to a Study of the Nibelungenlied, in: FMLS 10, 1974, S. 248 – 259.

Edward *Haymes:* Mündliches Epos in mittelhochdeutscher Zeit, 1975 (= GAG, Nr.164; zuvor Diss. Erlangen, 1969).
Kees Hermann Rudi *Borghart:* Das Nibelungenlied. Die Spuren mündlichen Ursprungs in schriftlicher Überlieferung, 1977 (= Amsterdamer Publikationen zur Sprache u. Literatur, Bd. 31).

Zum Problem der *oral poetry* insgesamt, namentlich im Mittelalter, s. den zusammenfassenden Überblick von Edward R. *Haymes,* Das mündliche Epos. Eine Einführung in die ›Oral Poetry‹ Forschung, 1977 (= SM. 151) [mit ausgedehnten Literaturangaben].
Neuere Arbeiten:
Franz H. *Bäuml:* The Oral Tradition and Middle High German Literature, in: Oral Tradition 1, 1986, S. 398 – 445.
Dennis H. *Green:* Über Mündlichkeit und Schriftlichkeit in der deutschen Literatur des Mittelalters. Drei Rezeptionsweisen und ihre Erfassung, in: Philologie als Kulturwissenschaft. Studien zur Literatur und Geschichte des Mittelalters. Festschrift für Karl Stackmann zum 65. Geburtstag, 1987, S. 1 – 20.
Ders.: Orality and Reading: The State of Research in Medieval Studies, in: Speculum 65, 1990, S. 267 – 280.
John Miles *Foley:* The Theory of Oral Composition. History and Methodology, 1988 [mit umfangreicher Bibliographie, S. 130 – 163].
Alain *Renoir:* A Key to Old Poems. The Oral-Formulaic Approach to the Interpretation of West-Germanic Verse, 1988.

Wichtige Aufsätze sind abgedruckt in dem Band: Oral Poetry. Das Problem der Mündlichkeit mittelalterlicher epischer Dichtung. Hg. von Norbert Voorwinden und Max de Haan, 1979 (= WdF, Bd. 555).
Von dort nicht abgedruckten Aufsätzen seien hervorgehoben:

H. L. *Rogers:* The Crypto-Psychological Character of the Oral Formula, in: English Studies 47, 1966, S. 89 – 102.
Michael *Curschmann:* Oral Poetry in Mediaeval English, French, and German Literature: Some Notes on Recent Research, in: Speculum 42, 1967, S. 36 – 52.
Otto *Holzapfel:* Homer – Nibelungenlied – Novalis. Zur Diskussion um die Formelhaftigkeit epischer Dichtung, in: Fabula 15, 1974, S. 34 – 46.

*Zur Fassung *C des Nibelungenliedes*

Edward *Schröder:* Beiträge zur Textform des Nibelungenliedes, in: ZfdA 70, 1933, S. 145 – 160; ZfdA 72, 1935, S. 51 – 56; ZfdA 74, 1937, S. 87 – 94; ZfdA 78, 1941, S. 88 f.
Karl *Droege:* Die Fassung C des Nibelungenliedes, in: ZfdA 75, 1938, S. 89 – 103.
Werner *Hoffmann:* Die Fassung *C des Nibelungenliedes und die ›Klage‹, in: Frankfurter Beiträge zur Germanistik, Bd. 1 (= Festschr. Gottfried Weber), 1967, S. 109 – 143.

Werner *Betz:* Plädoyer für C als Weg zum älteren Nibelungenlied, in: Mediaevalia litteraria. Festschr. für Helmut de Boor, 1971, S. 331 – 341.
Ursula *Hennig:* Zu den Handschriftenverhältnissen in der *liet*-Fassung des Nibelungenliedes, in: Beitr. 94 (Tüb.), 1972, S. 113 – 133.
Norbert *Voorwinden:* Lorsch im Nibelungenlied. Die Hs. C als Bearbeitung einer schriftlich fixierten mündlichen Dichtung, in: Stauferzeit. Geschichte, Literatur, Kunst. Hg. von R. Krohn u. a., 1978, S. 279 – 294.
Chauncey J. *Mellor:* Kriemhild and Hagen in Mss. B and C of the Nibelungenlied, in: Selected Proceedings. The Twenty-Seventh Annual Mountain Interstate Foreign Language Conference, 1978, S. 77 – 83.
Jean *Fourquet:* Le manuscrit C du Nibelungenlied. Deux couches distinctes d'additions, in: Et. Germ. 41, 1986, S. 127 – 142.
Ders.: Zur Handschrift C des Nibelungenlieds: Der Bearbeiter am Werk, in: Sammlung – Deutung – Wertung. Ergebnisse, Probleme, Tendenzen und Perspektiven philologischer Arbeit. Mélanges de littérature médiévale et de linguistique allemande offerts à Wolfgang Spiewok. Hg. von Danielle Buschinger, 1988, S. 119 – 134.
Ders.: Un Nibelungenlied feministe: La Liedfassung, in: La chanson des Nibelungen hier et aujourd'hui. Actes du Colloque Amiens 12 et 13 janvier 1991 (= Wodan. Vol. 7, éd. par Danielle Buschinger et Wolfgang Spiewok), 1991, S. 71 – 79.
Francis G. *Gentry: Mort* oder *Untriuwe? Nibelungenliet* und *Nibelungennôt,* in: Ergebnisse und Aufgaben der Germanistik am Ende des 20. Jahrhunderts. Festschrift für Ludwig Erich Schmitt zum 80. Geburtstag. Hg. von Elisabeth Feldbusch, 1989, S. 302 – 316.

4. Kapitel

Der Dichter des Nibelungenliedes

Wenn im folgenden eine Übersicht über die wechselnden Vorstellungen der Forschung vom Dichter des Nibelungenliedes gegeben wird, so ist es vorab notwendig zu erläutern, welcher Stufe der Genese und der Tradierung des Nibelungenliedes die Frage nach seinem Dichter gilt. Besteht heute auch weithin Einigkeit darüber, daß wir keine Möglichkeit haben, das Original des Nibelungenliedes wiederzugewinnen, so gehen die Fassungen des Epos, wie sie in den Handschriften A, B und C überliefert sind, doch auf ein schriftlich fixiertes ›Original‹ zurück, und sinnvollerweise kann die Frage nur auf dessen Verfasser zielen. Dabei ist es im vorliegenden Zusammenhang von zweitrangiger Bedeutung, ob dem ›Original‹ bereits eine ältere schriftliche Vorlage zugrunde liegt oder ob es sich um die erstmalige schriftliche Fixierung einer mündlichen Dichtung, um einen ›oral dictated text‹, handelt. Man mag von diesem Dichter auch mit Friedrich *Neumann* als »Nibelungenmeister« oder mit Hans *Fromm* (Der oder die Dichter des Nibelungenliedes?, S. 71 = Wiederabdruck, S. 285) als *des buoches meister* (nach der ›Nibelungenklage‹ B, v. 569) sprechen. – Der Dichter des Nibelungenliedes hat sich nicht genannt, und wir besitzen auch sonst keinerlei Zeugnis über ihn. Dringlicher und auch eher zu beantworten als die Frage nach seinem Namen ist die nach seinem Stand. Fünf verschiedene Positionen sind vertreten worden.

a) Lange Zeit galten die Dichter der Lieder, aus denen sich Karl *Lachmann* und seine Folger das Nibelungenlied zusammengesetzt dachten – echt romantisch –, als Spielleute. Und nachdem Lachmanns Liederhypothese sich als unhaltbar erwiesen hatte, blieb die Vorstellung vom spielmännischen Dichter des (nun viel einheitlicher gesehenen) Nibelungenliedes dennoch erhalten. So stand es für Andreas *Heusler* fest, daß der Dichter des Nibelungenliedes ein Spielmann war, wenn auch ein »schreibekundiger« und »belesener«, ein Spielmann »von der höheren Art« (Nibelungensage und Nibelungenlied, (1965, S. 5, 80). Noch im Jahre 1935 erklärte Gustav *Ehrismann* apodiktisch: »Der Dichter war ein an den Höfen herumwandernder Spielmann« (Gesch. d. dt. Lit., Bd. II,2,2, S. 131). Seitdem Hans *Naumann* in seinem epochemachenden Aufsatz ›Versuch einer Einschränkung des romantischen Begriffs Spielmannsdichtung‹ (DVjs. 2, 1924, S. 777 – 794) der Auffassung vom Spielmann als Ependichter weitgehend den Boden entzogen hat (obwohl einige Literarhistoriker auch noch nach dem Erscheinen von Naumanns Aufsatz an der Vorstellung vom dichtenden Spielmann festgehalten haben oder später wieder zu ihr zurückgekehrt sind und Naumann überdies über das Ziel hinausgeschossen ist), sollte die Ansicht, das Nibelungenlied sei – wie andere große mittelhochdeutsche Dichtungen, auch die sog. Spielmannsepik – das Werk eines Spielmanns, aufgegeben werden. Für das Nibelungenlied im besonderen ist die Hypothese, daß sein Dichter ein Spielmann gewesen sei, noch zweifelhafter geworden, seitdem Friedrich *Panzer* nachgewiesen hat, daß der Verfasser des Epos von *der Nibelunge nôt* »auf der Höhe der Bildung seiner Zeit« stand (Das Nibelungenlied, S. 483). Man kann über Einzelheiten von Panzers Argumentation geteilter Meinung sein: daß der Nibelungendichter nicht nur über eine ausgedehnte Kenntnis der zeitgenössischen deutschsprachigen Dichtung verfügte, sondern auch französische und mlat. Dichtungen, etwa den ›Waltharius‹, kannte und für manche stofflich-motivischen Züge benutzte, kann nach den Untersuchungen Panzers schwerlich bestritten werden. Für bestimmte Einzelheiten der Dichtung hat es überdies Werner *Fechter* wahrscheinlich gemacht, daß der Nibelungendichter eine unmittelbare Kenntnis u. a. von Vergils ›Aeneis‹ und mlat. religiöser Literatur besaß (Über die Vergleiche in der fünften Aventiure des Nibelungenliedes, in: ZfdA 89, 1958/59, S. 91 – 99; wesentlich erweitert in seinem Buch ›Lateinische Dichtkunst und deutsches Mittelalter. Forschungen über Ausdrucksmittel, poetische Technik und Stil mittelhochdeutscher Dichtungen‹, 1964, S. 107 – 139). Sowohl von der allgemeinen Einschränkung des ›romantischen‹ Begriffs des ›Spielmanns‹ her wie aufgrund der dem Nibelungenlied als solchem gewidmeten Untersuchungen Panzers und Fechters müßte demnach die These vom Spielmann als Verfasser des Epos von *der Nibelunge nôt* als überholt gelten.

Und doch trifft das nur zu, wenn man dabei auf dem Wort ›Spielmann‹ insistiert. Hans Naumann und andere haben zu wenig beachtet, daß der Begriff des Spielmanns in der Literaturwissenschaft nicht identisch ist mit dem Inhalt des mhd. Wortes *spilman*. Der *spilman* ist der vielseitige, ehr- und rechtlose, sozial häufig verachtete Unterhaltungskünstler, der nicht allein an den Höfen geistlicher und weltlicher Herren, sondern auch auf dem Jahrmarkt und bei der Bauernhochzeit auftritt, der sich als Instrumentalmusiker, Deklamator, Akrobat, Possenreißer, Taschenspieler, Bärenführer usw. betätigt. Von diesen *spilliuten* sind deutlich zu trennen die wandernden Berufsdichter, die ›Fahrenden‹ (eine Bezeichnung, die zeitweilige Seßhaftigkeit nicht ausschließt), was auch Hans Naumann betont hat. Die in der Sache bestehenden Unterschiede müssen auch terminologisch zum Ausdruck kommen und dürfen nicht durch eine zusammenfassende Bezeichnung verwischt werden, die, zumal wenn der Begriff ›Spielleute‹ gewählt wird, nur Verwirrung stiften kann. Die ›wandernden Literaten‹ (Helmut *de Boor*) sind durchweg schulisch gebildet – wobei es im einzelnen natürlich erhebliche Unterschiede gibt –, es sind *homines litterati*, die im 13. und 14. Jh. vor allem auch als Spruchdichter hervorgetreten sind. Ihr eigentlicher Lebensinhalt und die Grundlage ihres Lebensunterhalts war das Dichten und der Vortrag von Dichtungen. Diese zumindest semiklerikalen Fahrenden haben sich offensichtlich nach ihrer eigenen Einschätzung im Kreise der *varnden* und *gernden diet* als etwas Besonderes, Herausgehobenes empfunden und sich von den *spilliuten* abgegrenzt (vgl. das Zeugnis des Kanzlers, II,8 in: Deutsche Liederdichter des 13. Jahrhunderts, hg. von Carl von Kraus, Bd. I, 1952, ²1978, S. 190 f.). Hält man sich dies gegenwärtig und bindet die traditionelle Spielmannshypothese nicht an den allzu summarischen und mißverständlichen Begriff des Spielmanns, dann läßt sie sich durchaus mit der Ansicht von einem Kleriker als Dichter des Nibelungenliedes (s. unten, S. 94f.) vereinbaren.

b) Die Forschung hat zunehmend erkannt, daß es dem Dichter des Nibelungenliedes nicht darum ging, ein ›Vorzeitgeschehen‹ als Vorzeitgeschehen zu erzählen, sondern daß er die überkommene Fabel aktualisierte und auch äußerlich ganz seiner Zeit einpaßte (›Verritterung‹). Hochmittelalterliches Zeitkolorit (bis hin zu den nicht selten verständnislos getadelten ›Schneiderstrophen‹), höfische Formen, höfische Festlichkeit – und welche Bedeutung das Fest für die ritterliche Gesellschaft um 1200 hatte, ist bekannt –, Freude, Minne (Verhältnis Kriemhilt-Siegfried) usw. sind für die Dichtung überaus bedeutsam, und nicht nur als äußerliches Kostüm, sondern mit einer Sinnfunktion im Ganzen des Werkes (vgl. oben, S. 24). So war es nicht abwegig, einen Ritter als Dichter des Nibelungenepos anzunehmen. »Schildes ambet war auch seine Art« [wie die Wolframs], erklärte Hans *Naumann* (ZfDk 41, 1927, S. 17); später haben sich hierfür besonders Nelly *Dürrenmatt* und Helmut *de Boor* ausgesprochen. Übrigens ist diese Auffassung schon am Ende des 19. Jh.s und zu Beginn des 20. Jh.s vertreten worden, damals allerdings meist im Zusammenhang mit der versuchten Aufhellung der Genese des Nibelungenliedes. Bereits Emil *Kettner* sah in dem Nibelungendichter (und zwar in dem Dichter des von ihm angenommenen »Originals«) einen Angehörigen des Ritterstandes (Die österreichische Nibelungendichtung, 1897, S. 203), und er geht Naumann auch voran, wenn er schreibt: » [. . .] so auch der Dichter, der mit Wolfram das Selbstbekenntnis aussprechen mochte: *schildes ambet ist mîn art«* (ebd.). Dagegen hält Kettner den »jüngeren Nibelungendichter« (den »Bearbeiter«, der die in der Hs. A vorliegende Fassung geschaffen haben soll) für »einen jener vornehmeren Spielleute [. . .], die in höfischen Kreisen sich bewegten und nach einer persönlichen und literarischen Annäherung an die ritterlichen Dichter trachteten« (S. 288). Ebenso stuft er die »Redaktoren« B und C in die Gruppe der vornehmen Spielleute ein (ebd.). Etwas später hat der junge Friedrich *Panzer* dann das Nibelungenlied als ausgesprochene (ritterliche) Standesdichtung gekennzeichnet (Das altdeutsche Volksepos, 1903, S. 23; vgl. überhaupt S. 22 ff.). Auch Paul *Kluckhohn* hat sich dafür entschieden, daß der Nibelungendichter Ritter gewesen sei (ZfdA 52, 1910, S. 165; s. auch S. 163), desgleichen Georg *Holz* (Der Sagenkreis der Nibelungen, ²1914, S. 10, 109).

Nun ist freilich das Faktum, daß in einer Dichtung, die für die aristokratisch-ritterliche Gesellschaft bestimmt ist und von ihr rezipiert wurde, ritterliche Lebensweise vorgeführt wird, etwas so Selbstverständliches, daß das keinen automatischen Rückschluß auf den Stand des Verfassers zuläßt, und dies um so weniger, als manche Forscher glauben feststellen zu können, daß der Dichter in spezifischen Bereichen des ritterlichen Lebens (Kämpfe, Jagd) gerade nicht über wirklich intime Kenntnisse verfügt habe, die auf eigene Erfahrung schließen ließen. (Für die Jagd hat hierauf A. T. *Hatto* hingewiesen [An Introduction to a Second Reading, in: The Nibelungenlied. A New Translation by A. T. H., zuerst 1965, S. 355].) Auch wenn man diese Beobachtungen nicht überbewertet und betonen muß, daß dichterische Stilisierung ihr eigenes Recht gegenüber realitätsgetreuer Schilderung hat, wird man einräumen, daß wirklich überzeugende Argumente zugunsten der These vom ritterlichen Stand des Nibelungendichters fehlen. Auf der anderen Seite kann diese These aber auch nicht einfach ausgeschlossen werden, wie dies schon im Jahre 1927 Elisabeth *Simon* meinte (S. 69).

c) Namentlich in den fünfziger Jahren hat sich die Waage mehr und mehr zugunsten der Annahme geneigt, daß der Dichter des Nibelungenliedes ein Kleriker war, ein Kleriker im mittelalterlichen Sinne des Wortes, der nicht mit dem Geistlichen, dem Priester identisch ist (und ein Priester scheidet als Verfasser des Nibelungenliedes gewiß aus). Der *clericus* hat eine Kloster- oder Stiftsschule besucht und ist in ihr anhand der *septem artes liberales* wenigstens in die Grundlagen der Bildung – und das heißt damals immer: der lateinischen Bildung – eingeführt worden, manchmal auch noch in die ›höheren‹ Wissenschaften. Viele *clerici* besaßen die niederen Weihen, doch war das nicht in jedem Falle erforderlich, um als *clericus* zu gelten. Die *clerici* sind teilweise zu Hofbeamten, zu Verwaltungsfachleuten und Diplomaten geworden (man vergleiche in diesem Zusammenhang die Bedeutung, die das englische Wort *clerk* noch heute hat). In einem solchen im Dienste des Bischofs von Passau stehenden *clericus* haben Dietrich *Kralik* und Friedrich *Panzer* den Dichter des Nibelungenliedes vermutet. Kralik identifizierte ihn im Anschluß an den im Epilog der ›Klage‹ genannten *meister Kuonrât* (vgl. unten, S. 135) sogar mit einem seit 1196 bezeugten Kapellan Konrad, der wahrscheinlich »als bischöflicher Schreiber und Notar in Passau von 1216 – 1224 tätig war, dann aber 1226 bis 1232 nur mehr für die Herzogskanzlei arbeitete, der also offenbar von der Bischofskanzlei in die Herzogskanzlei hinüberwechselte« (Wer war der Dichter des Nibelungenliedes?, 1954, S. 26; dabei hat Kralik zugegeben, daß diese Gleichsetzung »sehr unsicher« bleiben müsse [S. 28]). »Kapellane hießen Kleriker, die von geistlichen oder weltlichen Großen für längere Zeit zu besonderen Dienstleistungen und Aufgaben herangezogen wurden« (Heinrich *Fichtenau*, Die Kanzlei der letzten Babenberger, in: MIÖG 56, 1948, S. 239 – 286 [hier S. 240]; in stark überarbeiteter Fassung wieder abgedruckt in: H. F., Beiträge zur Mediävistik, Bd. 2: Urkundenforschung, 1977, S. 212 – 257 [das Zitat S. 213]). Es gibt in den Passauer Urkunden der damaligen Zeit mehrere Personen namens Konrad, die potentiell als diejenigen in Frage kommen, die das Nibelungenlied zu Pergament gebracht haben, und Kraliks Gleichsetzung des Dichters mit dem einen von ihnen beruht, wie Uwe *Meves* (1981) im einzelnen gezeigt hat, auf unzureichender Quellenauswertung.

Faßt man den Begriff des Klerikers im historisch richtigen Sinne auf, dann bedeutet ein Plädoyer für einen klerikalen Verfasser des Nibelungenlieds nicht notwendigerweise einen Gegensatz zu der These vom (klerikal oder doch semi-klerikal) gebildeten ›Fahrenden‹, der aber zeitweise seßhaft sein oder dies schließlich ganz werden konnte und bei dem es sich um einen *homo litteratus,* nicht jedoch einen *spilman,* handelt. Ob man einen solchen ›zwischenständischen‹ Dichter näher an den geistlichen, vielleicht ›beamteten‹ Kleriker am Hofe eines geistlichen oder weltlichen Großen oder näher an den *clericus vagus* heranrückt, ist demgegenüber eine sekundäre und auch kaum entscheidbare Frage. Einen interessanten Akzent hat der ersten Variante der ›Kleriker-Hypothese‹ C. Stephen *Jaeger* gegeben. Daß er in dem Nibelungendichter einen Schreiber oder Kaplan am bischöflichen Hof in Passau vermutet (1983, S. 199), ist traditionell. Das Besondere – allerdings auch Problematische – seiner Position ist, daß er in ihm einen Vertreter des klerikalen

Protestes oder der klerikalen Opposition gegen die *curialitas (courtoisie, hövescheit)* sieht, gegen das höfische Verhalten und Betragen samt seinen verweichlichenden, das alte Ethos zersetzenden sittlichen Folgen. Jaeger nimmt an, daß das Nibelungenlied »an anti-courtly bias« enthalte, »imbedded in the events of the narrative« (S. 193), eine »unproclaimed anti-courtliness« (S. 198), und daß diese eben einem Hofgeistlichen zuzuschreiben sei.

d) Isoliert steht der Versuch von Rolf *Bräuer* (1970), den Dichter des Nibelungenliedes als stadtbürgerlichen Autor zu erweisen. Er stimmt mit anderen, etwa Dietrich Kralik, insofern überein, als er in dem im Epilog der ›Klage‹ erwähnten Meister Konrad den ersten schriftlichen Aufzeichner des Nibelungenliedes sieht. Problematisch ist aber die Folgerung, aus der Tatsache, daß Konrad *meister* (und nicht *her* oder *pfaffe*) genannt wird, lasse sich schließen, »daß er weder ritterlichen Standes noch Geistlicher war; wir sehen in ihm einen Angehörigen der im 12. Jahrhundert im Entstehen begriffenen frühbürgerlichen Intelligenzschicht, gleichgültig, ob er Angestellter [!] am Bischofssitz zu Passau oder in Wien [. . .] war, oder ob er auf eigene Rechnung arbeitete« (S. 28; Bräuers Formulierung »am Bischofssitz zu Passau oder in Wien« darf nicht so verstanden werden, daß es damals auch in Wien einen Bischofssitz gegeben habe – Wien wurde erst im Jahre 1469 Bistum). Ein, wie Bräuer aus Anlaß der Besprechung der ›Kudrun‹ selbst ausdrücklich sagt, »zwar geistlich ausgebildeter aber nicht geistlich tätiger Kleriker« (S. 61) ist seiner Stellung und seiner Mentalität nach keineswegs einfach dem Stadtbürgertum, näherhin der »Schicht der jungen städtischen ›Intelligentsia‹«, zuzuordnen, und im Nibelungenlied und in Gottfrieds ›Tristan‹ den »Doppelgipfel« der frühstädtischen Dichtung zu sehen (S. 42) ist eine Fehldeutung (»Beide sind ›antihöfisch‹, beide sind aus dem Boden der Stadt erwachsen, hinter ihnen stehen als die großen dichterischen Gestalten Stadtbürger, Angehörige der jungen städtischen ›Intelligentsia‹, Meister Konrad und Meister Gottfried«, S. 43). Übrigens ist nach Bräuer auch die ›Klage‹ eine »städtische Dichtung« (S. 31). Da sich im einzelnen zeigen läßt, wie wenig fundiert und tragfähig Bräuers Argumentation ist und in welchem Ausmaß Vorentscheidungen und Voreingenommenheiten in sie hineinspielen, kann seine These, daß wir das Nibelungenlied einem frühstadtbürgerlichen Dichter verdanken, nicht als sachlich angemessen gelten. Bräuer selbst hat freilich an seiner Auffassung festgehalten. In seinem (übrigens sehr lesenswerten) Beitrag über das Nibelungenlied in dem von ihm herausgegebenen 2. Band der ›Geschichte der deutschen Literatur‹ aus dem Jahre 1990 erklärt er dezidiert: »Er [der Nibelungendichter] war ein stadtbürgerlicher Intellektueller«

(S. 415). Aber gerade das Attribut »stadtbürgerlich« führt in die Irre.

e) Ebenso isoliert geblieben ist die seit dem Jahre 1980 von Berta *Lösel-Wieland-Engelmann* vehement verfochtene Hypothese, Verfasser des Nibelungenliedes sei eine Frau, und zwar eine Nonne im Passauer Kloster Niedernburg. Dabei postuliert sie die weibliche Autorschaft für die ihrer Meinung nach frühere Fassung *C, die sie als »frauenfreundlich« (MDU 72, S. 19, 21) oder auch einfach als »weiblich« kennzeichnet, im Unterschied zu der dieser bewußt entgegengesetzten Fassung *B mit dem in ihr nicht mehr angeprangerten, sondern im Gegenteil bejahten »männlichen Chauvinismus« (MDU 72, S. 12), zu deren Charakterisierung die Verfasserin 1983 die modische Formulierung vom »Umschreiben des Originals nach sexistischen Kriterien« gewählt hat (S. 161). Die von Berta Lösel-Wieland-Engelmann zugunsten ihrer Ansicht angeführten Indizien sind von sehr unterschiedlichem Gewicht, und nicht alle können von vornherein beiseite geschoben werden, wie dies etwa mit der biographischen Spekulation auf Seite 17 nicht nur möglich, sondern auch notwendig ist. Doch reichen die geltend gemachten »typisch weiblichen« Züge des Nibelungenliedes, seine (in der Fassung *C) vermeintlich »feministisch geprägte Deutung« (MDU 72, S. 13) schwerlich aus, die Schlußfolgerung zu erlauben, wir hätten es beim Nibelungenlied nicht mit dem Werk eines Dichters, sondern einer Dichterin zu tun. Hiervon unberührt bleibt aber die Erkenntnis, daß in der Heldendichtung des Nibelungenliedes, dessen zentrale Gestalt eine Frau ist und das darum schon im Mittelalter das *Bůch Chreimhilden* genannt werden konnte (in der Hs. D) – ohne daß mit einer solchen Kennzeichnung das Epos in seiner Totalität ins Blickfeld gerückt wäre –, Kriemhilt gerade als Frau »ganz aus der Perspektive eines männlich-heldischen Ethos betrachtet [wird], in dessen ›ordo‹ der Frau nur ein nachgeordneter Platz zukommt – wie in der früh- und hochmittelalterlichen sozialen Realität« (Günther *Schweikle,* Das Nibelungenlied – ein heroisch-tragischer Liebesroman?, 1981, S. 73).

Andreas *Heusler* hat einen Ritter oder einen ›Pfaffen‹ als Verfasser des Nibelungenepos ausgeschlossen (Nibelungensage und Nibelungenlied, S. 51) und nur einen Spielmann für möglich gehalten. Heute kann man in dieser Frage nicht mehr ein so sicheres Urteil abgeben, wenngleich die These, daß das Nibelungenlied einem Kleriker (in dem oben erläuterten Sinne) zu verdanken sei, am wahrscheinlichsten ist. Der Name des Dichters spielt dabei kaum eine Rolle. Eine hypothetisch eruierte Persönlichkeit als Verfasser des Werkes würde ohnehin für dessen Erschließung wenig bedeuten. Denn wir können wohl nicht damit rechnen, über den Werde- und Bildungsgang dieses Mannes und über seine Lebensumstände im einzelnen urkundlichen Aufschluß zu erhalten, während wir – was das Wesentliche ist – aus der Dichtung selbst ein einigermaßen deutliches Bild vom geistigen Profil des Dichters zu gewinnen vermögen. Immerhin braucht das Anliegen, mit allem von der Sachlage gebotenen Vorbehalt zum Beispiel aus Passauer Urkunden einen möglichen Verfassernamen zu ermitteln, nicht aufgegeben oder als gänzlich belanglos abgetan zu werden. Dieses Bemühen um eine Identifizierung des Nibelungendichters ist anders zu beurteilen als ältere Versuche, namentlich bekannten mhd. Dichtern die Verfasserschaft des Nibelungenliedes zuzuschreiben. Wolfram von Eschenbach und Wirnt von Gravenberg, Rudolf von Ems und Konrad von Würzburg, der Kürnberger* und Walther von der Vogelweide der Marner und gar der sagenhafte, freilich schon im späten 13. Jh. für eine historische Persönlichkeit gehaltene Heinrich von Ofterdingen bezeichnen nur eine Auswahl der Dichter, in denen man den Verfasser des Nibelungenliedes gesehen hat. Gerade Walther von der Vogelweide hat von der Frühzeit der Germanistik bis in unsere Tage immer wieder dazu verlockt, ihn als Dichter des Nibelungenliedes zu supponieren, so Friedrich Heinrich *von der Hagen* (Minnesinger, Teil 4, 1838, S. 186f.) – während er sich früher für Heinrich von Ofterdingen ausgesprochen hatte – oder den Historiker Hans *Delbrück* (HZ 131, 1925, S. 409 – 420). Wenigstens nicht ausschließen möchte in jüngerer Zeit Walthers Verfasserschaft George Fenwick *Jones* (Leuv. Bijdr. 58, 1969: »[. . .] there is no reason to deny that Austria's greatest medieval lyric poet could have written Austria's greatest contemporary epic«, S. 77). Ein umfassendes Plädoyer zugunsten Walthers als Dichter des Nibelungenliedes hat schließlich Walter Falk gehalten (1985). Er gelangt zu dem Schluß, daß der Autor des Nibelungenliedes in der Gestalt Volkers sich selbst porträtiert habe und daß dieser Autor niemand anders als Walther sei. Aber einen Beweis, ja auch nur ein hohes Maß an Wahrscheinlichkeit für diese Ansicht kann es nicht geben. Neuerdings (1987) ist die Palette der Dichternamen, die mit dem Nibelungenlied in Verbindung gebracht werden, noch einmal bereichert worden. Walter *Hansen* hat als Dichter des Epos Konrad von Fußesbrunnen postu-

---

* So Franz *Pfeiffer*, der hochverdiente Germanist und unermüdliche Gegner der Lachmannschule; nach ihm Karl *Bartsch* und neuerdings wieder, indes ganz und gar nicht überzeugend, Willy *Krogmann*, Der Dichter des Nibelungenliedes, 1962.

liert, den man nur als Verfasser der ›Kindheit Jesu‹ aus der Zeit um 1200 kennt und den man mit einem niederösterreichischen Adligen zu identifizieren pflegt. Rudolf von Ems hat in einem literarischen Exkurs in seinem ›Willehalm von Orlens‹ (um 1240) den *von Vuozes brunnen* offensichtlich als epischen Dichter erwähnt (v. 2216), jedoch ohne Nennung eines Werkes. Indes ist auch Hansens These trotz aller für sie geltend gemachten Indizien nichts als Spekulation. Überhaupt muß mit Nachdruck betont werden, daß die Zuschreibung des Epos von *der Nibelunge nôt* zu einem der namentlich bekannten deutschen Dichter aus der Zeit um 1200 grundsätzlich problematisch, ja abwegig ist, mag es auch verständlich sein, daß sich manche Forscher und noch mehr Liebhaber der älteren deutschen Literatur nicht damit abfinden wollen, daß wir von dem Dichter des weitaus bedeutendsten mhd. Heldenepos nichts wissen. Doch ist die Anonymität des Nibelungenliedes etwas Gattungstypisches, und man kann sie nicht dadurch aufheben, daß man das Werk einem der Autoren der Zeit zuschreibt, dessen Namen wir kennen.

Wie die Wege der Forschung leicht zu Irrwegen werden können, zeigt auch eine Hypothese, die in den zwanziger Jahren manches Aufsehen erregte und auf die wir hier nicht allein aus wissenschaftsgeschichtlichen Gründen eingehen, sondern auch darum, weil man es in neuerer Zeit unternommen hat, sie, zum Teil in abgewandelter Form, wieder zu beleben. Julius R. *Dieterich* hat im Jahre 1923 versucht, den (nachmaligen) Abt Sigehart von Lorsch um 1150 als den Dichter des Nibelungenliedes zu erweisen, des ›eigentlichen‹ Nibelungenliedes sozusagen, aus dessen nichts Wesentliches mehr betreffenden Bearbeitung fünf Jahrzehnte später dann die uns überlieferte Dichtung entstanden sein soll. Freilich hat für Dieterich nach seinen eigenen Worten »die Ermittelung des Dichters nur untergeordnete Bedeutung« (Der Dichter des Nibelungenliedes, S. 81), alles kommt ihm dagegen auf den Nachweis an, daß das Nibelungenlied um 1150 in Rheinfranken gedichtet wurde. Bereits dieser rheinfränkische Dichter, also wahrscheinlich Sigehart von Lorsch, habe das Brünhildelied und den Nibelungenuntergang zu der einen Dichtung verschmolzen, die auch schon die Form der Nibelungenstrophe gehabt habe. Wie selbstverständlich und fast beiläufig versichert Dieterich, daß die »Bearbeitung« des überlieferten Nibelungenliedes, das selbst er nicht aus der Zeit um 1200 und dem donauländischen Raum herauslösen kann, sich »fast ganz auf das Formale, auf Metrisches und Sprachliches beschränkt« habe (S. 93).

In jüngerer Zeit hat Wolfgang *Selzer* die These Dieterichs von der Entstehung des Nibelungenliedes um die Mitte des 12. Jh.s im mittelrheinischen Raum und von der Verfasserschaft des Abtes Sigehart wieder aufgegriffen und mit neuem Material zu stützen gesucht. Dabei steht auch für Selzer nicht die Ermittlung des Dichters im Vordergrund. Während in der Forschung die Vertrautheit des Nibelungendichters mit dem Raum Passau/Wien als ein Argument für die Entstehung des Epos in der dortigen Landschaft angesehen wird (vgl. unten, S. 109), wohingegen die Kenntnisse des Dichters von der Gegend um Worms als spärlich, ungenau, ja falsch gelten, bemüht sich Selzer um den Nachweis, daß der Dichter – eben Abt Sigehart – gerade von dieser Gegend eine gute Lokalkenntnis gehabt habe. Auch nach Selzers, übrigens mit vielen sachlichen Irrtümern behafteten Darlegungen wird man die These, daß das Nibelungenlied entgegen der allgemeinen und wohlbegründeten Annahme nicht um 1200 im donauländischen Raum, sondern um die Mitte des 12. Jh.s von Abt Sigehart von Lorsch im mittelrheinischen Raum gedichtet worden sei, ablehnen müssen.

Offenkundig, schon durch die wiederholte Nennung des Ortes, sind nun allerdings Beziehungen der ›Klage‹ und der in der Hs. C vorliegenden Fassung des Nibelungenliedes zu Lorsch, und so sieht denn auch Selzer in Sigehart den Verfasser von *C. Aber die Annahme einer derart frühen Entstehung der Fassung *C und damit auch der Autorschaft Sigeharts liegt von vornherein außerhalb jeder literarhistorischen Wahrscheinlichkeit. Dennoch ist die Verknüpfung dieser Fassung mit Lorsch durchaus möglich, was neuerdings auch Norbert *Voorwinden* betont hat (Lorsch im Nibelungenlied. [. . .], 1978, S. 289 ff.). Die Fassung *C teilt die Angaben über Lorsch mit der ›Klage‹ und bringt außerdem die Mitteilung, Siegfried sei später in Lorsch beigesetzt worden. Die späte Datierung der Fassung *C und der ›Nibelungenklage‹ vorausgesetzt, kann man die Bezugnahme auf Lorsch und überhaupt Örtlichkeiten des mittleren Rheingebietes so erklären, daß im Jahre 1214 Friedrich II. den Bayernherzog Ludwig den Kelheimer mit der Rheinpfalz belehnt hat, wodurch dieser auch Vogt der Abtei Lorsch wurde, so daß ein in seinen Diensten stehender Bayer leicht mit den rheinischen Örtlichkeiten (Lorsch, Alzey und anderen) vertraut werden konnte. Hierauf hat bereits im Jahre 1916 Friedrich *Wilhelm* hingewiesen (S. 10 u. ö.). Wilhelm rückt die Entstehung der Fassung *C in die Zeit nach 1214, »wahrscheinlich zwischen 1226 und 1228, vielleicht auch etwas später« (S. 23), und er hält es für möglich, daß der Verfasser der ›Klage‹ *B und der Bearbeiter des Nibelungenliedes in der Fassung *C ein und dieselbe Person waren (S. 22, 24). Wenn man allerdings, wie es z. B. Friedrich *Panzer* getan hat, die ›Klage‹ und die Fassung *C unmittelbar nach der Entstehung von *B datiert, etwa in das Jahr 1205 (und nach *Braune* und anderen war ja die ›Klage‹ schon dem Archetypus des Nibelungenliedes angefügt; vgl. oben, S. 78), wird dieser Erklärungsmöglichkeit der Boden entzogen. Nach Panzer erklärt sich das Wissen des Verfassers der ›Klage‹ über Lorsch aus dem Umstand, daß er als Geistlicher (der er mit Sicherheit war) »begreiflich die uralte, reiche und hochangesehene Reichsabtei Lorsch« gekannt habe (Das Nibelungenlied, S. 94); doch sei er vermutlich auch selbst (einmal) in Lorsch gewesen, was Panzer noch sicherer für den Bearbeiter der Rezension *C des Nibelungenliedes annimmt (ebd.). Es ist aber ebensowohl möglich, die Entstehung der Fassung *C – mit Norbert Voorwinden – in Lorsch selbst anzunehmen.

Wenn am Anfang dieses Kapitels davon gesprochen wurde, daß der Nibelungendichter sich nicht nennt und auch sonst anonym bleibt, so muß abschließend noch die Frage nach der Ursache hierfür gestellt werden, um so mehr, als die gleichzeitige höfische Dichtung, die Erzähldichtung wie die Lyrik, durchweg unter den Namen ihrer Schöpfer bekannt und überliefert ist. Für Andreas *Heusler* liegt der Grund in dem (vermeintlichen) Stand des Dichters: »Wäre sein [des Nibelungenliedes] Urheber ein Ritter oder ein Pfaffe gewesen, dann wäre auch sein Name berühmt geworden. Als Spielmann – als Banause – hat er nicht einmal sich selbst der Nennung gewürdigt« (Nibelungensage und Nibelungenlied, S. 51). Diese Erklärung ist an die spielmännische Verfasserhypothese geknüpft, die in ihrer alten Form nicht beibehalten werden kann (vgl. oben, S. 92). Es empfiehlt sich vielmehr, bei der Beantwortung der aufgeworfenen Frage nicht auf den Stand des Dichters zu rekurrieren, sondern, wie dies Otto *Höfler* getan hat, von der Tatsache auszugehen, daß die gesamte germanische Heldendichtung wie die mittelalterliche deutsche anonym überliefert ist; das gleiche gilt für die sog. Spielmannsepik, die in Höflers Überlegungen etwas zu kurz kommt. Die beiden Ausnahmen von der Anonymität der mhd. Heldendichtung – Albrecht von Kemenaten als Dichter des ›Goldemar‹ und Heinrich der Vogler als Verfasser wohl nicht des ganzen ›Buches von Bern‹ (›Dietrichs Flucht‹), sondern nur seines letzten Teils und vermutlich als Überarbeiter des ganzen Werkes – lassen sich zwanglos erklären und heben das von Höfler ein wenig übertreibend ›Anonymitätsgesetz‹ genannte Faktum, daß die germanische wie die deutsche Heldendichtung ohne Verfassernamen überliefert zu sein pflegt, nicht auf. Die Anonymität gehört zur Gattung des germanischen Heldenliedes wie des mittelalterlichen Heldenepos wesenhaft, geradezu gattungscharakteristisch hinzu. Dies aber darum, weil die Tätigkeit auch noch des ›Ependichters‹ nach seiner eigenen Einschätzung wie der der Rezipienten nicht ein schöpferischer Akt oder Vorgang war, sondern die Teilhabe an der Tradition und ihre, wenn auch umformende, Weitergabe, hinter der der Einzelne mit seiner Persönlichkeit zurücktritt. Die Frage nach der Leistung des Nibelungendichters erlaubt im einzelnen verschiedene Antworten; aber daß wir ihm ein hochbedeutendes und alle anderen mhd. Heldendichtungen deutlich überragendes Werk verdanken, muß in jeder möglichen Antwort zum Ausdruck kommen. Nach seinem Selbstverständnis hätte er sich indes eher als Vermittler der heldenepischen Tradition betrachtet, als ›agent de transmission‹ (so Georges *Zink*, Et. Germ. 10, 1955, S. 253). Diese Erklärung der Anonymität wird im Kern richtig sein. Sie ist jedoch nicht zu verwechseln oder zu vermengen mit jener Auffassung, die aus der u. E. unberechtigten Übertragung der *theory of oral-formulaic composition* auf das Nibelungenlied folgt, daß jeder Sänger, der das Nibelungenlied vorgetragen hat, wo und wann auch immer, ein Dichter war, »daß jeder Sangeskundige die gleiche Geschichte in leicht veränderter Form vortragen oder, besser, dichten konnte, ohne daß er darauf Eigentumsansprüche geltend machen konnte und wollte« (Anthony *van der Lee*, Levende Tale 1970, S. 343). Was *des buoches meister* konnte, das konnte eben nicht »jeder Sänger«.

Literatur:

Julius R. *Dieterich:* Der Dichter des Nibelungenliedes. Ein Versuch, 1923.

Elisabeth *Simon:* Höfisch-ritterliche Elemente im Nibelungenlied. Ein Beitrag zur Frage nach der sozialen Herkunft des Verfassers, 1927.

Karl *zur Nieden:* Über die Verfasser der mittelhochdeutschen Heldenepen, Diss. Bonn, 1930.

Dietrich *Kralik:* Wer war der Dichter des Nibelungenliedes?, 1954.

Otto *Höfler:* Die Anonymität des Nibelungenliedes, in: DVjs. 29, 1955, S. 167 – 213; wieder abgedruckt in: WdF, Bd. 14, 1961, S. 330 – 392.

Georges *Zink:* Pourquoi la chanson des Nibelungen est-elle anonyme?, in: Et. Germ. 10, 1955, S. 247 – 256.

Willy *Krogmann:* Der Dichter des Nibelungenliedes, 1962 (= PhStQ, H. 11). [Dazu u. a. Bert *Nagel*, ZfdPh 83, 1964, S. 41 – 50.]

Wolfgang *Selzer:* Lorsch und das Nibelungenlied, in: Laurissa jubilans. Festschrift zur 1200-Jahrfeier von Lorsch, 1964, S. 106 – 114.

George Fenwick *Jones: ze Ôsterrîch lernt ich singen unde sagen* (Walther 32, 14), in: Leuv. Bijdr. 58, 1969, S. 69 – 77.

Rolf *Bräuer:* Literatursoziologie und epische Struktur der deutschen Spielmanns- und Heldendichtung. [. . .], 1970.

Anthony *van der Lee:* Vom Dichter des Nibelungenliedes, in: Levende Tale, 1970, S. 341 – 353.

Hans *Fromm:* Der oder die Dichter des Nibelungenliedes?, in: Colloquio italo-germanico sul tema: I Nibelunghi [. . .], 1974, S. 63 – 74; wieder abgedruckt in: H. F., Arbeiten zur deutschen Literatur des Mittelalters, 1989, S. 275 – 288.

Berta *Lösel-Wieland-Engelmann:* Verdanken wir das Nibelungenlied einer Niedernburger Nonne?, in: MdU 72, 1980, S. 5 – 25.

Dies.: Die wichtigsten Verdachtsmomente für eine weibliche Verfasserschaft des Nibelungenliedes, in: Feminismus. Inspektion der Herrenkultur. Hg. von Luise F. Pusch, 1983, S. 149 – 170.

Uwe *Meves:* Bischof Wolfger von Passau, *sîn schrîber, meister Kuonrât* und die Nibelungenüberlieferung, in: Hohenemser Studien zum Nibelungenlied, 1981, S. 246 – 263.

C. Stephen *Jaeger:* The Nibelungen Poet and the Clerical Rebellion against Courtesy, in: Spectrum medii aevi. Essays in Early German Literature in Honor of George Fenwick Jones, 1983 (= GAG, Nr. 362), S. 177–205.
Walter *Falk:* Wer war Volker?, in: W. F., Die Entdeckung der potentialgeschichtlichen Ordnung. 1. Teil: Der Weg zur Komponentenanalyse, 1985, S. 177–201.
Walter *Hansen:* Die Spur des Sängers. Das Nibelungenlied und sein Dichter, 1987.

5. Kapitel

Zeit und Ort der Entstehung des Nibelungenliedes

Für die Abfassungszeit des Nibelungenliedes geben die Beziehungen zu Wolframs ›Parzival‹ den relativ verläßlichsten – in der Ausdeutung freilich umstrittenen – Anhaltspunkt. Wolfram nimmt in der Versgruppe 420, 25 ff. Bezug auf Rumolts Rat im Nibelungenlied (Str. 1465 ff. nach B). »*Ich taete ē als Rūmolt*«, sagt Liddamus im ›Parzival‹, »*der künec Gunthere riet, / do er von Wormz gein Hiunen schiet: / er bat in lange sniten baen / und inme kezzel umbe draen.*« Landgraf Kingrimursel entgegnet: »[. . .] *ir taetet als riet ein koch / den küenen Nibelungen, / die sich unbetwungen / ūz huoben dā man an in rach / daz Sīvride dā vor geschach.*« Die Wendung *lange sniten baen* hat man immer in einen direkten Zusammenhang mit der Formulierung *sniten in öl gebrouwen* in der Fassung *C des Nibelungenliedes (Str. 1497, 3a) gebracht. Bevor man das zeitliche Verhältnis der Fassung *C und des ›Parzival‹ diskutiert, ist es aber notwendig, an ein oft übersehenes Faktum zu erinnern. Die Hs. C weist in diesem Teil eine Lücke auf, die mit Hilfe der (früheren) Wallersteiner Hs. a geschlossen werden kann. In ihr ist indes nicht von *sniten* die Rede, vielmehr lautet die Stelle: *sieden in öl [,] geprawen* (»brauen«). *sniten* statt *sieden* ist eine Konjektur Adolf Holtzmanns, für die er eben auf Wolframs ›Parzival‹ zurückgegriffen hat und die allgemein übernommen worden ist. Diese Konjektur kann zwar durchaus dem ursprünglichen Wortlaut der Fassung *C entsprechen, muß es jedoch nicht, und es ist problematisch, Folgerungen für das gegenseitige Verhältnis zweier Dichtungen und ihre Datierung auf eine Konjektur zu gründen, jedenfalls dann, wenn die tatsächlich überlieferte Lesart einen befriedigenden Sinn ergibt. So hat Werner *Schröder* bei seinen einschlägigen Überlegungen die handschriftliche Form zum Ausgangspunkt genommen (1989). Er bestätigt die schon früher – allerdings durchweg auf der Basis des konjizierten Wortlauts – vertretene Auffassung: Wolfram habe das Nibelungenlied in der Fassung *B gekannt, er sei für die burlesk-parodistische Umwandlung der Gestalt Rumolts verantwortlich (daß bereits im Nibelungenlied *B, Str. 777 [= Str. 783 der *Liet*-Fassung] Rumolt mehr als Koch denn als *kuchenmeister* erscheint, übergeht Schröder allerdings), und die Fassung *C folge zeitlich auf den ›Parzival‹. Für deren Datierung wäre damit wieder ein größerer zeitlicher Spielraum gegeben, der weit in das zweite Jahrzehnt des 13. Jh.s hinreichen kann. Andere Forscher, so Franz *Pfeiffer*, Wilhelm *Braune*, Friedrich *Panzer*, gemäß seiner frühen Datierung von *C und der späten Datierung von *AB selbstverständlich auch Willy *Krogmann*, haben für die Annahme des umgekehrten Verhältnisses zwischen dem ›Parzival‹ und der Fassung *C plädiert, das heißt, Wolfram habe schon die *Liet*-Fassung benutzt und habe das dort Ausgeführte nur nochmals witzig gesteigert. Mit absoluter Sicherheit läßt sich nicht entscheiden, ob der ›Parzival‹-Dichter die Fassung *B oder die Fassung *C des Epos von *der Nibelunge nōt* gekannt hat, wenngleich die zweite Möglichkeit die weniger wahrscheinliche sein dürfte; eine der uns überlieferten Versionen des Nibelungenliedes aber war ihm auf jeden Fall zugänglich. Da nun die zitierte ›Parzival‹-Stelle sich einigermaßen genau datieren läßt, gewinnen wir einen terminus ante quem zumindest für die Entstehung der Fassung *B, möglicherweise aber auch der Fassung *C. Das siebte Buch des ›Parzival‹ enthält die bekannte Anspielung auf die Zerstörung der Erfurter Weingärten im Sommer 1203. Wolfram sagt, daß die Spuren der Verwüstung noch zu sehen seien (379, 18f.). Das siebte Buch wird also nicht lange nach 1203, etwa 1204 (oder 1205) entstanden sein. Die Anspielung auf Rumolts Rat steht im achten ›Parzival‹-Buch, so daß wir dessen Abfassung wohl in den gleichen Zeitraum datieren können. Das Nibelungenlied muß damals also wenigstens in der Rezension *B vorgelegen haben.

Ebenfalls kontrovers ist die Priorität der orientalischen Namen *Zazamanc* und *Azagouc*, die sowohl im Nibelungenlied *(Zazamanc* Str. B 362 = A 353 = C 370, *Azagouc* Str. B 439 = C 448; fehlt in A) als auch an zahlreichen Stellen im ›Parzival‹ auftreten (vgl. Werner *Schröder*, Die Namen im ›Parzival‹ und im ›Titurel‹ Wolframs von Eschenbach, 1982). Karl *Lachmann* erklärte die Wörter für Erfindungen Wolframs, dessen Vorliebe für seltsame Namen hinlänglich bekannt ist und aus dessen ›Parzival‹ sie der Nibelungendichter übernommen habe. Diese Auffassung hält auch Friedrich *Panzer* für die wahrscheinlichere (Das Nibelungenlied, S. 473) – ohne die gegenteilige völlig auszuschließen –, und auch Werner *Schröder* hat sich zu ihr bekannt (Das Leid in der ›Klage‹, in: ZfdA 88, 1957/58, S. 54 – 80 [hier S. 55]; s. jetzt: W. Sch., Nibelungenlied-Studien, 1968, S. 185 – 225 [hier S. 187]; ohne nochmalige Diskussion auch in seiner jüngsten einschlägigen Veröffentlichung [1989]). Schröder formuliert als das Fazit seiner Überlegungen: »Da der Nibelungenlied-Dichter aus dem ersten Buch des ›Parzival‹ die Namen *Azagouc* und *Zazamanc* entnommen hat, ist die Entstehung seines Werkes anfangs zum Teil parallel zu der von Wolframs Roman verlaufen, doch ist das Nibelungenlied früher fertig geworden« (S. 21). Weil beide Namen schon im ersten Buch des ›Parzival‹ vorkommen und man den Beginn von Wolframs Arbeit an dieser Dichtung im allgemeinen auf etwa 1197 ansetzt (vgl. Ludwig *Wolff*, Chronologisches zu Wolfram, in: ZfdA 61, 1924, S. 181 – 192; wieder abgedruckt in: L. W., Kleinere Schriften zur altdeutschen Philologie, 1967, S. 185 – 194), würde sich auf diese Weise als terminus post quem für den Beginn der Arbeit am Nibelungenlied wohl das Jahr 1198 ergeben. Damit ist die Entstehung des Nibelungenliedes auf die Jahre zwischen 1198 und 1204 eingegrenzt. (Es ist jedoch damit zu rechnen, daß gerade die beiden ersten Bücher des ›Parzival‹ nicht zu Beginn gedichtet wurden; die nach der mutmaßlichen Entstehung des ›Parzival‹ frühesten Erwähnungen der Namen *Azagouc* und *Zazamanc* finden sich in den Büchern V und VI.)

Andere Wissenschaftler, im 19. Jh. Franz *Pfeiffer* und Wilhelm *Braune*, sind in der Beurteilung des Verhältnisses der Namen *Zazamanc* und *Azagouc* im Nibelungenlied und im ›Parzival‹ zu einem anderen Ergebnis gelangt und haben angenommen, Wolfram habe sie aus dem Nibelungenlied entlehnt. Auch diese Ansicht ist in jüngerer Zeit wieder nachdrücklich vertreten worden. Gerhard *Eis* hat 1953 die Priorität des Nibelungenliedes in der Verwendung der beiden Namen (als Herkunftsorte von Seiden) vor dem ›Parzival‹, in dem Wolfram sie (als Namen von Königreichen) übernommen habe, zu erweisen gesucht, indem er von der Beobachtung ausgeht, daß der Dichter des Nibelungenliedes »ein wahrer Meister und Spezialist der ars textrina« gewesen sei (S. 48) und »auf den Gebieten des Lanificiums [. . .] reiche Kenntnisse« besessen habe (ebd.). Eis datiert die Entstehung des Nibelungenliedes vor den Beginn der Arbeit am ›Parzival‹, also vor 1197. »Innerhalb der Jahre 1190 bis 1197 wird man den späteren Jahren den Vorzug [für die Abfassung des Nibelungenliedes] geben« (S. 51). – Ebenso hat sich Emil *Ploss* (1958) für die Priorität des Nibelungenliedes in der Verwendung der beiden exotischen Namen gegenüber dem ›Parzival‹ ausgesprochen und entgegen Panzer und wie Gerhard Eis die Entstehung des Nibelungenliedes ganz in die neunziger Jahre des 12. Jh.s und damit im wesentlichen vor den ›Parzival‹ gesetzt (S. 106). Da Ploss an der frühen Datierung der Fassung *C festhält (»bis 1204 war die Bearbeitung *C mindestens bis zur 25. Aventiure gediehen«, S. 106), hat er auf diese Weise einen größeren Spielraum für den zeitlichen Ansatz ihrer Entstehung gewonnen, als er nach der Datierung von Heusler und Panzer verbleibt. Im Jahre 1962 hat sich dann auch Willy *Krogmann* für die Priorität des Nibelungenliedes in der Verwendung der beiden Namen eingesetzt (S. 40 f.), wobei er *Zazamanc* für den eigentlich beweiskräftigen der beiden hält. Gemäß seinen Vorstellungen von dem Verhältnis der Fassungen *C und *AB hat nach Krogmann der ›Parzival‹-Dichter die Namen der Fassung *C des Nibelungenliedes entnommen, da *AB erst Jahrzehnte später entstanden sein soll. Die Annahme, daß Wolfram die Namen *Azagouc* und *Zazamanc* der *C-Fassung des Nibelungenliedes entnommen habe, teilt Norbert *Voorwinden* mit Krogmann (1976), doch betont er, sie dürften nicht zur Datierung des Nibelungenliedes verwendet werden. Die von ihm erwogene Möglichkeit, die die Namen *Azagouc* und *Zazamanc* enthaltenden Strophen könnten erst später während eines Vortrages in den Text des Nibelungenliedes eingefügt worden sein, besteht übrigens auch – und aus chronologischen Gründen wohl sogar noch stärker –, wenn man mit der umgekehrten Richtung der Entlehnung rechnet. Erwähnt sei, daß alle Versuche, die beiden geographischen Namen mit bestimmten Orten zu identifizieren (zuletzt Voorwinden: *Zazamanc*<Samarkand), unsicher bleiben, d. h. bis jetzt zu keinen verbindlichen Resultaten geführt haben.

Wie immer man das chronologische Verhältnis von ›Parzival‹ und Nibelungenlied beurteilt: auf jeden Fall sind die beiden Dichtungen in enger zeitlicher Nachbarschaft entstanden, vielleicht sogar in – kaum noch aufhellbarer – zeitlicher Verzahnung. Wichtiger noch als die Festlegung der äußeren Chronologie ist die Erkenntnis, daß sie auch innerlich Ausdruck desselben Zeitalters sind – allerdings antithetischer Ausdruck: dem überhöhten, idealisierten Bild der ritterlichen Welt, wie es die Artusromane entwerfen, ist im Nibelungenlied ein Bild entgegengestellt, in welchem die Unerbittlichkeit des Lebens und das Leid, das am Ende über alle zeitweilige Freude triumphiert, die entscheidenden Züge darstellen.

Einen nur scheinbar eindeutigen terminus post quem für die Entstehung oder wenigstens Vollendung des Nibelungenliedes (in der Fassung *B), der nicht an die Datierung des ›Parzival‹ geknüpft ist, hat Hellmut *Rosenfeld* hervorgehoben (Beitr. 91 [Tüb.], 1969), indem er auf die Schaffung des Reichshofamtes des Küchenmeisters durch Philipp von Schwaben im Jahre 1202 als Voraussetzung dafür zurückgreift, daß im Nibelungenlied Rumolt als *kuchenmeister* erscheint (Str. 10,1; 777,1; 1465,1 [jeweils nach B = 9,1; 783,1; 1493,1 nach C]). Daß unter Umständen die Hinweise auf das Amt des Küchenmeisters nachträglich in eine schon vorliegende Dichtung eingefügt sein könnten, hat Rosenfeld selbst eingeräumt (S. 110 = Wiederabdruck, S. 74). Aber nicht dies ist der entscheidende Einwand gegen seine Argumentation, vielmehr ist seine Annahme, vor dem Jahre 1202 habe »keineswegs und nirgends das Hofamt des Küchenmeisters« existiert (S. 105 = Wiederabdruck, S. 69), irrig. Zwar ist das Reichshoferbamt des Küchenmeisters, wie Rosenfeld unter Berufung auf die ›klassische‹ Untersuchung von Julius *Ficker,* Die

Reichshofbeamten der staufischen Periode, 1863, konstatiert, wohl tatsächlich erst 1202 eingerichtet worden. Aber die Schaffung des Küchenmeisteramtes gehört doch bereits dem ausgehenden 12. Jh. an (vgl. Irmgard *Latzke*, Hofamt, Erzamt und Erbamt im mittelalterlichen deutschen Reich, Diss. Frankfurt am Main, 1970, S. 207f.). »Seit 1194 erscheint plötzlich als Inhaber des bisher nicht unter den vier klassischen Hofämtern bekannten Küchenmeisteramtes Heinrich von Rothenburg« (I. Latzke, S. 208/09), und zwar bei Heinrich VI. in Italien, wenn auch damals noch als herzoglicher und nicht königlicher und Reichsbeamter. Man kann und muß jedoch noch weiter zurückgehen. Das Amt des Küchenmeisters hat sich offensichtlich an Fürstenhöfen früher ausgebildet als am deutschen Königshof und wird von jenen an diesen übernommen worden sein. Wenn in bairischen (auch Passauer!) Quellen des 12. und frühen 13. Jh.s unter allem Anschein nach ministerialischen Zeugen mehrfach ein *cocus* (= *coquus)* auftaucht, dann handelt es sich sicherlich nicht um einen ›Koch‹, sondern um einen *kuchenmeister*. Es gibt sogar unumstößliche Belege für die Existenz von *magistri coquinae* vor dem Jahre 1202, die Rosenfelds Folgerung hinfällig werden lassen. Beispielsweise erscheint in einer Urkunde des Hochstifts Regensburg aus dem Jahre 1181 als einer der *testes* ein *magister coquine episcopi* und in einer Babenberger Urkunde, die am 28. August 1201 ausgestellt wurde, neben dem *pincerna ducis,* dem *dapifer ducis* und dem *camerarius ducis* ebenfalls der *magister coquine*. Diese Beispiele, die sich vermehren lassen, zeigen, daß die Fassung *B des Nibelungenliedes entgegen Rosenfelds Ansicht schon früher als 1203 vollendet gewesen sein kann (nicht muß), weil die Berücksichtigung lediglich des Reichshofamtes des Küchenmeisters für die Datierung des Nibelungenliedes den Blick dafür verstellt, daß es in jenem Raum, in dem das Nibelungenlied entstanden ist, bereits fürstliche Küchenmeister gegeben hat, so daß auch nicht erst die Neuschaffung des Reichshofamtes des Küchenmeisters den Nibelungendichter auf den Gedanken gebracht haben kann, Rumolt den *degen* als *kuchenmeister* einzuführen.

Manchmal wird auch die Schilderung der Hochzeit Etzels mit Kriemhilt in Wien (22. Aventiure) als ein Kriterium für die Datierung des Nibelungenliedes angeführt, so von Friedrich *Panzer*. Panzer glaubt, daß diese Passage des Epos ihr Vorbild in der Hochzeit Leopolds VI. von Österreich mit Theodora, der Enkelin des byzantinischen Kaisers Isaak Angelos, habe, die im November 1203 in Wien stattfand, wobei es Bischof Wolfger von Passau war, der die Ehe einsegnete. Diesen Gedanken hat zuerst (1840) Anton Ritter von *Spaun* geäußert. Auffällig und nach Panzers Meinung beweiskräftig ist der Umstand, daß Etzels Hochzeit in Wien gefeiert wird, das, wenn man die Aussage der Strophe B 1375,4 nicht entwertet (in der Formulierung abweichend, in der Sache gleich C 1402,4), gar nicht zum Hunnenreich gehört. Eben daraus leitet Panzer die Folgerung ab, daß die Wiener Fürstenhochzeit vom November 1203 in der 22. Aventiure des Nibelungenliedes ihren Niederschlag gefunden habe (Das Nibelungenlied, S. 481 f.), und er gewinnt auf diese Weise einen terminus post quem für die Entstehung dieser Aventiure und also wohl auch aller folgenden und damit der Vollendung der Dichtung.

Nach Panzers eigener Rechnung muß das Nibelungenlied 1204 ganz vorgelegen haben (nämlich in der Fassung *B) und in der Fassung *C 1205. Deshalb könnte man einwenden, es bliebe kein genügender Spielraum für die Arbeit an dem umfangreichen Werk. Da wir indes über das Arbeitstempo des Nibelungendichters und des Bearbeiters von *C nichts wissen, ist dieses Bedenken nicht zwingend. Denkbar, aber nicht zu beweisen, ist selbstverständlich auch die Möglichkeit, daß das aktuelle Ereignis des Jahres 1203 für den Dichter (genauer wohl: für den Bearbeiter zunächst der Fassung * B) lediglich den Anstoß gab, Etzels Hochzeit nachträglich in Wien zu lokalisieren, das heißt, diese Lokalisierung in den schon mehr oder weniger fertigen Text – im wörtlichen Sinne *post festum* – einzuschieben. Man muß jedoch darüber hinaus betonen, daß die Modellierung von Etzels Hochzeit mit Kriemhilt in Wien nach der Leopolds VI. ohnehin nicht sicher ist. So hat Willy *Krogmann* als Vorbild für Etzels Wiener Hochzeit diejenige Leopolds V. mit Helena, der Schwester König Bélas III. von Ungarn, genannt, die Pfingsten 1174 in Wien gefeiert wurde (Der Dichter des Nibelungenliedes, 1962, S. 47). Diese Annahme ist ebenso ungesichert wie die Friedrich Panzers.

Was die Landschaft oder den Ort anbelangt, wo das Nibelungenlied entstanden ist, so weist eine ganze Anzahl von Kriterien in den bairisch-österreichischen Raum. (Das hat für den Archetypus auch Willy *Krogmann* zugegeben, der die »Urfassung« des Nibelungenliedes dem alemannischen Sprachgebiet zuweisen möchte, ohne mit dieser Hypothese überzeugen zu können.) Nicht sehr ergiebig ist die sprachliche Untersuchung der im Reim stehenden Wörter. Die Verschiebung von auslautendem *k* zur Affrikata [kx], graphisch wiedergegeben durch *ch*, ist charakteristisch für das südliche Bairisch (findet sich aber auch noch im Mittelbairischen); vgl. *werch* im Reim auf *verch* (B, Str. 2210,3/4). Die geographischen Kenntnisse des Dichters sind am besten, wo er von Geschehnissen erzählt, die sich im Donautal zwischen Passau und Wien oder in diesen beiden Städten selbst abgespielt haben. Am genauesten kennt er anscheinend Passau, von dem er sehr wohl aus eigener Anschauung sprechen könnte. Zwar hat vor einiger Zeit Walter *Münz* die Ansicht vertreten, daß die sog. Passauer Strophen des Nibelungenliedes keine genaue Lokalkenntnis verrieten und erst sekundär von einem ortsfremden Spielmann, »der sich von der Verherrlichung eines Passauer Bischofs Lohn erhoffte«, in das Nibelungenlied eingefügt worden seien (Euph. 65, 1971, S. 345 – 367 [das Zitat S. 356]); aber sein Versuch, dem Verfasser fehlende Ortskenntnis zu unterstellen, muß als gescheitert betrachtet werden. (Das impliziert allerdings nicht, daß diese Strophen schon in dem Text gestanden haben müßten, der die erste schriftliche Fixierung des Nibelungenliedes und insofern das ›Original‹ darstellt.) Andere Orte dieses Raumes, die in der Dichtung genannt werden, haben irgendeine Beziehung zu Passau, so dadurch, daß sie zur Grundherrschaft des Bischofs von Passau gehörten.

Mit dieser Beobachtung scheint auf den ersten Blick in Widerspruch zu stehen, daß gerade in den Hss. A und B bei der Schilderung der Reise Kriemhilts von Passau nach Wien als eine Zwischenstation zwischen Mautern und Tulln statt *Treisenmūre* (dem heutigen Traismauer) das an dieser Stelle nicht passende, weil viel weiter östlich liegende *Zeizenmūre* (heute Zeiselmauer) genannt wird (A 1272 = B 1332, A 1276 = B 1336), während die Hs. C, sachlich richtig, *Treysenmūre* bietet (1359; 1363). Nach der älteren und noch immer verbreiteten Auffassung stellt *Zeizenmūre* schon einen Fehler des Archetypus dar (Helmut *de Boor* hat in der Anmerkung zur Strophe 1332 in den früheren Auflagen seiner Nibelungenliedausgabe von der »Urhandschrift« gesprochen), den der aufmerksame Bearbeiter von *C beseitigt habe. So naheliegend diese Erklärung ist: wahrscheinlich trifft sie nicht zu. Ob der Bearbeiter der *Liet*-Fassung sich tatsächlich besser in dieser Gegend ausgekannt hat als der von *B, ist nicht von vornherein sicher, zumal dann nicht, wenn man ihn mit Lorsch in Verbindung bringt (was freilich nur eine vage Möglichkeit sein kann; vgl. oben, S. 100). Auch das Faktum, daß die zur *AB-Fassung gehörende zweite Münchener Handschrift D an der ersten Stelle den richtigen Ortsnamen enthält, stützt nicht gerade die Ansicht, der Fehler habe schon in der gemeinsamen Vorlage beider uns bekannten Hauptversionen gestanden, schließt sie andererseits jedoch auch nicht aus, da ja der Schreiber dieses Versehen wiederum selbständig verbessert haben könnte – wenngleich das bei jemandem, der vermutlich in (Nord-)Böhmen zu Hause ist, eine ungewöhnliche Kenntnis der betreffenden niederösterreichischen Landschaft voraussetzen würde. Eher wird die Erklärung von Hellmut *Rosenfeld* zutreffen, daß der Dichter des Nibelungenliedes sehr wohl *Treisenmūre* »in seinem Text gesetzt« habe (Beitr. 91 [Tüb.], 1969, S. 113 = Wiederabdruck, S. 77), daß aber in der durch Passauer Vorstellungen beeinflußten Fassung *B das als Übernachtungsquartier Bischof Wolfgers bekannte *Zeizenmūre* in die Dichtung geraten sei. »Dieser Schreibfehler ging übersehen und unverbessert in die Handschriftentradition ein, eben weil allen Passauer Schreibern und Bischofsbegleitern *Zeizenmûre* bei Wien so geläufig war, während *Treisenmûre* [. . .] niemals als Absteigequartier benutzt wurde« (ebd.). Insofern wäre das ›falsche‹ *Zeizenmūre* sogar ein weiteres Indiz zugunsten von Passau als Ort der Entstehung wenn nicht *des* Nibelungenliedes, so doch einer seiner historisch besonders wirkungsvollen Versionen. Es ist zuzugeben, daß die hier präferierte Erklärung des »falschen« Namens *Zeizenmūre* in der *Nōt*-Fassung nicht frei von Schwächen ist. Darum ist es verständlich, daß andere Erklärungen vorgeschlagen worden sind, von denen die von Eberhard *Nellmann* (1984) die extreme Gegenposition darstellt, daß nämlich der Fehler erst um die Mitte des 13. Jh.s in die Vorstufe *AB der Hss. A und B geraten sei, und zwar aus der Neidhart-Tradition. Schon Friedrich *Zarncke* hatte

1856 den Namen *Zeizenmûre* auf die Bekanntschaft mit Neidharts Liedern zurückgeführt. Nellmann variiert diese These mit gutem Grund, indem er nicht von einem Lied Neidharts ausgeht, sondern von dem Faßschwank aus der späteren Neidhart-»Legende«. Das setzt freilich eine relativ frühe Datierung des Faßschwanks voraus, die nicht erweisbar ist, was auch Nellmann einräumt. Eine wirklich gesicherte Erklärung dafür, daß in der Fassung *B der sachlich nicht passende Name *Zeizenmûre* erscheint, dürfte mithin kaum möglich sein.

Ein gewichtiges Indiz zugunsten von Passau ist sodann die nicht aus der Stofftradition zu erklärende Tatsache, daß im Nibelungenlied – wie in der ›Nibelungenklage‹ – Bischof Pilgrim von Passau vorkommt, der zudem als Bruder Uotes und damit als Oheim der burgundischen Könige und Kriemhilts stärker mit dem Geschehen verknüpft ist, als das an sich notwendig gewesen wäre. Auch die Rolle, die ihm der Epilog der ›Klage‹ für die Aufzeichnung des Untergangs der Burgunden zuschreibt (vgl. unten, S. **134**), weist naturgemäß auf Passau hin. Dort war von 1191 bis 1204 Wolfger von Erla (nicht: von Ellenbrechtskirchen) Bischof, bekannt als Freund und Gönner fahrender Künstler, darunter auch Walthers von der Vogelweide, dem er am 12. November 1203 *apud Zeizemurum* (Zeiselmauer) fünf *solidi longi* für einen Pelzrock geschenkt hat – die einzige urkundliche Bezeugung Walthers. Gleichgültig, ob die Gestalt Bischof Pilgrims aus der ›Klage‹ in das Nibelungenlied übernommen wurde oder, was wahrscheinlicher ist, umgekehrt: man wird in seinem Auftreten im Nibelungenlied auf jeden Fall eine Huldigung für den kunstsinnigen Bischof Wolfger sehen dürfen. Inwiefern er als eigentlicher ›Mäzen‹ und etwa Dienstherr des Nibelungendichters in Frage kommt, muß offenbleiben.

Vieles spricht mithin dafür, daß Passau in der Genese des hochmittelalterlichen Epos von *der Nibelunge nôt* eine wesentliche Rolle gespielt hat. Unsere philologischen Möglichkeiten reichen dabei nicht aus, zu entscheiden, ob dies schon für die erste schriftliche Fixierung der Dichtung gilt oder erst für die ›Passauer Rezension‹ einer nicht an Passau gebundenen, vielleicht im Herzogtum Österreich entstandenen und um einige Jahre älteren Dichtung, eine ›Vor-Passauer‹ Fassung, die natürlich die von Passau und Pilgrim erzählenden Strophen noch nicht enthalten hätte. Die zweite Möglichkeit bevorzugt zum Beispiel A. T. *Hatto* in dem so ausführlichen wie gediegenen Nachwort zu seiner Übersetzung des Nibelungenliedes ins Englische: »A vulgate text and a Passau recension are discernible«, doch räumt er ein: »But it is not possible to say whether they are one and the same« (S. 364). Wie immer das sein mag: »It is probable that

Passau laid its hand on the tradition, as a compliment to Wolfger von Erla, and so heavily that its version left its mark on all the others« (ebd.). Unabhängig davon, ob man einen ›Vulgattext‹ und eine ›Passauer Rezension‹ unterscheidet oder nicht – oder darüber hinaus noch andere, sich uns indes entziehende Fassungen in ihrem Umkreis annimmt –: gewiß ist, daß es ohne Passau nicht jenes Nibelungenlied gäbe, wie es seit dem 13. Jh. in zahlreichen Handschriften verbreitet war, Jahrhunderte hindurch rezipiert wurde und als das große Beispiel mittelalterlicher Heldendichtung in deutscher Sprache auch auf andere Werke gewirkt hat.

Literatur:

Hermann *Fischer:* Über die Entstehung des Nibelungenliedes, MSB, Jg. 1914, 7. Abh.

Friedrich *Wilhelm:* Nibelungenstudien I. Über die Fassungen B und C des Nibelungenliedes und der Klage, ihre Verfasser und Abfassungszeit, 1916 (= Münchener Archiv für Philologie des Mittelalters und der Renaissance, H. 7).

Helmut *de Boor:* Rumoldes rat, in: ZfdA 61, 1924, S. 1 – 11; wieder abgedruckt in: H. d. B., Kleine Schriften, Bd. 2, 1966, S. 175 – 183.

Max *Heuwieser:* Passau und das Nibelungenlied, in: ZBLG 14, 1943, S. 5 – 62

Dietrich *Kralik:* Passau im Nibelungenlied, in: Anz. d. Österr. Akad. d. Wiss., philos.-hist. Kl., 87. Jg., 1950, Nr. 20, S. 451 – 470.

Friedrich *Panzer:* Vom mittelalterlichen Zitieren, HSB, Jg. 1950, 2. Abh. (darin S. 36 – 44: Exkurs. Zur Datierung des Nibelungenliedes und der Klage).

Gerhard *Eis:* Zur Datierung des Nibelungenliedes, in: FuF 27, 1953, S. 48 – 51.

Ders.: Die angebliche Bayernfeindlichkeit des Nibelungendichters, in: FuF 30, 1956, S. 308 – 312; wieder abgedruckt in: G. E., Kleine Schriften zur altdeutschen weltlichen Dichtung, 1979, S. 113 – 124.

Gerhart *Lohse:* *harnasch* im Nibelungenlied, in: ZfdA 87, 1956/57, S. 58 – 60.

Ernst *Klebel:* Baiern und das Nibelungenlied, in: E. K., Probleme der bayerischen Verfassungsgeschichte. Gesammelte Aufsätze, 1957, S. 90 – 94.

Emil *Ploss:* Die Datierung des Nibelungenliedes, in: Beitr. 80 (Tüb.), 1958, S. 72 – 106.

Ders.: Zur Wortgeschichte von mhd. *harnasch*, in: Beitr. 81 (Tüb.), 1959, S. 107 – 110.

Hellmut *Rosenfeld:* Die Datierung des Nibelungenliedes Fassung *B und *C durch das Küchenmeisterhofamt und Wolfgang von Passau, in: Beitr. 91 (Tüb.), 1969, S. 104 – 120; wieder abgedruckt in: H. R., Ausgewählte Aufsätze zur deutschen Heldendichtung und zur Namensforschung [. . .]. Hg. von H.-A. Klein, 1987 (= GAG. 473), S. 68 – 84.

Walter *Münz:* Zu den Passauer Strophen und der Verfasserfrage des Nibelungenliedes, in: Euph. 65, 1971, S. 345 – 367.

Norbert *Voorwinden:* Zur Datierung des Nibelungenliedes. *Zazamanc* und *Azagouc*, in: Leuv. Bijdr. 65, 1976, S. 167 – 176.

Ders: Pilgrim und das Bistum Passau im Nibelungenlied. Grenzen und Möglichkeiten der Datierung und Lokalisierung aufgrund geographischer und historischer Bezüge, in: Pöchlarner Heldenliedgespräch, 1990, S. 139 – 156.

Eberhard *Nellmann: Zeizenmûre* im Nibelungenlied und in der Neidhart-Tradition. Mit einer Edition des Faßschwanks nach Hs. B, in: Festschrift für Siegfried Grosse zum 60. Geburtstag. Hg. von Werner Besch u. a., 1984, S. 401 – 425.

Jean *Fourquet:* Probleme der relativen Chronologie: Nibelungenlied, ›Parzival‹, ›Klage‹, in: Studien zu Wolfram von Eschenbach. Festschrift für Werner Schröder zum 75. Geburtstag. Hg. von Kurt Gärtner u. Joachim Heinzle, 1989, S. 243 – 256.

6. Kapitel

Die metrische Form des Nibelungenliedes

Der Nibelungendichter hat zu einer anderen metrischen Form gegriffen, als sie die höfische Erzähldichtung des Mittelalters aufweist. Er erzählt nicht in den kurzen, viertaktigen Reimpaaren des höfischen Romans, sondern in – letztlich germanischen – Langzeilen:

Dō sprā́ch der kǘnec Gúnthèr: »erlóuben ích iu wíl:
fǘeret ū́z dem hū́sè lǘtzel óder víl,
ā́ne mī́ne vī́ndè; díe suln híe bestā́n.
si hā́nt mir híe zen Híunèn sō réhte léidè getā́n.«

(B, Str. 1994)

Die *Nibelungenstrophe* besteht aus zwei endgereimten Langzeilenpaaren mit klingender Kadenz im Anvers und voller Kadenz im Abvers. Die klingende Kadenz, mit der für das Melos des mhd. Verses charakteristischen Nebenhebung auf einer sprachlich nebentonigen oder unbetonten Silbe, ist überwiegend zweisilbig (*Gúnthèr, hū́sè* usw.), manchmal aber auch dreisilbig (*Hágenè, kǘnegè* usw.); an die Stelle der einsilbig vollen Kadenz (*wíl, mī́n, tṓt* usw.) kann, wie dies in der mhd. Dichtung gang und gäbe ist, aufgrund einer ›Spaltung der Hebung‹ auch eine zweisilbig volle, mit kurzem Vokal in der Stammsilbe, treten (*dégen, trágen* usw.). Beide Arten der vollen Kadenz sind metrisch völlig gleichwertig. Die drei ersten Abverse erfüllen sprachlich nur drei Takte. Wenn man von der Bezugsgröße des Viertakters ausgeht, sind sie mit Andreas *Heusler* als ›viertaktig stumpf‹ (4 s), das heißt eben als dreihebig, zu charakterisieren. Berücksichtigt man nur die sprachlich realisierten Hebungen, so ist statt 4 s jeweils 3 v(oll) anzusetzen. Der vierte, der letzte Abvers pausiert demgegenüber den letzten Takt nicht, er ist also nicht nur virtuell viertaktig, sondern auch tatsächlich vierhebig wie die Anverse. Unter Zugrundelegung von Andreas Heuslers Terminologie läßt sich die Nibelungenstrophe mit folgendem Strophenschema darstellen:

4 k | 4 s (= 3 v) . a
4 k | 4 s (= 3 v) . a
4 k | 4 s (= 3 v) . b
4 k | 4 v.   b

Der zweite Takt des letzten Abverses wird in etwa der Hälfte aller Strophen nur mit einer langen (dehnbaren) Silbe gefüllt, auf die, unter Ausfall der Senkungssilbe, unmittelbar die Hebung des dritten Taktes folgt, eine sog. beschwerte Hebung (*léidè, verlíesèn;* in Heuslers Notation: | –́ | x̀ x |). Vor allem die strophencharakteristische Verlängerung des vierten Abverses um eine Hebung, dazu aber auch der nicht mit gleicher Konsequenz durchgeführte Ausfall der Senkung nach der zweiten Hebung markieren den Schluß der Strophe, bilden den sog. betonten Strophenschluß. Er hat die metrische Funktion, die Sinneinheit der Strophe hörbar zu machen. Wenn der Strophenschluß nicht hervorgehoben wird, ist die strophische Struktur im Grunde aufgegeben zugunsten von Langzeilenpaaren. Dies ist der Fall, sofern der schließende Abvers keine größere Hebungszahl hat als die vorausgehenden und auch sonst keine Markierung des Strophenschlusses mehr vorgenommen wird, wenn also etwa im zweiten und dritten Takt nicht zwei Hebungen unmittelbar aufeinanderfolgen; man vergleiche z. B.:

dér vil sḗre wúnden lī́p (B, 2015,4 b)
x́ x | x́ x | x́ x | x́ ∧

gegenüber:

ein grímmez strī́tèn getā́n (B, 2036,4 b)
x | x́ x | –́ | x̀ x | x́ ∧

Die Strophenform, die aus zwei endgereimten Langzeilenpaaren mit prinzipiell gleicher Hebungszahl in den jeweiligen Halbversen besteht – eine Strophenform eher für das Auge als für das Ohr –, ist unter dem Namen *Hildebrandston* bekannt (benannt nach ihrem Vorkommen im Jüngeren Hildebrandslied). Das Nibelungenlied ist in dieser Form in der Wiener Piaristenhandschrift verfaßt; weit verbreitet ist der Hildebrandston in der Wolfdietrich- und Dietrichepik des späten Mittelalters. Er läßt sich mit folgendem Strophenschema veranschaulichen:

4 k | 4 s (= 3 v) . a
4 k | 4 s (= 3 v) . a
4 k | 4 s (= 3 v) . b
4 k | 4 s (= 3 v) . b

Von der Nibelungenstrophe her gesehen, stellt der Hildebrandston ein Endstadium dar, eine jüngere Form. Anders wird die Entstehung des Hildebrandstons von Karl H. *Bertau* und Rudolf *Stephan* beurteilt (ZfdA 87, 1956/57, S. 257, Anm. 3 = Wiederabdruck, S. 75 f., Anm. 14). Danach geht der Hildebrandston wie die Nibelungenstrophe auf ältere Zweilangzeiler zurück (mit verschiedener Melodie, aber von gleichem metrischem Bau wie jene, aus denen die Nibelungenstrophe entstanden ist): »Die Hildebrandsstrophe repräsentiert [. . .] kein Endergebnis, sondern eine unentwickelte Additionsform, sozusagen dem Stadium der Nibelungenstrophe vor der Abversneuerung entsprechend.«

Neben der rein metrischen Bedeutung des betonten Strophenschlusses ist gerade im Nibelungenlied auf seine Aussagefunktion zu achten. Zwar fehlt es nicht an Strophen, in denen die abschließende Langzeile kaum mehr als ein Füllsel ist, das der Notwendigkeit entspringt, das Grundschema der Strophe einzuhalten. Oft liegt jedoch auf der letzten Verszeile ein besonderes inneres Gewicht: Sie enthält wichtige Zusammenfassungen, allgemeingültige Feststellungen und namentlich die für die geistige Welt des Nibelungenliedes so überaus charakteristischen Erzählervorausdeutungen, die nicht nur auf das künftige Geschehen im Allgemeinen hinweisen, sondern vielfach das kommende Unheil, das Verhängnis, das Leid, in das sich die Freude verkehren wird, beschwören (vgl. aus der 1. Aventiure B 2,4: *dar umbe muosen degene vil verliesen den līp;* 5,4: *si frumten starkiu wunder sīt in Etzelen lant;* 6,4: *si sturben sīt jaemerlīche von zweier edelen frouwen nīt;* 18,4: *sīt wart si mit ēren eins vil küenen recken wīp;* 19,4: *durch sīn eines sterben starp vil maneger muoter kint*). Auf die äußere Spannung verzichtet der Dichter, und er kann dies um so mehr, als das Grundgerüst des Handlungsverlaufes seinen Hörern vertraut war. Aber die innere Angespanntheit und die Dichte der »Atmosphäre dumpfen Verhängnisses« (Josef *Körner*, Das Nibelungenlied, 1921, S. 94) werden durch die häufige Ankündigung des kommenden Unheils nur um so größer. Die Vorausdeutungen durchziehen mehr oder weniger das ganze Werk (vgl. etwa die Zusammenstellung Siegfried *Beyschlags*, Beitr. 76 [Halle], 1954/55, S. 53 – 55) und bezeugen auf diese Weise die Einheitlichkeit der dichterischen Konzeption. Der Dichter hat es verstanden, die Vorausdeutungen nicht nur geschickt auf die einzelnen Aventiuren zu verteilen, sondern sie auch innerhalb der Aventiuren an bedeutsamen, markanten und wirkungsvollen Stellen einzusetzen. Dafür seien nur zwei Beispiele aus der 27. Aventiure angeführt, dem »lichten Tag von Bechelaren«, über den sich wiederholt die dunklen Schatten der Vorausdeutungen legen: Als Giselher Rüedegers Tochter, die der Vater gerade aufgefordert hat, ihr Jawort zur Vermählung mit dem burgundischen König zu geben, in seine Arme schließt, sagt der Erzähler sogleich: *swie lützel si sīn doch genōz* (1685,4 b), und als Rüedeger, der Freigebige, Gernot ein Schwert geschenkt hat, heißt es sofort: *dā von* [durch dieses Schwert] *der guote Rüedegēr sīt muose vliesen den līp* (1696,4; vgl. weiter 1704,4; 1709,4; 1710,4 [jeweils nach B]). Die Einsicht in die Unausweichlichkeit des Geschehens, die Überzeugung, daß der Mensch den Weg in den heroischen Untergang gehen muß, und angesichts dessen das Klagen sind in dem letzten Vers der Nibelungenstrophe verdichtet, der dadurch eindringlich jenen tragisch-pessimistischen Aspekt und zugleich jenen Elegieton zum Ausdruck bringt, der für das Nibelungenlied als Ganzes charakteristisch ist. Es ist gewiß kein Zufall und bestätigt diese Auffassung von der gehaltlichen Prädisposition der Nibelungenstrophe, daß der alt gewordene Walther in seiner sog. Elegie (124,1) die heimische Form des Nibelungenverses aufgenommen hat.

Keiner eingehenden Darstellung bedarf der Umstand, daß der Dichter des Nibelungenliedes in der Versfüllung von jenen Freiheiten Gebrauch gemacht hat, die zu seiner Zeit mehr oder weniger üblich waren. Die zweigliedrigen Takte (| x́ x |) füllt er nicht nur zweisilbig, sondern auch ein- und dreisilbig, und auch beim Auftakt wechselt er zwischen ein- und zweisilbigem (ganz gelegentlich wohl auch dreisilbigem); selbstverständlich kann der Auftakt auch fehlen (vgl. die Skandierung der Strophe 1994, oben S. 114). Doch vermeidet es der Dichter, dreisilbige oder einsilbige Takte zu häufen, so daß die Verszeile als solche, trotz aller Freiheit der Versfüllung, relativ ausgewogen ist. Beachtenswert ist dagegen, daß das Strophenschema gleichsam nur den Idealtypus der Nibelungenstrophe repräsentiert, der zwar in den meisten Strophen realisiert ist, von dem es aber im einzelnen Abweichungen gibt, wenn auch nicht in dem Ausmaß wie in anderen Heldendichtungen des 13. Jh.s. So gibt es Abweichungen in der Kadenzenregelung. Es begegnen Anverse, die statt mit der ›normalen‹ klingenden mit einer vollen Kadenz enden, z. B. *si léiten ín ūf éinen schílt* (B 999,2a), *wésse ich, wér iz hét getā́n* (B 1012,4a; der Bearbeiter von *C hat diesen Vers so umgestaltet, daß er eine zweisilbig klingende Kadenz aufweist: *und wésse ich, wér daz táetè* [1024,4 a]). Umgekehrt kann in Abversen klingende Kadenz auftreten, z. B.:

. . . diu schíf verbórgèn,	
. . . ze grṓzen sórgèn	(B 1527,1b/2b),
. . . gerúochen wóldè,	
. . . noch trágen sóldè	(B 2195, 1b/2b).

Das Auftreten von Kadenztypen in den beiden Halbversen, die dem Strophenschema entsprechend und in der überwiegenden Zahl der Fälle jeweils dem anderen Halbvers vorbehalten sind, nennt man in der Verswissenschaft *Kadenzwechsel* (auch Kadenzentausch). In den als Beispielen angeführten Versen ändert der Kadenzwechsel nicht die Hebungszahl. Daneben gibt es jedoch Strophen, in denen der Kadenzwechsel mit einer Änderung der Hebungszahl in dem betreffenden Halbvers einhergeht. Klingende Kadenz im Abvers erfordert gelegentlich eine vierhebige Lesung des Verses:

. . . tróumte Kriemhíldè,
. . . stárc, scóen' und wíldè (B 13,1b/2b),

sofern man nicht die sprachlich unbetonte Silbe nach der langen Pänultima im Versausgang als Senkung betrachtet, was zu einer weiblich vollen Kadenz (|x́ x|) statt zu einer klingenden (|–́|x̀ ∧ |) führt; aber auch diese Rhythmisierung wäre eine Irregularität. Ein zweites Beispiel:

. . . síne bóten sándè,
. . . von lándè ze lándè (B 1422,1b/2b).

Es kommt auch vor, daß umgekehrt der letzte Abvers kaum anders als nur mit drei Hebungen, statt der üblichen vier, gelesen werden kann: *vil mánec édel wīp* (B 200,4b; der Bearbeiter von *C hat diesen Vers zu einem normalen Vierheber umgeformt: *vil mánic wáetlìchez wíp* [201,4b]), *daz wárt durch zúht getān* (B 587,4b).

In der St. Galler Hs. umfaßt das Nibelungenlied 2376 Strophen; die Ausgaben, die den *B-Text bieten, pflegen drei weitere Strophen aufzunehmen, schreiben dieser Fassung also 2379 Strophen zu. Das entspricht 4758 Langzeilenpaaren mit 9516 Reimstellen. Nach der Zählung von Leo *Saule* beläuft sich die Zahl der Reimwörter nur auf 796. Es ist indes nicht allein diese verhältnismäßig niedrige Zahl der Reimwörter, die beim Leser zum Eindruck der Geschlossenheit, vielleicht auch einer gewissen Einförmigkeit der Dichtung beiträgt, sondern mehr noch, daß bestimmte Wörter immer wieder im Reim gebraucht werden (*man, lant, līp, wīp, guot, getān, gān, mīn* usw.), wobei häufig im Paarreim die gleichen Reimwörter miteinander gebunden werden (etwa *līp : wīp, hant : lant, nōt : tōt, genuoc : truoc*). Eine bequem zugängliche Auswahlübersicht über die häufigsten Reimwörter bietet Friedrich Panzer, Das Nibelungenlied, S. 108 ff. Die Reime sind überwiegend rein, wie dies den Anforderungen und dem Brauch der höfischen Erzähldichter um 1200 entspricht. Vokalische und vereinzelte konsonantische Unreinheiten (z. B. *sun : frum* [B 1914,3/4]) sind wenig bedeutungsvoll. Eine Ausnahme bilden 36 dreisilbige *Hagene*-Reime (*Hagene : degene, Hagene : gademe, Hagene : menege*); vgl. hierzu Andreas *Heusler*, Deutsche Versgeschichte, Bd. 2, § 466. Dies sind altertümliche, ›ererbte‹ Reimbindungen, die in der kontemporären höfischen Erzähldichtung nicht mehr akzeptiert werden. Allerdings muß man beachten, daß auch ein reimgewandterer Dichter als der des Nibelungenliedes schwerlich genügend reine Reime mit dem Eigennamen *Hagene* gefunden hätte, denn der Inhalt ließ es nicht zu, mit *Hagene* ausschließlich die Form des einen reinen Reim ergebenden Gerundiums zu binden *(Hagene : jagene, Hagene : sagene, Hagene : klagene).*

Gelegentlich begegnet im Nibelungenlied neben der obligatorischen Reimbindung zwischen den Langzeilenpaaren zusätzlich *Anvers- oder Zäsurreim* (vgl. dazu im einzelnen Wilhelm *Braune*, Beitr. 25, 1900, S. 158 – 166, und neuerdings Gerhard *Philipp*, Metrum, Reim und Strophe im ›Lied vom Hürnen Seyfrid‹, 1975, S. 142 f.). Der Zäsurreim kann sich manchmal zufällig ergeben haben. Intendiert ist er in der Fassung *B nur in der ersten Strophenhälfte. Dagegen hat der Autor der *Liet*-Fassung den Zäsurreim auch bewußt in die zweite Strophenhälfte eingeführt, so daß es in dieser Fassung sieben durchgehend zäsurgereimte Strophen gibt, so gleich in der 1. Strophe (die in der St. Galler Hs., anders als in der Hohenems-Münchener, fehlt, die jedoch auch in die Ausgaben der *Nôt*-Fassung aufgenommen wird):

Uns ist in alten maeren wunders vil geseit
von heleden lobebaeren, von grôzer arebeit,
von freude und hôchgezîten, von weinen unde klagen,
von küener recken strîten muget ir nu wunder hoeren sagen.
(C, Str. 1)

Innerhalb der Strophe tritt somit gekreuzter Reim auf:

a b
a b
c d
c d

Besondere Aufmerksamkeit verdient das Verhältnis von nibelungischer Langzeile und Satzbau. Mehr als der Kurzvers des höfischen Romans oder auch das Reimpaar bildet die Langzeile den Rahmen für die Syntax. Die metrisch-rhythmische und die sprachlich-syntaktische Einheit decken sich oft, entweder in Form des *strengen Zeilenstils*, bei dem jeweils ein Satz (ein Hauptsatz) eine Langzeile füllt, oder in Form des *freien Zeilenstils* (auch erweiterter Zeilenstil genannt), wobei ein Satz mehrere Verse umfaßt und am Schluß des zweiten oder dritten endet. Kleinere Einschnitte am Versausgang, z. B. aufgrund eines dort endenden Nebensatzes (Gliedsatzes), führen nach der überwiegend, aber nicht unwidersprochen, vertretenen Auffassung nicht zur Aufhebung des Begriffs des freien Zeilenstils.

Beispiel für strengen Zeilenstil:

Den troum si dō sagete   ir muoter Uoten. |
sine kundes niht besceiden   baz der guoten: |
»der valke, den du ziuhest,   daz ist ein edel man. |
in welle got behüeten,   du muost in sciere vloren hān.« |

(B, Str. 14)

Beispiel für freien Zeilenstil:

An dem dritten morgen   ze der rehten messezīt
sō was bī dem münster   der kirchof alsō wīt
von den lantliuten   weinens alsō vol. |
si dienten im nāch tōde,   also man lieben vriunden sol. |

(B, Str. 1062)

Es ist ebensowohl möglich, daß die beiden Langzeilenpaare der Strophe jeweils eine syntaktische Einheit bilden (zum Beispiel B 1078), wie daß die beiden mittleren, zu verschiedenen Langzeilenpaaren gehörenden Verse verbunden, die äußeren Verse dagegen syntaktisch isoliert sind (etwa B 625). Häufig sind jedoch auch drei Zeilen in einem komplexen Satz zusammengebündelt, und zwar öfter die ersten drei (zum Beispiel B 1062) als die drei letzten (beispielsweise B 622). Der syntaktischen Isolierung des schließenden Langverses entspricht seine vielfach auch inhaltlich herausgehobene Bedeutung (vgl. oben, S. 116). In einer schematischen Übersicht lassen sich die erwähnten charakteristischsten Zuordnungen von Satz und Vers beim Vorliegen von Zeilenstil so darstellen (S = Satz):

1]	S	1	S	1]	S	1		1]	S
2]	S	2		2	S	2	S	2	
3]	S	3	S	3		3		3	S
4]	S	4		4]	S	4]	S	4	

Neben dem Zeilenstil gibt es im Nibelungenlied, und zwar gar nicht so selten, die Möglichkeit, daß ein Satz nicht allein ohne Einschnitt über das Ende eines Verses hinausgreift und am Ende eines späteren Verses schließt – was man auch als ein Enjambement im weiteren Sinne bezeichnen kann –, sondern daß er bis zur Versmitte, bis zur Zäsur des folgenden Verses reicht (*Haken- oder Bogenstil, Enjambement im engeren Sinne*). Die sprachliche und die metrische Gliederung treten hier in Widerstreit miteinander.

Beispiel für Haken- oder Bogenstil:

»Daz selbe hāt ouch Hagene unde Volkēr ⊂⊃
mit triuwen vlīzeclīche. | noch sage ich iu mēr,
daz iu des küneges marschalch bī mir daz enbōt:
daz den guoten knehten waere iuwer herberge nōt.« |

(B, Str. 1645)

Die Erscheinung, daß der Satz sogar über das Strophenende weitergeführt wird, zwei aufeinanderfolgende Strophen also syntaktisch verknüpft sind, nennt man *Strophenenjambement.* Es kommt im Nibelungenlied über fünfzigmal vor.

Bei der Erörterung der Frage nach der Herkunft der Nibelungenstrophe wird man davon ausgehen, daß die Nibelungenstrophe mit der *Kürnbergerstrophe* identisch ist (lediglich die Strophen MF 7,1 und 7,10 sind abweichend gebaut, indem zwischen den beiden Langzeilenpaaren ein reimloser Viertakter steht). Man halte neben die zitierten Strophen aus dem Nibelungenlied eine des Kürnbergers:

Ich zṓch mir éinen válkèn mḗre dánnè ein jār.	4k	4s. a
dṓ ích ín gezámetè als ích in wólte hān	4k	4s. a
und ích im sī́n gevídèrè mit gólde wól bewánt,	4k	4s. b
er húop sich ū́f vil hṓhè und flóug in ándèriu lánt.	4k	4v. b

(MF 8,33)

Zwar unterscheidet sich die Kürnbergerstrophe von der des Nibelungenliedes dadurch, daß die Verteilung der Kadenzen auf Anvers und Abvers noch weniger reguliert ist als beim Nibelungenlied, aber das berührt nicht den Bau, die Struktur der Strophe. Die Gleichheit der Strophenform, in der der Kürnberger, sicherlich in Österreich, etwa in den Jahren von 1150 bis 1170 seine Liebeslieder geschaffen hat, und der des hochmittelalterlichen Epos von *der Nibelunge nōt* ist evident. Die Frage ist, in welchem genetischen Verhältnis sie zueinander stehen. Nach der verbreiteten Ansicht von Andreas *Heusler* hat der Kürnberger das einfache Langzeilenpaar der sanglichen Heldenlieder, die Heusler aufgrund der freilich erst nach 1250 bezeugten nordischen Balladen erschließt, »kunstgemäß gesteigert und persönlich abgewandelt« (§ 735), nämlich mit der Verdoppelung des Langzeilenpaares, der Ausbildung des betonten Strophenschlusses und der überlegten, aber nicht starren Regelung der Kadenzen in den Halbversen. Die Nibelungenstrophe wäre somit eine Schöpfung des Kürnbergers, von dem sie der Dichter der ›Älteren Not‹ in den sechziger Jahren übernommen hätte und von diesem wiederum der Nibelungendichter um die Wende vom 12. zum 13. Jh. (vgl. § 715). Andere Forscher haben das Verhältnis von Nibelungen- und Kürnbergerstrophe anders beurteilt. So ist nach Hermann *Schneider* (Heldendichtung, Geistlichendichtung, Ritterdichtung, ²1943, S. 430) nicht der Kürnberger der Schöpfer der nach ihm benannten Strophe (und damit der Nibelungenstrophe), sondern er habe sie »im Umkreis des Heldenepos oder Heldenlieds«, vielleicht sogar in der ›Älteren Nibelungennot‹, vorgefunden. Auch für Friedrich *Panzer* ist der Kürnberger nicht der »Erfinder« dieser Strophenform, die der Nibelungendichter deshalb aufgegriffen habe, »weil sie vor ihm schon in epischer Dichtung, vermutlich auch in älterer Bearbeitung der Siegfried- und Burgundenfabel, Anwendung gefunden hatte« (Das Nibelungenlied, S. 113; vgl. auch S. 435 f.). Panzer gibt aber ausdrücklich zu, daß sich seine These – sowenig wie die Heuslers – »beweisen« lasse (S. 113).

Zu Varianten dieser beiden Hauptpositionen und zu der Frage, inwieweit die Nibelungenstrophe gar nicht deutschen (und letztlich germanischen) Ursprungs sei, sondern mittellateinischen oder romanischen bzw. inwiefern zumindest dort gebräuchliche Strophenformen für die konkrete Ausbildung der Nibelungenstrophe von Bedeutung gewesen sind, vgl. die zusammenfassende Darstellung von Werner *Hoffmann*, Altdeutsche Metrik, ²1981, S. 88 f.

Man wird fairerweise zugeben, daß wir heute weniger in der Lage sind, sichere Aussagen über die Genese der Kürnberger-Nibelungen-Strophe zu treffen, als dies die Forschergeneration Heuslers glaubte tun zu können. Es ist bezeichnend, daß Helmut *de Boor*, der zunächst in der Einleitung zu seiner Ausgabe des Nibelungenliedes uneingeschränkt den Heuslerschen Standpunkt vertreten hatte, in der neu geschriebenen Einleitung zur 20., revidierten Auflage aus dem Jahre 1972 sich sehr viel zurückhaltender geäußert hat und eine apodiktische Festlegung des entstehungsgeschichtlichen Verhältnisses von Nibelungen- und Kürnbergerstrophe vermeidet: »Ob sie [die ›Ältere Not‹] schon die ›Nibelungenstrophe‹ verwendet hat, die der Kürenberger dann für seine Lyrik aufgenommen und liedhaft neu komponiert hat (*Kürenberges wîse*), oder ob die ä. Not eine einfachere Strophenform verwendet und der Dichter des NLes die Strophenform seines Landsmannes, des Kürenbergers, übernommen hat, ist kaum zu entscheiden« (S. XLIV; ²²1988, S. XLVI).

Bei der Beurteilung des Zusammenhangs von Kürnberger- und Nibelungenstrophe ist wiederholt auf das Verhältnis von (sangbarer und gesungener) Lyrik und (vermeintlich unsangbarer) großepischer Dichtung verwiesen worden. Mit Andreas *Heusler* herrschte bis in die zweite Hälfte der fünfziger Jahre die Meinung, daß das Epos prinzipiell unsanglich gewesen sei. (Von seiten der Musikwissenschaft war allerdings schon gelegentlich die gegenteilige Ansicht vertreten worden. Man vergleiche etwa den Hinweis von Friedrich *Gennrich*, Grundriß einer Formenlehre des mittelalterlichen Liedes als Grundlage einer musikalischen Formenlehre des Liedes, 1932 [^{2}1970], S. 47.) Auch Friedrich *Panzer* hat bei der Beantwortung der Frage nach der Herkunft der Nibelungenstrophe – zwar mit anderem Ergebnis als Heusler, aber durchaus mit diesem Gesichtspunkt – folgendermaßen argumentiert: »Ich halte es überhaupt nicht für wahrscheinlich, daß unser Epiker sich eine nur in der Lyrik verwendete Strophe für sein Leseepos gewählt haben sollte. Eine gesungene Strophe [. . .] wird in Umriß und Aufbau nicht derart durchsichtig, daß sie zur Übertragung in gesprochene Dichtung anzureizen vermag« (Das Nibelungenlied, S. 113; vgl. auch S. 436). Demgegenüber muß betont werden, daß nach neueren musikwissenschaftlichen Untersuchungen (zuerst von Ewald *Jammers* einerseits und Karl H. *Bertau* und Rudolf *Stephan* andererseits, dann von Horst *Brunner* u. a.) der sangliche Vortrag strophischer epischer Dichtung des Mittelalters – bzw. deren Rezitation mit der Singstimme – als erwiesen gelten kann, womit natürlich auch das Bedenken an Gewicht verliert, es sei wenig wahrscheinlich, daß der Dichter eines epischen Werkes seine Strophenform der Lyrik entnommen habe. Karl H. Bertau und Rudolf Stephan haben es sogar unternommen, die Melodie der Nibelungenstrophe zu rekonstruieren (ZfdA 87, 1956/57, S. 262 = Wiederabdruck, S. 82):

Ob der betonte Strophenschluß tatsächlich durch die Melodie nicht unterbaut war, was auch mit vorsichtiger Formulierung Wolfgang *Mohr* annimmt (RL, Bd. 1, ^{2}1958, S. 240 [b]), erscheint u. E. fraglich (vgl. auch Ewald *Jammers*, Heidelberger Jahrbücher 1, 1957, S. 70, Anm. 131 = Wiederabdruck, S. 149, Anm. 131). Grundsätzliche Bedenken gegen die von Bertau und Stephan erschlossene Melodie der Nibelungenstrophe hat mit Friedrich *Gennrich* einer der besten

Kenner der mittelalterlichen Musik geäußert (DU 11, 1959, H. 2, S. 68; Gennrich seinerseits vermutet, daß der Nibelungenstrophe eine Laissenstrophe zugrunde gelegen habe). Auf jeden Fall kann die Rekonstruktion der *wīse* des Nibelungenliedes aufgrund der ungünstigen Überlieferungslage nicht jenes Maß an relativer Sicherheit beanspruchen, wie dies teilweise bei anderen (spätmittelalterlichen) Epenmelodien der Fall ist. Die von Bertau und Stephan rekonstruierte Melodie vermittelt einen ungefähren Eindruck, wie das Nibelungenlied beim musikalischen Vortrag geklungen haben mag; das moderne Notenbild darf aber nicht die Vorstellung suggerieren, daß wir wüßten, wie die Melodie des Epos von *der Nibelunge nōt* tatsächlich beschaffen war. Und wenngleich der sangliche Vortrag der mhd. strophischen Epik nicht mehr bezweifelt werden kann, so besagt das nicht, daß sie immer und überall gesungen worden wäre und daß sich nicht, wenn man, wie dies naheliegt, die sanglich-rezitativische Vortragsweise für die ältere hält, daneben – und unter Umständen schon recht früh – Sprechvortrag eingestellt haben wird. Dies dürfte gerade auch für das Nibelungenlied gelten.

Literatur:

Leo *Saule:* Reimwörterbuch zur Nibelunge nôt [. . .], 1925 (= Münchener Texte. Ergänzungsreihe, H. 3).

Andreas *Heusler:* Deutsche Versgeschichte mit Einschluß des altenglischen und altnordischen Stabreimverses, Bd. 2, 1927, unveränderter Nachdruck 1956.

Paul *Habermann:* Nibelungenstrophe, in: RL, Bd. 2, 1926/28, S. 496 – 500.

Siegfried *Beyschlag:* Zeilen- und Hakenstil. Seine künstlerische Verwendung in der Nibelungenstrophe und im Hildebrandston, in: Beitr. 56, 1932, S. 225 – 313.

Ders.: Langzeilen-Melodien, in: ZfdA 93, 1964, S. 157 – 176.

Arnold *Geering:* Die Nibelungenmelodie in der Trierer Marienklage, in: Internat. Gesellsch. f. Musikwiss. Vierter Kongreß. [. . .], Kongreßbericht, 1949, S. 118 – 121.

Friedrich *Panzer:* Das Nibelungenlied. Entstehung und Gestalt, 1955, 5. Kap.: Die metrische Form, S. 101 – 113.

Karl H. *Bertau* und Rudolf *Stephan:* Zum sanglichen Vortrag mhd. strophischer Epen, in: ZfdA 87, 1956/57, S. 253 – 270; Auszug wieder abgedruckt in: WdF, Bd. 54, 1976, S. 70 – 83.

Ewald *Jammers:* Das mittelalterliche deutsche Epos und die Musik, in: Heidelberger Jahrbücher 1, 1957, S. 31 – 90; wieder abgedruckt in: E. J., Schrift·Ordnung·Gestalt. Gesammelte Aufsätze zur älteren Musikgeschichte, 1969, S. 105 – 171. [Dazu Karl H. *Bertau* und Rudolf *Stephan*, AfdA 71, 1958/59, S. 57 – 74.]

Ders.: Der musikalische Vortrag des altdeutschen Epos, in: DU 11, 1959, H. 2, S. 98 – 116; wieder abgedruckt in: WdF, Bd. 555, 1979, S. 127 – 149.

Wolfgang *Mohr:* Deutsche Versmaße und Strophenformen, in: RL, Bd. 1, ²1958, S. 231 [a] – 244 [b].

Helmut *de Boor:* Zur Rhythmik des Strophenschlusses im Nibelungenlied, in: Festgabe für Ulrich Pretzel zum 65. Geburtstag [. . .], 1963, S. 86 – 106; wieder abgedruckt in: H. d. B., Kleine Schriften, Bd. 2, 1966, S. 337 – 357.

Ders.: Die ›schweren Kadenzen‹ im Nibelungenlied, in: Beitr. 92 (Tüb.), 1970, S. 51 – 114.

Ders.: Über dreisilbige und zweisilbige Komposita und Derivata im Nibelungenlied, bei Gottfried und Hartmann. Ein Beitrag zur Frage des Verhältnisses von Sprachrhythmus und Versrhythmus, in: Festschr. f. Hans Eggers zum 65. Geburtstag (= Beitr. 94 [Tüb.], Sonderheft), 1972, S. 703 – 725.

Ursula *Hennig:* Zu den Anversen in der Strophe des Nibelungenliedes, in: Beitr. 85 (Tüb.), 1963, S. 352 – 382.

Jochen *Splett:* Der Stabreim im Nibelungenlied. Vorkommen und Stilistik, in: Beitr. 86 (Halle), 1964, S. 247 – 278.

Horst *Brunner:* Epenmelodien, in: Formen mittelalterlicher Literatur. Siegfried Beyschlag zu seinem 65. Geburtstag, 1970 (= GAG, Nr. 25), S. 149 – 178.

Ders.: Strukturprobleme der Epenmelodien, in: Deutsche Heldenepik in Tirol. [. . .] Beiträge der Neustifter Tagung 1977 des Südtiroler Kulturinstitutes. Hg. von E. Kühebacher, 1979, S. 300 – 328.

Elfriede *Stutz:* Die Nibelungenzeile. Dauer und Wandel, in: Philologische Studien. Gedenkschrift für Richard Kienast, 1978, S. 96 – 130.

Ray Milan *Wakefield:* The Prosody of the Nibelungenlied: A Formalist Approach, 1979 (= Diss. Indiana University 1972).

Werner *Hoffmann:* Altdeutsche Metrik, 2., überarbeitete und ergänzte Auflage, 1981 (= SM. 64), besonders S. 81 – 89.

Ulrich *Müller:* Überlegungen und Versuche zur Melodie des Nibelungenliedes, zur Kürenberger-Strophe und zur sogenannten Elegie Walthers von der Vogelweide, in: Zur gesellschaftlichen Funktionalität mittelalterlicher Literatur, 1984 (= Wissenschaftl. Beiträge der Ernst-Moritz-Arndt-Universität Greifswald), S. 27 – 42.

Christopher Michael *Sperberg-McQueen:* An Analysis of Recent Works on Nibelungenlied Poetics, 1985 (= Diss. Stanford University) [zur Metrik S. 24 ff.].

7. Kapitel

Die Nibelungenklage

Mit Ausnahme der späten Wiener Piaristenhandschrift überliefern alle vollständigen Handschriften des Nibelungenliedes zusammen mit diesem auch die ›Nibelungenklage‹. Die beiden Dichtungen wurden also gemeinsam tradiert und rezipiert. Aber nicht allein deshalb ist es gerechtfertigt, in einer zusammenfassenden Darstellung des Nibelungenliedes auch auf die ›Klage‹ einzugehen, vielmehr sind die Probleme der Literarisierung der mündlichen Nibelungenepik und die Entstehung der von Anfang an als Buchdichtung existierenden ›Klage‹, wie gerade in der jüngeren Forschung betont worden ist, vielfach miteinander verzahnt, ja mehr noch: die Frühgeschichte des Nibelungenliedes als eines Buchepos ist möglicherweise von der ›Klage‹ beeinflußt und mitbestimmt. Doch auch wenn dies nicht der Fall sein sollte: die beiden Werke gehören in der mittelalterlichen Rezeption so eng, ja offenbar notwendig zusammen, daß ein Referat über das Nibelungenlied ohne Einbeziehung der ›Klage‹, zumindest unter historischer Perspektive, nicht vertretbar wäre.

Der Titel ›Die Klage‹ entspricht dem Willen des Dichters: *ditze liet heizet diu klage*, bemerkt er am Ende seiner Dichtung ausdrücklich (v. 4322 nach der Hs. B = 4428 nach C). Die in B noch folgenden 38 Verse über das weitere Schicksal Etzels (v. 4323 – 4360) entsprechen nahezu wörtlich den Versen 4363 – 4400 in der Hs. C, die aber an anderer Stelle eingeordnet sind, nämlich vor den Mitteilungen über Bischof Pilgrim von Passau und die von ihm veranlaßte Niederschrift des schrecklichen Geschehens, die sinnvollerweise den Schluß der Dichtung bilden (v. 4401 – 4428), während in der Hs. B sich an sie noch der Bericht über Etzel anschließt. Er ist hier sicherlich falsch plaziert (vgl. Michael *Curschmann*, VL, Bd. 6, 1987, Sp. 941). Mit dem Titel ›diu klage‹ ist aber schwerlich eine Gattungsbezeichnung gemeint, sondern lediglich ein charakteristischer, wesentlicher Teil des Inhalts des Werkes zum Ausdruck gebracht.

Auch der spezifizierende moderne Gattungsbegriff der Totenklage, wie ihn Richard *Leicher* in seiner Untersuchung über die Totenklage in der deutschen Epik (1927) für die ›Nibelungenklage‹ verwendet (S. 158), vermag das Wesen dieser Dichtung nicht adäquat zu bezeichnen, weil er das ihr inhärente epische Moment unberücksichtigt läßt (vgl. dazu unten, S. 129). Überdies ist es nicht unproblematisch, die ›Klage‹ in die Tradition der germanisch-deutschen Totenklage einzuordnen, wobei Leicher allerdings nicht verkennt, daß der christliche Einschlag, ja der christliche Charakter der ›Klage‹ ungleich stärker ist als beim Nibelungenlied. Ähnlich meint Gustav *Ehrismann*: »Zu verstehen ist die ›Klage‹ aus der germanischen Totenfeier, bei welcher Kultus und Sitte geboten, dem Dahingeschiedenen Klageworte oder einen Klagegesang zu widmen« (Gesch. d. dt. Lit., Bd. II, 2, 2, 1935, S. 143 f.). Sofern für die ›Klage‹ eine im 12. Jh. lebendige Tradition wirksam geworden ist, dann in dem Sinne, wie Helmut *de Boor* ihn formuliert hat: »Die Totenklage und Totenfeier ist im Bewußtsein der Zeit der notwendige Abschluß des christlich-ritterlichen Lebens« (Gesch. d. dt. Lit., Bd. 2, [10]1979, S. 160).

Die ›Klage‹ ist in Reimpaaren verfaßt, der üblichen Form der höfischen Erzähldichtung, womit sie sich schon metrisch-formal von der zumeist – und zunächst ausschließlich – strophischen Heldendichtung, wie sie mit dem und seit dem Nibelungenlied literarisch geworden ist, unterscheidet. Nicht weniger groß ist der Abstand zum Nibelungenlied in der Einstellung zum heroischen Stoff und zum heroischen Ethos, aber auch in der dichterischen Qualität. Gerade die unverkennbaren künstlerisch-ästhetischen Mängel der ›Klage‹ haben dazu beigetragen, daß sie von der Forschung lange Zeit vernachlässigt und in ihrer Eigenart nur unzureichend gewürdigt worden ist. Doch ist sie ein Musterbeispiel für den von Max *Wehrli* so ausgedrückten Sachverhalt: »Der historische Stellenwert einer Dichtung kann wichtiger sein als ihr absoluter künstlerischer Rang« (Die ›Klage‹ und der Untergang der Nibelungen, S. 104).

Was im Epos von *der Nibelunge nôt* erzählt ist, setzt der Verfasser der ›Klage‹ bei seinem Publikum »mehr oder weniger als bekannt voraus und stellt es deshalb nur in der Form eines Überblicks [. . .] an den Anfang seines Werks (v. 25 – 586), um sich dann in aller Ausführlichkeit gerade solchen Vorgängen zuzuwenden, die im Epos nicht erzählt werden« (Hans *Szklenar*, Die literarische Gattung der ›Nibelungenklage‹ [. . .], S. 41). Das bedeutet freilich nicht, daß dort, wo im Prinzip die gleichen Ereignisse berichtet werden, es nicht Abweichungen der Erzählung der ›Klage‹ gegenüber der des Nibelungenliedes gäbe. Zu den auffälligen Diskrepanzen gehört es zum Beispiel, wenn in der ›Klage‹ entgegen dem Nibelungenlied rekapituliert wird, daß Dietrich zuerst Gunther und danach Hagen überwunden habe (v. 3900 – 3907 nach B; ebenso C, v. 3974 – 3981). In der dem Nibelungenlied entsprechenden Reihenfolge werden die beiden letzten, von Dietrich bezwungenen burgundischen Kämpfer aber bereits einige Verse später genannt (B, v. 3931 – 3933; fehlt in C). Eine bequem zugängliche Zusammenstellung von Abweichungen bietet Friedrich *Panzer*, Das Nibelungenlied, 1955, S. 79 ff. Im Anschluß an die Zusammenfassung der Ereignisse im zweiten Teil des Nibelungenliedes, in die wiederholt Erörterungen über die Schuldproblematik eingeflochten sind, berichtet die ›Klage‹ in einem zweiten Teil von der Auffindung der Toten am Hofe Etzels (Kriemhilts, Ortliebs, der Helden, die auf seiten der Burgunden und der Hunnen gekämpft haben, sowie der Amelungen), die jeweils maßlose Klagen auslöst, von ihrer Aufbahrung und Bestattung; es folgt, im dritten Teil, die Erzählung, wie die Nachricht von den furchtbaren Geschehnissen durch den Spielmann Swemmelin nach Wien, Bechelaren, Passau und Worms gebracht wird, wo sie ebenfalls unmäßige Klagen hervorruft. Ute, die Mutter Kriemhilts und der Könige, stirbt vor Leid, und Prünhilt kann nur mit Mühe vor dem Tode bewahrt werden. Aber die Burgunden wollen (und können!) nicht ohne Herrscher bleiben, und die Krönung von Gunthers Sohn wird zum Anlaß eines Festes, das wieder, wie im Nibelungenlied, viele Gäste nach Worms strömen läßt. Schließlich berichtet ein kürzerer Abschnitt noch davon, daß Dietrich, zusammen mit seiner Gemahlin Herrat und Hildebrant, vom Hunnenhof in sein eigenes Land aufbricht.

Jedoch nicht das Stoffliche als solches ist aufschlußreich und das Wesentliche, sondern die Sicht und Deutung der Ereignisse, wie sie im Nibelungenlied erzählt worden sind. Im Nibelungenlied wird das Geschehen oft bloß in seiner Faktizität berichtet. Gewiß fehlt es nicht an wertenden Kommentaren des Erzählers; aber sie finden sich immer nur punktuell: eine durchgehende moralische Perspektive gibt es im Nibelungenlied nicht und auch keine einseitige Verteilung der Schuld, darum auch keine Schwarzweißzeichnung der Gestalten, wenigstens nicht in der Fassung *AB. Die Intention des ›Klage‹-Dichters ist es gerade, eindeutig zu urteilen und zu werten, die schrecklichen Ereignisse, von denen das Epos namentlich in seinem zweiten Teil erzählt, als Folge menschlichen Fehlverhaltens, menschlicher Schuld zu erklären, erwachsen aus *übermuot* – ein Begriff, der schon im Nibelungenlied erscheint, der dort aber mehrschichtig-komplex und keineswegs eindeutig ist, während er in der ›Klage‹ ganz im kirchlichen Sinne der *superbia* als der menschlichen Ursünde verstanden wird. Namentlich Hagen ist Träger der *superbia* und damit derjenige, der schuldhaft oder gar boshaft alles verursacht hat, was an Leid über Kriemhilt, die Burgunden und die Hunnen gekommen ist, während Kriemhilt umgekehrt entschuldigt und entlastet wird, wo immer dies möglich ist – ganz in Übereinstimmung mit der Tendenz der Fassung *C des Epos (vgl. oben, S. **86**). Und steht der Dichter des Nibelungenliedes den aus einem archaisch-heroischen Ethos folgenden Taten teils hingerissen und bewundernd, teils auch erschrocken gegenüber und berichtet er von ihnen oft genug ohne explizite Wertung, so ist das heroische Ethos in der ›Klage‹ so sehr aufgegeben, daß aus einer Heldendichtung eine Art religiös-moralische Lehrdichtung geworden ist. Will man die Intention des Dichters der ›Klage‹ und die Funktion seines Werkes im Hinblick auf das Nibelungenlied in aller Kürze kennzeichnen, dann bieten sich Begriffe wie der der Interpretation (Werner *Schröder*) oder des Kommentars (G. T. *Gillespie*) an; beide Begriffe verwendet auch Max *Wehrli*. Gegen diese und andere in der Forschung übliche Charakterisierungen der ›Klage‹ hat Hans *Szklenar* im einzelnen Einwände erhoben. Man darf dennoch an ihnen festhalten, weil sie das zum Ausdruck bringen, worum es dem Dichter zutiefst zu tun gewesen sein dürfte. Nur darf man sie nicht im Sinne eines eigentlichen Gattungsbegriffs verstehen – selbstverständlich ist etwa ›Interpretation‹ keine literarische Gattung. Szklenar seinerseits versucht, »die ›Klage‹ als eine einmalige Konfiguration von Gattungselementen zu begreifen« (S. 50; vgl. auch S. 54), innerhalb deren er es als das wesentliche Bemühen des Dichters betrachtet, »germanisch-deutsche Heldensage in das Gewand christlicher Geschichtsdichtung zu kleiden« (S. 61). Dieses Bemühen wird vorhanden gewesen sein; ob es aber den Kern von Anliegen und Aussage der Dichtung ausmacht, erscheint doch fraglich (vgl. das entschieden ablehnende Urteil von Michael *Curschmann*, Nibelungenlied und Nibelungenklage. [. . .], S. 102, Anm. 16).

In gewisser Weise läßt sich die ›Klage‹ auch durchaus als Fortsetzung des Nibelungeliedes verstehen (kritisch dazu Hans Szklenar, S. 45f.; s. jedoch auch S. 48 oben) – freilich nicht so, als ob eine Fragment gebliebene Dichtung zu Ende geführt werden sollte. Für den Dichter des Nibelungenliedes sind die Ereignisse, von denen er erzählt hat, ganz und gar zu Ende: es gibt nichts mehr, was des Berichtens wert wäre, weil das, was an äußeren Vorgängen noch folgte, in seiner Sicht belanglos ist, überdies die Wirkung des Erzählten nur abschwächen könnte, und er hat es mit sicherem dichterischem Instinkt (oder Kalkül?) vermieden, das zu tun. Für den ›Klage‹-Dichter war es sehr wohl möglich, ja sogar notwendig, das Erzählen äußerer Handlung noch weiterzuführen. Und dazu gehört bezeichnenderweise auch, daß er von der Krönung von Gunthers und Prünhilts Sohn in Worms berichtet (der Name Siegfried, den er im Nibelungenlied trägt, wird in der ›Klage‹ nicht genannt). Auch nach der Katastrophe der Burgunden / Nibelungen im Hunnenland geht das Leben und geht die Geschichte des Volkes und des burgundischen Reiches weiter – eine »Zukunftsperspektive« (Angelika *Günzburger*, S. 228, 230), die über den völligen Pessimismus des Epos von *der Nibelunge nôt* hinausweist. Indem der Dichter berichtet, *waz si-*

der dā geschach (Nibelungenlied B, Str. 2379,1), ist die ›Klage‹ eine erzählende Dichtung, wenigstens von Vers 587 (C: 603) an, wo der Bericht neuer, im Nibelungenlied nicht erzählter Vorgänge einsetzt. Das Epische ist eines der der ›Klage‹ inhärenten Gattungselemente. Ihr liegt eine Fabel zugrunde, sie kennt den epischen Bericht. Aber nicht allein, daß dieser über weite Strecken hin bloße Rekapitulation des im Nibelungenlied Erzählten ist und daß dort, wo neues Geschehen berichtet wird, es nicht die Erzählung von Taten ist, wie sie stofflich für die Heldendichtung geradezu gattungskennzeichnend sind: einen erheblichen Anteil am Inhalt haben die vielen und breiten Totenklagen, haben Schilderungen und Betrachtungen. Mithin ist die Fabel der ›Klage‹ wenig handlungsträchtig und auf jeden Fall ganz unheldisch, und dem entspricht es, daß der Dichter nicht die nibelungische Langzeilenstrophe oder eine Abwandlung von dieser gewählt hat, sondern die metrische Form der von Anfang an unter christlichem Vorzeichen stehenden höfischen Erzähldichtung. So »ist die neue Form jedenfalls zum vornherein die Demonstration einer nicht-heroischen Welt christlich-höfischen Geistes« (Max *Wehrli*, S. 104 f.).

Mehr als die Frage nach der Gattungsstruktur der ›Nibelungenklage‹ hat die Forschung das Problem beschäftigt, wann sie gedichtet wurde, wobei das zeitliche Verhältnis zur Fassung *C des Nibelungenliedes einen wichtigen Teilaspekt darstellt. Überwiegend nimmt man an, daß die ›Klage‹ in enger zeitlicher und geographischer Nachbarschaft mit dem Nibelungenlied selbst entstanden sei, wobei es sich beim Nibelungenlied um die (oder eine) den Fassungen *AB einerseits, *C andererseits vorausgehende Version handeln muß. Man hat sogar von einer Werkstattgemeinschaft gesprochen, die man sich wohl nur am Hofe des Passauer Bischofs denken kann. Indes ist der Begriff der Werkstattgemeinschaft insofern mißverständlich, als er nicht die völlig verschiedene Tendenz des Nibelungenliedes und der ›Klage‹, die gegensätzliche und gewissermaßen konkurrierende Deutung der Ereignisse in den beiden Dichtungen zum Ausdruck zu bringen vermag; bei dem ebenfalls gebrauchten Begriff der Werkstattsituation ist die Gefahr einer solchen Fehleinschätzung dagegen weniger vorhanden. Heinrich *Hempel* hat in einem älteren Aufsatz (ZfdA 69, 1932) mit Einwirkungen der ›Klage‹ bereits auf den Archetypus des Nibelungenliedes gerechnet (was jüngst mit aller Vorsicht Michael Curschmann wieder aufgegriffen hat, S. 118), und Hempel hat darüber hinaus erwogen, ob dieser und die ›Klage‹ nicht vom selben Verfasser stammen (S. 15 = Wiederabdruck, S. 207) – ein, wie sich mit Gewißheit sagen läßt, nun schlechterdings verfehlter Gedanke. Eher diskutabel ist die Identität des

Autors der ›Klage‹ mit dem *Schreiber* der mit ihr verbunden zu denkenden Fassung des Nibelungenepos. Fritz Peter *Knapp* hat diese Vermutung beiläufig geäußert (Literatur und Publikum im österreichischen Hochmittelalter, in: Jb. f. Landeskunde von Niederösterreich. N. F. 42 [= Babenberger-Forschungen], 1976, S. 160 – 192 [hier S. 164]); verifiziert werden kann sie freilich nicht.

Unabhängig von diesen Fragen wird vielfach die Ansicht vertreten, daß die ›Klage‹ jedenfalls früher entstanden sei als die Fassung *C des Nibelungenliedes, die bereits unter ihrem Einfluß stehe (z. B. von Friedrich *Vogt*, Josef *Körner*, früher auch Werner *Schröder*, der jetzt [1989] für die umgekehrte Reihenfolge plädiert). Berührungen und Übereinstimmungen zwischen der ›Klage‹ und der *Liet*-Fassung des Epos sind unbestreitbar, nicht allein in der Bewertung der Hauptgestalten, Kriemhilts und Hagens, sondern auch in sachlichen Angaben. So beziehen beide Lorsch als Uotes Witwensitz und Begräbnisstätte ein (›Klage‹ B, v. 3682 ff., 3986 f. [in der ›Klage‹ C ist die erste Passage kürzer gehalten, die zweite hingegen erweitert]; Nibelungenlied C, Str. 1158 – 1165). Im Nibelungenlied C wird darüber hinaus berichtet, daß Kriemhilt, die zu ihrer Mutter nach Lorsch ziehen soll, Siegfrieds Leichnam in Worms habe ausgraben und ein zweites Mal habe bestatten lassen *ze Lôrse bī dem münster vil werdeclīchen sīt, / dā der helt vil küene in eime langen sarke līt* (1164,3/4). Die zwei Dichtungen haben auch die Vorstellung gemeinsam, daß Etzel einmal Christ gewesen, aber wieder vom Christentum abgefallen sei, *sich vernogieret* habe (›Klage‹ B, v. 980 ff. [nicht in der ›Klage‹ C]; Nibelungenlied C, Str. 1284), womit er sein Geschick selbst verschuldet hat. Von den weniger bedeutsamen Übereinstimmungen sei noch erwähnt, daß nach der ›Klage‹ Volker aus Alzey stammt (B, v. 1361, 3827 = C, v. 1431, 3895; Nibelungenlied C, Str. 8,4; von dort dann sekundär auch in die *Nôt*-Fassung übernommen).

Gegenüber dem frühen zeitlichen Ansatz der ›Klage‹ ist ihre späte Datierung, im zweiten Jahrzehnt des 13. Jh.s (gegen oder um 1220), nach wie vor nicht nur nicht ausgeschlossen, sondern neuerdings sogar wieder wahrscheinlicher gemacht worden. Im Jahre 1924 hatte Albert *Leitzmann* schon früher beobachtete stilistische Einflüsse Wolframs von Eschenbach, auch von dessen Spätwerk, dem ›Willehalm‹, auf die ›Klage‹ zusammengetragen (ZfdA 61), hatte jedoch mit seinen zur Spätdatierung der ›Klage‹ führenden Thesen wenig Zustimmung gefunden. Werner *Schröder* hat 1989 diesen Ansatz zur Klärung der chronologischen Verhältnisse konsequent wieder aufgegriffen und Übereinstimmungen in Worten und Wendungen zwischen Wolframs Romanen, besonders dem ›Willehalm‹, und der

›Klage‹ als beweiskräftige Kriterien für die Datierung der ›Klage‹ nicht vor dem Ende des zweiten, vermutlich erst zu Anfang des dritten Jahrzehnts des 13. Jh.s gedeutet. Dabei ist es ein methodisches Erfordernis, nur solche Formulierungen heranzuziehen, die eine unverkennbare individuelle Prägung erkennen lassen, was bei dem von Schröder vorgestellten Material zwar in unterschiedlichem Maße, aber manchmal doch unbestreitbar der Fall ist, so, um nur ein Beispiel anzuführen, wenn es im ›Willehalm‹ heißt:

dō der tōt sīnen sāmen
under si gesaete (v. 361,16/17)

und in der ›Klage‹:

der tōt het sīnen sāmen
gesaet vil wīten in diu lant (B, v. 2258/59 = C, v. 2372/73).

Schröder hält die Richtung der Entlehnung und das daraus gewonnene Ergebnis für unbedingt sicher. Hier wird man zurückhaltender formulieren. Doch kommt Schröder das Verdienst zu, in einer seit langem stagnierenden Frage wieder »etwas bewegt« zu haben, und er konnte überdies jene Forschungsposition verstärken, die der ›Klage‹ eine viel wahrscheinlichere literarhistorische Stellung zuweist, als es die Verfechter einer sehr frühen Datierung vermögen. Nur bei ihrer Spätdatierung ist die »elegisch-sentimentale Tendenz« der ›Klage‹ (Max *Wehrli*) aus einem anscheinend für die Zeit um 1220 charakteristischen literarischen Klima und das heißt: als etwas Zeittypisches verständlich. Freilich ist dies, was nachdrücklich betont werden muß, kein wirkliches Datierungskriterium.

Unabhängig von der nicht entschiedenen, wohl auch gar nicht endgültig entscheidbaren, Frage nach der Priorität der Fassung *C des Nibelungenliedes oder der ›Klage‹ *B ist deutlich, daß in den Handschriften der *C-Gruppe die ›Klage‹ dann weiter im Sinne der *C-Version des Epos bearbeitet worden ist. So ist die Abwertung der Gestalt Hagens noch verstärkt (vgl. C, v. 1278 – 1329 gegenüber B, v. 1250 – 1253; C, v. 1378 – 1381 [ohne Entsprechung in B]), und unklare bzw. der Erzählung des Nibelungenliedes widersprechende Aussagen werden zum Teil korrigiert. In der ›Klage‹ B berichtet Swämmel in Worms (im Gegensatz zum Nibelungenlied und auch zum Erzählerbericht an früherer Stelle der ›Klage‹, v. 734 – 749):

den recken lobelīchen
hiez si beiden nemen den līp (3938/39; *si*: Kriemhilt; die *recken* sind Gunther und Hagen),

dagegen in der ›Klage‹ C:

Gunthere dem rīchen
hiez si daz hovbet ab slān.
Hagenen den chvnen man
si slv̊c mit ir selber hant (3990 – 3993).

Eine Identität des Bearbeiters der Fassung *C des Nibelungenliedes und der ›Klage‹, die man wiederholt angenommen hat, ist zwar möglich, jedoch nicht beweisbar. Nüchternes Abwägen aller Aspekte kann kaum zu einem anderen Ergebnis führen, als daß wir hinsichtlich des absoluten Zeitansatzes der ›Klage‹ wie der relativen Chronologie der verschiedenen Versionen und Redaktionen des Epos von *der Nibelunge nōt* und der ›Klage‹ nicht über Möglichkeiten, allenfalls Wahrscheinlichkeiten hinausgelangen können. Einhellig akzeptierte Resultate sind kaum zu erwarten, und mancher wird nach wie vor Max *Wehrlis* Einsicht als ›der Weisheit letzten Schluß‹ betrachten: »Trotz des entstehenden chronologischen Gedränges nimmt man wohl am besten eine enge Zeitgenossenschaft von *B, *C, den entsprechenden ›Klage‹-Redaktionen und Wolfram an: eine eigentliche Diskussion um den Untergang der Nibelungen, am Beginn des Jahrhunderts« (Max *Wehrli*, Gesch. d. dt. Lit., 1980, S. 404f.). Sollte sich freilich die Datierung der ›Klage‹ um das Jahr 1220 weiter erhärten lassen, würde dies zugleich eine willkommene Entzerrung des »chronologischen Gedränges« implizieren.

Schwerlich auch nur als wahrscheinlich (indes andererseits nicht als schlechthin unmöglich) wird man die neuerdings mehrfach geäußerte Ansicht bezeichnen können, daß der ›Nibelungenklage‹ die Priorität gegenüber der ersten schriftlichen Fixierung des Nibelungenliedes zukomme, eine zuerst von Karl *Lachmann* 1827 nicht geradezu verfochtene These, aber doch von ihm bevorzugte Möglichkeit. In neuerer Zeit war es zunächst Karl *Bertau*, der sich in seiner Literaturgeschichte wieder für den zeitlichen Vorrang der ›Klage‹ ausgesprochen hat. Bertau sieht in der ›Klage‹ gewissermaßen die Initialzündung für die Niederschrift der bis dahin mündlichen Nibelungenüberlieferung: »Anregung und Beginn all dieser Aufzeichnungen aber war die ›Klage‹, die vielleicht unmittelbar nach dem mündlichen Vortrag durch einen Passauer Kleriker entstand« (Bd. I, 1972, S. 745). Mehr beiläufig hat dann Michael *Curschmann* (1979, S. 86; s. auch S. 105), sehr entschieden hingegen Norbert *Voorwinden* (Nibelungenklage und Nibelungenlied, 1981) dafür plädiert, daß die ›Klage‹ der schriftlichen Aufzeichnung des Nibelungenliedes vorausgegangen sei. Voorwinden hat im einzelnen zu zeigen versucht, »daß der ›Klage‹-Text ein in sich geschlossenes Ganzes bildet, für dessen Verständnis man das Nibelungenlied nicht braucht« (S. 278 [b]), und er konstatiert: »Die ›Klage‹ ist eine selbständige epische Dichtung, die nur durch die Behandlung des gleichen Sagenstoffes mit dem Nibelungenlied verbunden ist und die keineswegs zu der Annahme zwingt, der Dichter habe das Nibelungenlied in der Form, wie wir es kennen, benutzt; im Gegenteil, sowohl die Erzählerbemerkungen wie die vielen Abweichungen vom bzw. Ergänzungen zum Nibelungenlied machen eine solche Annahme höchst unwahrscheinlich« (S. 283 [b]). Die auch von ihm nicht bestrittenen »Übereinstimmungen bis ins Detail« versteht Voorwinden als »Entlehnung« aus der ›Klage‹ (S. 286 [b], Anm. 56). Diese Position halten wir – wie Burghart Wachinger – für nicht akzeptabel. Die ältere und nach wie vor dominierende Auffassung ist besser begründet: daß die ›Klage‹ eine Reaktion auf das einige Jahre – oder Jahrzehnte – früher entstandene, voll literarisierte, schriftlich vorliegende Nibelungenepos ist, das dem uns in den Handschriften der Gruppe *AB überlieferten nahestand, und daß der Verfasser der ›Klage‹ in seiner eigenen Dichtung das Geschehen des Epos und dessen mehr immanente als explizite Sinndeutung kommentierte und zu korrigieren suchte. Übrigens hat Voorwinden seinerseits hervorgehoben, daß die ›Klage‹ alsbald den von ihm postulierten Charakter als selbständige Dichtung verloren habe »und zu einer Art Kommentar zum Nibelungenlied geworden [sei]. So hat sie wohl schon das 13. Jh. verstanden« (S. 285 [a]).

Zu den viel erörterten Problemen, die mit der ›Nibelungenklage‹ verbunden sind, gehört auch die Angabe des Epilogs, daß Bischof Pilgrim von Passau das Schicksal der Nibelungen habe aufschreiben lassen:

Von Pazowe der biscof Pilgerīn
durh liebe der neven sīn
hiez scrīben ditze maere,
wie ez ergangen waere,
in latīnischen buochstaben,
daz manz für wār solde haben,
. . . .
daz hiez er allez schrīben.
ern liez es niht belīben,
wand im seit der videlaere
diu kuntlīchen maere,

wie ez ergie und gescach;
wand erz hôrte unde sach,
er unde manec ander man.
daz maere prieven dô began
sîn schrîber, meister Kuonrât.
getihtet man ez sît hât
dicke in tiuscher zungen.
die alten mit den jungen
erkennent wol daz maere.

(v. 4295 – 4300, 4307 – 4319 nach B)

Die erste Kontroverse betrifft den Wahrheitsgehalt dieser Mitteilung: Beruht sie auf einer Tatsache oder ist sie, mit Karl *Lachmann*, als fingiert zu betrachten, zählt sie zu den im Mittelalter weitverbreiteten ›fabulistischen Quellenangaben‹? (Vgl. das reiche Belegmaterial, das Friedrich *Wilhelm* zusammengetragen hat: Über fabulistische Quellenangaben, in: Beitr. 33, 1908, S. 286 – 339; Wilhelms Urteil über die Aussagen im Epilog der ›Klage‹ lautet: »Auch gar nichts ist an dieser quellenangabe glaubwürdig« [S. 331].) Zu den *auctoritas* vortäuschenden Beglaubigungen gehört es selbstverständlich, wenn nach der Erzählung der ›Klage‹ der Passauer Bischof die Kenntnis der Ereignisse, die er dann schriftlich festhalten läßt, dem hunnischen *videlaere* Swämmel als Augenzeugen des Geschehens verdankt. Rechnet man mit einer Nibelungendichtung, deren Niederschrift der berühmte und bedeutende Bischof Pilgrim von Passau (971 – 991) veranlaßt habe, dann kann es sich nur um ein lateinisches Werk handeln, wie es auch ausdrücklich im Text der ›Klage‹ steht (*in latînischen buochstaben*, v. 4299 nach B, was nichts anderes heißt als ›in lateinischer Sprache‹; s. auch ›Klage‹ C, v. 20, wo in Übereinstimmung mit der Angabe im Epilog die Verse der ›Klage‹ B: *Ditze alte maere / hat ein tihtaere / an ein buoch schrîben* [v. 17 – 19] durch die adverbiale Bestimmung *latîne* ergänzt worden ist); vgl. dazu Carl von *Kraus*, Die ›latînischen buochstabe‹ der Klage v. 2145 ff., in: Beitr. 56, 1932, S. 60 – 74. Eine solche lateinische Dichtung muß im Zeitalter der Ottonen auch aus literarhistorischen Gründen von vornherein sehr viel eher erwartet werden als eine deutschsprachige. Schon Forscher des 19. Jh.s, z. B. Friedrich *Zarncke*, haben die Existenz einer lateinischen Nibelungendichtung des 10. Jh.s angenommen. Gustav *Roethe* hat sodann im Jahre 1909 diese These ausgebaut und zu grundsätzlichen Überlegungen ausgeweitet (Nibelungias und Waltharius, BSB, 1909, S. 649 – 691). Roethe führt die Entstehung des deutschen Heldenepos auf »die Anwendung des Hexameters und des Lateins auf ein Thema der Heldensage« zurück (S. 656/657) – nämlich im ›Waltharius‹ –, und er stellt die »historische Reihe« ›Waltharius‹ – ›Nibelungias‹ – ihre deutsche Übertragung – Nibelungenlied auf (vgl. S. 665). Als Vorbild für sein Werk habe der Dichter der ›Nibelungias‹, Meister Konrad, Eckeharts ›Waltharius‹ genommen. Friedrich *Vogt* hat zwei Jahre später Roethe entschieden widersprochen und seine Argumente zu entkräften gesucht (Volksepos und Nibelungias, in: Festschrift zur Jahrhundertfeier der Universität zu Breslau, 1911, S. 484–516), ohne daß darum die Vorstellung von einer lateinischen Nibelungendichtung des späten 10. Jh.s von allen aufgegeben worden wäre.

Ganz und gar unhaltbar sind dagegen die Spekulationen, die im Jahre 1927 Aloys *Schröfl* aus den Aussagen im Epilog der ›Klage‹ heraus- oder vielmehr: in sie hineingelesen hat (Der Urdichter des Liedes von der Nibelunge Nôt und die Lösung der Nibelungenfrage): daß Bischof Pilgrim im letzten Viertel des 10. Jh.s die älteste Fassung der ›Nibelunge Not‹ und die älteste Fassung der ›Klage‹ in deutschen (!) Reimpaaren gedichtet habe, und zwar für den noch heidnischen, aber zur Bekehrung seines Volkes entschlossenen deutsch- und christenfreundlichen ungarischen Fürsten Géza in Gran, den Vater Stephans I., des ersten (und jetzt christlichen) ungarischen Königs. Trotz der so gut wie einhelligen Ablehnung dieser und anderer Behauptungen durch die germanistische Mediävistik (Andreas Heusler, Dietrich Kralik, Karl Droege, Heinrich Hempel, Wolfgang Golther) hat der Außenseiter Schröfl an seiner These festgehalten (Und dennoch – die Nibelungenfrage gelöst!, 1931), ohne daß seine zweite Darstellung mehr zu überzeugen vermochte als die erste.

Weniger sicher kann das Urteil über eine mögliche *lateinische* Nibelungendichtung aus dem späten 10. Jh. sein. Daß die Aussagen des Epilogs der ›Klage‹ nicht einfach als Quellenfiktion abgetan werden dürfen, sondern im Kern richtig sind, wird in jüngerer Zeit mit gutem Grund wieder häufiger angenommen, auch von seiten der Historiker (Wilhelm *Störmer*; vgl. dessen dezidierte Äußerung: »Die Unauffindbarkeit eines lateinischen Textes ist noch längst kein Beweis dafür, daß er nicht existiert habe«, in: Ostbair. Grenzmarken 16, 1974, S. 65 [a]). Über Umfang und Form dieses Textes wissen wir allerdings nichts. Feststehen dürfte immerhin, daß er, wenn es ihn gegeben hat, keine großepische Dichtung gewesen ist, wie der von Gustav Roethe eingeführte Titel ›Nibelungias‹ (offensichtlich eine Analogie zu Homers ›Ilias‹) suggeriert. Denkbar ist am ehesten, daß die unter Bischof Pilgrim und auf seine Veranlassung zum ersten Mal zu Pergament gebrachte Nibelungenüberlieferung nicht eine Dichtung war, sondern chronikalische Prosa (so bereits Josef *Kör-*

ner, Die Klage und das Nibelungenlied, 1920, S. 37, und neuerdings Helmut *Birkhan*, Zur Entstehung und Absicht des Nibelungenliedes, 1977, S. 4 [unter Berufung auf die ungedruckte Habilitationsschrift von Otto *Gschwantler*, Heldensage in der Historiographie des Mittelalters, Wien 1971]). Mehr, als daß eine (im weitesten Sinne des Begriffs) ›Vorstufe‹ des Nibelungenliedes im 10. Jh. in Passau in lateinischer Sprache niedergeschrieben worden sein wird, läßt sich kaum sagen. Wohl aber hat man das Motiv aufgezeigt, das Pilgrim für die von ihm veranlaßte Verschriftlichung der Nibelungenüberlieferung gehabt haben könnte, und damit die Funktion eines nibelungischen Textes für ihn: Er steht in einer Familientradition, die, wie die Namengebung erweist, durch ein »Nibelungenbewußtsein« bestimmt ist (Wilhelm *Störmer*). Nach Störmer leitete Bischof Pilgrim seine Herkunft von den Nibelungen, über seinen Vorfahren Piligrim von Allershausen, her, und er kennzeichnet, im Anschluß an Karl *Hauck*, die Funktion der von Pilgrim veranlaßten Aufzeichnung eines lateinischen Nibelungentextes als haus- und sippengebundene Adelsliteratur.

Die zweite, weniger stark kontrovers diskutierte Ebene des Verständnisses der Äußerungen des ›Klage‹-Dichters im Epilog seines Werkes ist die als verschlüsselter Hinweis auf die Aufzeichnung des Nibelungenliedes – eines Nibelungenliedes, das dem uns bekannten bereits sehr nahesteht – unter Bischof Wolfger. Offenkundig weiß der Dichter der ›Klage‹, daß Wolfger eine Nibelungendichtung (die ›Passauer Rezension‹) hat aufschreiben lassen. Des öfteren wird die Ansicht vertreten, daß die Pilgrimstrophen des Nibelungenliedes erst durch die ›Klage‹ angeregt seien, die Gestalt des Passauer Bischofs als Oheim der burgundischen Könige und Kriemhilts also aus der ›Klage‹ in das Nibelungenlied übernommen worden sei (so von Heinrich *Hempel*, A. T. *Hatto* und Norbert *Voorwinden*). Hattos Begründung lautet: »In its allusions to Passau and its Bishop, the ›Klage‹ presents an organic whole, whereas the allusions to Passau and its Bishop in the Nibelungenlied are sketchy and fitful« (An Introduction to a Second Reading, in: The Nibelungenlied. A New Translation by A. T. H., 1965 u. ö., S. 360). Widersprochen hat z. B. Friedrich *Panzer* (Das Nibelungenlied, 1955, S. 371, dazu die Anm. 34 auf S. 494). Auch in dieser Frage ist eine definitive Entscheidung nicht möglich, was auch Hatto hervorhebt (S. 359). Doch wäre die Einführung Pilgrims in das Nibelungenlied unter dem Eindruck der ›Klage‹ bei deren wieder wahrscheinlicher gewordenen Spätdatierung wohl noch schwerer vorstellbar, als dies ohnehin der Fall ist. Über den im Epilog der ›Klage‹ genannten *schrîber* des Bischofs, *meister Kuonrât*, der *daz maere prieven dō began* (v. 4314f.

nach B), haben wir schon in früherem Zusammenhang (oben, S. 95) gesprochen. *prieven* bedeutet an sich: aufschreiben; doch ist wohl mehr gemeint, nämlich eine Tätigkeit, die wir etwa mit dem Begriff ›redigieren‹ bezeichnen können. Erwähnt sei, daß in jüngerer Zeit Uwe *Meves* wieder den bis dahin nur ganz sporadisch vertretenen Gedanken erwogen hat, daß bei dem *meister Kuonrât* nicht an den Schreiber bzw. Dichter des Nibelungenliedes zu denken sei, sondern an den der ›Klage‹ (Bischof Wolfger von Passau [. . .], 1981, S. 251 [a]). Diese Ausdeutung ist nicht eben wahrscheinlich. Wie immer das sein mag: Zu dem wenigen, was wir mit Sicherheit wissen, gehört, daß der Dichter der ›Nibelungenklage‹ ein Geistlicher war. Daß gerade ein Geistlicher sich gedrängt fühlte, eine religiös-moralische Umdeutung der heroischen und im Kern, trotz christlicher Hinzugestaltungen, »grundheidnischen« Fabel des Nibelungenliedes zu leisten, ist verständlich. Daß seine Urteile für die zeitgenössischen und die späteren Rezipienten des Nibelungenliedes zumindest von Interesse waren, zeigt allein schon die durchgängige Verbindung beider Werke in der Überlieferung. Das besagt indes keinesfalls, daß man die Perspektive des ›Klage‹-Dichters zum Maßstab für die Wertung des Geschehens im Nibelungenlied und seiner Träger machen dürfe. Aber in historischer Sicht ist die ›Klage‹ eine offenbar als sinnvoll und notwendig empfundene Ergänzung des Epos von *der Nibelunge nôt*, auch wenn, wie Rolf *Bräuer* es unlängst formuliert hat (zunächst auf die Gestalt Hagens bezogen, jedoch durchaus auf das Ganze übertragbar), der geistlich-gelehrte ›Klage‹-Dichter »die wundervoll verrätselte und nachdenklich stimmende Polysemie der Poesie einer platten Monosemierung der Ethik opfert« (Gesch. d. dt. Lit., Bd. 2, hg. von R. B., 1990, S. 417).

Literatur:

a) Ausgaben (in knapper Auswahl):

Der Nibelunge Not mit der Klage. [. . .], hg. von Karl *Lachmann*, [zuerst] 1826 (vgl. oben, S. 9 und 73). – Nach A.

Diu Klage. Mit den Lesarten sämtlicher Handschriften, hg. von Karl *Bartsch*, 1875, unveränderter reprografischer Nachdruck 1964. – Nach B.

Die Klage. Mit vollständigem kritischen Apparat und ausführlicher Einleitung [. . .], hg. von Anton *Edzardi*, 1875. – Nach B.

Div Klage. Kritische Ausgabe der Bearbeitung *C, hg. von Brigitte *Ranft*, Diss. Marburg/Lahn, 1971.

b) Sekundärliteratur:

Anton E. *Schönbach:* Das Christentum in der altdeutschen Heldendichtung. Vier Abhandlungen, 1897 (über die ›Klage‹ S. 57 – 107).

Alfred *Ursinus:* Die Handschriftenverhältnisse der Klage, Diss. Halle, 1908.

Friedrich *Vogt:* Zur Geschichte der Nibelungenklage, in: Rektoratsprogramm der Universität Marburg. [. . .], 1913, S. 137 – 167.

Kurt *Getzuhn:* Untersuchungen zum Sprachgebrauch und Wortschatz der Klage, 1914.

Friedrich *Wilhelm:* Nibelungenstudien I. Über die Fassungen B und C des Nibelungenliedes und der Klage, ihre Verfasser und Abfassungszeit, 1916 (= Münchener Archiv für Philologie des Mittelalters und der Renaissance, H. 7).

Josef *Körner:* Die Klage und das Nibelungenlied, 1920.

Albert *Leitzmann:* Nibelungenklage und höfische Dichtung, in: ZfdA 61, 1924, S. 49 – 56.

Richard *Leicher:* Die Totenklage in der deutschen Epik von der ältesten Zeit bis zur Nibelungen-Klage, 1927 (= Germanist. Abhandlungen, H. 58).

Heinrich *Hempel:* Pilgerin und die Altersschichten des Nibelungenliedes, in: ZfdA 69, 1932, S. 1 – 16; wieder abgedruckt in: H. H., Kleine Schriften, 1966, S. 195 – 208.

Wilhelm *Frenzen:* Klagebilder und Klagegebärden in der deutschen Dichtung des höfischen Mittelalters, 1936 (= Bonner Beiträge zur Deutschen Philologie, H. 1).

Werner *Schröder:* Das Leid in der ›Klage‹, in: ZfdA 88, 1957/58, S. 54 – 80; wieder abgedruckt in: W. Sch., Nibelungenlied-Studien, 1968, S. 185–225.

Harald *Scholler:* A Word-Index to the Nibelungenklage, 1966.

Werner *Hoffmann:* Die Fassung *C des Nibelungenliedes und die ›Klage‹, in: Frankfurter Beiträge zur Germanistik, Bd. 1 (= Festschr. Gottfried Weber), 1967, S. 109 – 143.

G. T. *Gillespie:* ›Die Klage‹ as a Commentary on ›Das Nibelungenlied‹, in: Probleme mittelhochdeutscher Erzählformen. Marburger Colloquium 1969, 1972, S. 153 – 177.

Max *Wehrli:* Die ›Klage‹ und der Untergang der Nibelungen, in: Zeiten und Formen in Sprache und Dichtung. Festschr. f. Fritz Tschirch zum 70. Geburtstag, 1972, S. 96 – 112.

Wilhelm *Störmer:* Die Herkunft Bischof Pilgrims von Passau (971 – 991) und die Nibelungen-Überlieferung, in: Ostbairische Grenzmarken 16, 1974, S. 62 – 67.

Ders.: Adel und Ministerialität im Spiegel der bayerischen Namengebung (bis zum 13. Jahrhundert). Ein Beitrag zum Selbstverständnis der Führungsschichten, in: DA 33, 1977, S. 84 – 152.

Hans *Szklenar:* Die literarische Gattung der Nibelungenklage und das Ende »alter maere«, in: Poetica 9, 1977, S. 41 – 61.

Michael *Curschmann:* Nibelungenlied und Nibelungenklage. Über Mündlichkeit und Schriftlichkeit im Prozeß der Episierung, in: Deutsche Literatur im Mittelalter. Kontakte und Perspektiven. Hugo Kuhn zum Gedenken, 1979, S. 85 – 119.

Burghart *Wachinger:* Die ›Klage‹ und das Nibelungenlied, in: Hohenemser Studien zum Nibelungenlied, 1981, S. 264 – 275.

Norbert *Voorwinden:* Nibelungenklage und Nibelungenlied, in: Hohenemser Studien zum Nibelungenlied, 1981, S. 276 – 287.

Angelika *Günzburger:* Studien zur Nibelungenklage, Forschungsbericht – Bauform der Klage – Personendarstellung, 1983 (= EHS. Reihe I: Deutsche Sprache u. Lit. Bd. 685).

Winder *McConnell:* The problem of continuity in ›Die Klage‹, in: Neophil. 70, 1986, S. 248 – 255.

Werner *Schröder:* Wolfram von Eschenbach, das Nibelungenlied und ›Die Klage‹, 1989 (= Abh. d. Akad. d. Wiss. u. d. Lit., Geistes- u. sozialwiss. Kl., Jg. 1989, Nr. 5).

Walter *Seitter:* Zur Gegenwart der Nibelungen-Klage, in: manuscripte 29, 1989, H. 103, S. 13 – 18.

Günter *Zimmermann:* Der Krieg, die Schuld und die ›Klage‹, in: Helden und Heldensage. Otto Gschwantler zum 60. Geburtstag. Hg. von H. Reichert u. G. Zimmermann, 1990, S. 513 – 536.

In der folgenden Auswahlbibliographie sind vor allem neuere Untersuchungen berücksichtigt. Für die vielen hier nicht angeführten Arbeiten, ältere und besonders auch solche zu Sachbezügen im Nibelungenlied – Orte, Gegenstände, Brauchtum usw. –, sei auf die unter a) genannten Bibliographien verwiesen, namentlich auf die von Willy Krogmann und Ulrich Pretzel. Im übrigen wird die folgende Bibliographie ergänzt durch die jeweils im Anschluß an die einzelnen Kapitel verzeichnete Literatur (S. 35ff., 66ff., 87ff., 102f., 112f., 124f., 138ff.).

a) Bibliographische Hilfsmittel

Umfangreichere Zusammenstellungen von Literatur bieten: Theodor *Abeling*, Das Nibelungenlied und seine Literatur. [. . .], 1907 (dazu Supplement 1909), unveränderter Nachdruck 1970; Mary *Thorp*, The Study of the Nibelungenlied. [. . .], 1940, S. 161 ff., sowie die Literaturgeschichten von Gustav *Ehrismann*, Schlußband, 1935, unveränderter Nachdruck 1959, S. 123 – 130, und Helmut *de Boor*, Bd. 2, [10]1979, S. 447 – 454. Besonders wichtig sind, für den gesamten Zeitraum der Nibelungenforschung, die ›Bibliographie zum Nibelungenlied und zur Klage‹ von Willy *Krogmann* und Ulrich *Pretzel*, [4]1966 (= Bibliographien zur deutschen Literatur des Mittelalters, hg. von U. Pretzel und W. Bachofer, H. 1) – die freilich dringend auf den neuesten Stand gebracht werden müßte – und, für die Zeit von 1928 bis 1960 (hierfür grundlegend), die ›Bibliographie zur deutschen Heldensage 1928 – 1960‹ von Roswitha *Wisniewski* = Anhang zu Hermann *Schneider*, Germanische Heldensage, I. Bd., [2]1962, S. 458 – 541 (über die Nibelungensage S. 474 – 511). Sehr nützlich ist auch, gerade für die jüngere Zeit, die folgende Publikation: Heldensage und Heldendichtung im Germanischen. Hg. von Heinrich *Beck*, 1988 (= Ergänzungsbände zum Reallexikon der German. Altertumskunde. Bd. 2), darin S. 334 – 413 ›Bibliographie‹ (zum Nibelungenlied und zur ›Klage‹ S. 361 – 374).

b) Neuere Forschungsberichte

Mary *Fleet:* The Recent Study of the Nibelungenlied, in: JEGP 52, 1953, S. 32 – 49.

Siegfried *Beyschlag:* Das Nibelungenlied in gegenwärtiger Sicht, in: WdF, Bd. 14, 1961, S. 214 – 247.

Werner *Hoffmann:* Zur Situation der gegenwärtigen Nibelungenforschung. Probleme, Ergebnisse, Aufgaben, in: WW 12, 1962, S. 79 – 91.

Ders.: Die englische und amerikanische Nibelungenforschung 1959 – 1962. Überschau und Kritik, in: ZfdPh 84, 1965, S. 267 – 278.

Wolfgang W. *Moelleken:* Methodik der Nibelungenliedinterpretation, in: GQu 39, 1966, S. 289 – 298.
Francis G. *Gentry:* Trends in the Nibelungenlied-Research since 1949. A Critical Review, in: ABÄG 7, 1974, S. 125 – 139.
Winder *McConnell:* The Nibelungenlied. Some Comments on Recent Research, in: Res Publica Litterarum 13, 1990, S. 155 – 178.
Ein detaillierter und kritischer Bericht über die Nibelungenforschung der letzten Jahrzehnte fehlt.

c) Knapp zusammenfassende Darstellungen (in Nachschlagewerken)

Michael S. *Batts:* The Nibelungenlied, in: European Writers. Vol. 1. The Middle Ages and the Renaissance. Ed. by W. T. H. Jackson, 1983, S. 211 – 236.
Ruth *Schmidt-Wiegand:* Nibelungenlied, in: Handwörterbuch zur deutschen Rechtsgeschichte. HRG. Bd. 3, 1984, Sp. 965 – 974.
Ursula *Schulze:* Nibelungen und Kudrun, in: Epische Stoffe des Mittelalters. Hg. von Volker Mertens und Ulrich Müller, 1984 (= KTA, Bd. 483), S. 111 – 140 (über das Nibelungenlied S. 111 – 129).
Michael *Curschmann:* Nibelungenlied und ›Klage‹, in: VL, Bd. 6, 1987, Sp. 926 – 969 [mit reichhaltigen Literaturangaben].
Ders.: Nibelungenlied und ›Klage‹, in: Literatur Lexikon. Autoren und Werke deutscher Sprache. Hg. von Walther Killy, Bd. 8, 1990, S. 384 – 399 (mit Bildkapitel von Norbert H. *Ott).*

d) Zur germanisch-deutschen Heldendichtung

Hermann Schneider: Germanistische Heldensage, 3 Bände, 1928/33/34, Bd. 1, ^{2}1962.
Ders.: Einleitung zu einer Darstellung der Heldensage, in: Beitr. 77 (Tüb.), 1955, S. 71 – 82; wieder abgedruckt in: WdF, Bd. 14, 1961, S. 316 – 329, und in: H. Sch., Germanische Heldensage, Bd. I, ^{2}1962, S. 445 – 457.
Felix *Genzmer:* Vorzeitsaga und Heldenlied, in: Festschrift, Paul Kluckhohn und Hermann Schneider gewidmet zu ihrem 60. Geburtstag, 1948, S. 1 – 31; wieder abgedruckt in: WdF, Bd. 14, 1961, S. 102 – 137.
Hans *Kuhn:* Heldensage vor und außerhalb der Dichtung, in: Edda, Skalden, Saga. Festschrift zum 70. Geburtstag von Felix Genzmer, 1952, S. 262 – 278; wieder abgedruckt in: WdF, Bd. 14, 1961, S. 173 – 194, und in: H. K., Kleine Schriften, Bd. 2, 1971, S. 102 – 118.
Ders.: Heldensage und Christentum, in: Studium Berolinense, 1960, S. 515 – 524; wieder abgedruckt in: WdF, Bd. 14, 1961, S. 416 – 426, und in: H. K., Kleine Schriften, Bd. 2, 1971, S. 119 – 126.
Hermann *Schneider* und Wolfgang *Mohr:* Heldendichtung, in: RL, Bd. I, ^{2}1958, S. 631 – 646; auch in: WdF, Bd. 14, 1961, S. 1 – 30.

Werner *Betz:* Die deutsche Heldensage, in: DPh, Bd. III, 1957, Sp. 1459 – 1548, ²1962 (und spätere Nachdrucke), Sp. 1871 – 1970.

Heinz *Rupp:* ›Heldendichtung‹ als Gattung der deutschen Literatur des 13. Jahrhunderts, in: Volk, Sprache, Dichtung. Festgabe für Kurt Wagner, 1960, S. 9 – 25; wieder abgedruckt in: WdF, Bd. 109, 1969, S. 225 – 242.

Karl *Hauck:* Heldendichtung und Heldensage als Geschichtsbewußtsein, in: Alteuropa und die moderne Gesellschaft. Festschrift für Otto Brunner, 1963, S. 118 – 169.

Klaus *Fuss:* Der Held, Versuch einer Wesensbestimmung, in: ZfdPh 82, 1963, S. 295 – 312 [vor allem für die nordische Dichtung].

P. B. *Wessels:* Heldendichtung und Geschichte, 1965 [Vortrag].

Klaus von *See:* Germanische Heldensage. Ein Forschungsbericht, in: GGA 218, 1966, S. 52 – 98; wieder abgedruckt in: K. v. S., Edda, Saga, Skaldendichtung. Aufsätze zur skandinavischen Literatur des Mittelalters, 1981, S. 107 – 153.

Ders.: Germanische Heldensage. Stoffe, Probleme, Methoden. Eine Einführung, 1971, 2., unveränderte Aufl. 1981. [Dazu Walter *Haug*, GRM 57, 1976, S. 113 – 119.]

Georges *Zink:* Heldensage, in: Kurzer Grundriß der germanischen Philologie bis 1500. Hg. von L. E. Schmitt, Bd. 2: Literaturgeschichte, 1971, S. 1 – 47.

Heiko *Uecker:* Germanische Heldensage, 1972 (= SM, Bd. 106).

Werner *Hoffmann:* Mittelhochdeutsche Heldendichtung, 1974 (= Grundlagen der Germanistik, Bd. 14).

Siegfried *Beyschlag:* Heldendichtung, in: Handlexikon zur Literaturwissenschaft. Hg. von D. Krywalski, 1974, ²1976, S. 169 – 175.

Walter *Haug:* Andreas Heuslers Heldensagenmodell: Prämissen, Kritik und Gegenentwurf, in: ZfdA 104, 1975, S. 273 – 292; wieder abgedruckt in: W. H., Strukturen als Schlüssel zur Welt. [. . .], 1989, S. 277 – 292.

Ders.: Normatives Modell oder hermeneutisches Experiment: Überlegungen zu einer grundsätzlichen Revision des Heuslerschen Nibelungen-Modells, in: Hohenemser Studien zum Nibelungenlied, 1981, S. 212 – 226; wieder abgedruckt in: W. H., Strukturen als Schlüssel zur Welt. [. . .], 1989, S. 308 – 325.

Arthur Thomas *Hatto:* Medieval German, in: Traditions of Heroic and Epic Poetry. Volume one: The Traditions. Hg. von A. T. Hatto, 1980, S. 165 – 195.

e) Darstellungen des Nibelungenliedes in Literaturgeschichten

Gustav *Ehrismann:* Geschichte der deutschen Literatur bis zum Ausgang des Mittelalters. Schlußband, 1935, unveränderter Nachdruck 1959, S. 123 – 143.

Julius *Schwietering:* Die deutsche Dichtung des Mittelalters, 1932 ff. [1941] (= Handbuch der Literaturwissenschaft. Hg. von O. Walzel [ohne Bd.-Nr.]), unveränderter Nachdruck 1957, S. 195 – 209.

Hermann *Schneider:* Heldendichtung, Geistlichendichtung, Ritterdichtung, ²1943 [1. Aufl. 1925], S. 373 – 382.

Hugo *Kuhn:* Die Klassik des Rittertums in der Stauferzeit, in: Annalen der deutschen Literatur. [. . .]. Hg. von H. O. Burger, 1952, ²1971, S. 152–157.

Helmut *de Boor:* Die höfische Literatur. Vorbereitung, Blüte, Ausklang. 1170–1250, 10. Aufl., bearbeitet von Ursula *Hennig*, 1979 [zuerst 1953] (= H. de Boor und R. Newald, Geschichte der deutschen Literatur von den Anfängen bis zur Gegenwart, Bd. 2), S. 149 – 160 (Bibliographie S. 447 – 454).

Kurt Herbert *Halbach:* Epik des Mittelalters, in: DPh, Bd. II, 1954, Sp. 627 – 639; ²1960 (und spätere Nachdrucke), Sp. 592 – 606.

Karl *Bertau:* Deutsche Literatur im europäischen Mittelalter, Bd. I: 800 – 1197, 1972, S. 730 – 748.

Max *Wehrli:* Geschichte der deutschen Literatur vom frühen Mittelalter bis zum Ende des 16. Jahrhunderts, 1980, ²1984, S. 392 – 404.

Gert *Kaiser:* Deutsche Heldenepik, in: Neues Handbuch der Literaturwissenschaft, Bd. 7: Europäisches Hochmittelalter. Hg. von H. Krauß, 1981 (über das Nibelungenlied S. 184 – 202).

Ursula *Schulze:* Nibelungenlied, in: Deutsche Literatur. Eine Sozialgeschichte. Hg. von Horst Albert Glaser. Bd. 1: Aus der Mündlichkeit in die Schriftlichkeit: Höfische und andere Literatur. 750 – 1320. Hg. von Ursula Liebertz-Grün, 1988 (= rororo. 6250), S. 264 – 275.

Joachim *Bumke:* Geschichte der deutschen Literatur im hohen Mittelalter, 1990 (= Bumke/Cramer/Kartschoke: Geschichte der deutschen Literatur im Mittelalter, Bd. 2; dtv 4552), S. 195 – 206.

Rolf *Bräuer* (Hg.): Der Helden Minne, Triuwe und Êre. Literaturgeschichte der mittelhochdeutschen Blütezeit, 1990 (= Geschichte der deutschen Literatur von den Anfängen bis zur Gegenwart, Bd. 2); darin R. B.: Das Nibelungenlied – Vision vom Untergang der höfischen Welt, S. 383 – 416.

Vgl. Werner *Hoffmann,* Das Nibelungenlied in der Literaturgeschichtsschreibung von Gervinus bis Bertau, in: Hohenemser Studien zum Nibelungenlied, 1981, S. 193 – 211.

f) Gesamtdeutungen, Einzelinterpretationen, Probleme des ›Gehaltes‹

Anton E. *Schönbach:* Das Christentum in der altdeutschen Heldendichtung. Vier Abhandlungen, 1897 (über das Nibelungenlied S. 1 – 56).

Josef *Körner:* Das Nibelungenlied, 1921.

Franz *Saran:* Deutsche Heldengedichte des Mittelalters: Das Nibelungenlied, 1922.

Friedrich *Neumann:* Schichten der Ethik im Nibelungenliede, in: Festschrift Eugen Mogk zum 70. Geburtstag, 1924, S. 119 – 145; wieder abgedruckt in: F. N., Das Nibelungenlied in seiner Zeit, 1967, S. 9 – 34.
Ders.: Das Nibelungenlied in seiner Zeit, in: F. N., Das Nibelungenlied in seiner Zeit, 1967, S. 60 – 203.
Ernest *Tonnelat:* La Chanson des Nibelungen. Étude sur la composition et la formation du poème épique, 1926.
Hans *Naumann:* Die jüngeren Erfindungen im Heldenroman, in: ZfDk 40, 1926, S. 22 – 34.
Ders.: Brünhilds Gürtel, in: ZfdA 70, 1933, S. 46 – 48; wieder abgedruckt in: H. N., Wandlung und Erfüllung, ^{2}1934, S. 128 – 131.
Ders.: Das Nibelungenlied eine staufische Elegie oder ein deutsches Nationalepos?, in: DuV (= Euph.) 42, 1942, H. 4, S. 41 – 59; auch gesondert erschienen als Heft 100 der Kriegsvorträge der Universität Bonn.
Hans *Dasch:* Höfische Elemente im Heldenepos, Diss. Frankfurt (M.), 1926 (über das Nibelungenlied S. 2 – 24).
Hans *Fehr:* Das Recht in der Dichtung o. J. [1931] (über das Nibelungenlied S. 107 – 124).
Wilhelm *Dilthey:* Das Nibelungenlied, in: W. D., Von deutscher Dichtung und Musik. Aus den Studien zur Geschichte des deutschen Geistes, ed. 1933, ^{2}1957, S. 162 – 187.
Hildegard *Emmel:* Das Verhältnis von êre und triuwe im Nibelungenlied und bei Hartmann und Wolfram, 1936 (= Diss. Frankfurt [M.], 1935), Nachdruck 1980.
Friedrich *Knorr:* Das Nibelungenlied in der Dichtung des 13. Jahrhunderts, in: Neue Jahrbücher für deutsche Wissenschaft 13, 1937, S. 289 – 306.
Katharina *Bollinger:* Das Tragische im höfischen Epos, Diss. Bonn, 1938 (über das Nibelungenlied S. 4 – 17).
Herbert *Drube:* Der germanische Schicksalsglaube im Nibelungenlied, in: ZfdB 17, 1941, S. 161 – 174.
Max *Ittenbach:* Das Nibelungenlied. Dichtung und Schicksalsgestaltung, 1944.
Nelly *Dürrenmatt:* Das Nibelungenlied im Kreis der höfischen Dichtung, Diss. Bern, 1945.
Werner *Fechter:* Siegfrieds Schuld und das Weltbild des Nibelungenliedes, 1948.
Bodo *Mergell:* Nibelungenlied und höfischer Roman, in: Euph. 45, 1950, S. 305 – 336; wieder abgedruckt in: WdF, Bd. 54, 1976, S. 3 – 39.
Friedrich *Maurer:* Leid. Studien zur Bedeutungs- und Problemgeschichte, besonders in den großen Epen der staufischen Zeit, 1951, ^{4}1969 (über das Nibelungenlied S. 13 – 38); die Ausführungen über das Nibelungenlied schon vorher erschienen: Das Leid im Nibelungenlied, in: Angebinde, John Meier zum 85. Geburtstag, o. J. [1949], S. 81 – 110.
Bernhard *Wurzer:* Das Komische in der deutschen Heldendichtung von der Frühzeit bis zum hohen Mittelalter, Diss. Innsbruck, 1951 [Masch.-Schr.] (über das Nibelungenlied S. 127 – 189).

Siegfried *Beyschlag:* Das Motiv der Macht bei Siegfrieds Tod, in: GRM 33, 1951/52, S. 95 – 108; wieder abgedruckt in: WdF, Bd. 14, 1961, S. 195 – 213.
Ders.: Überlieferung und Neuschöpfung. Erörtert an der Nibelungendichtung, in: WW 8, 1957/58, S. 205 – 213; wieder abgedruckt in: WW, Sammelband II: Ältere deutsche Sprache und Literatur, 1963, S. 176 – 184.
Ders.: Das Nibelungenlied als aktuelle Dichtung seiner Zeit, in: GRM 48, 1967, S. 225 – 231.
Gertrud *Hermans:* List. Studien zur Bedeutungs- und Problemgeschichte, Diss. Freiburg i. Br., 1953 [Masch.-Schr.] (über das Nibelungenlied S. 139 – 168).
Lutz *Mackensen:* Mittelalterliche Tragödien. Gedanken über Wesen und Grenzen des Mittelalters, in: Festschrift für Wolfgang Stammler, 1953, S. 92 – 108.
Ders.: Die Nibelungen. Sage, Geschichte, ihr Lied und sein Dichter, 1984.
Bert *Nagel:* Die künstlerische Eigenleistung des Nibelungenlieddichters, in: Wolfram-Jahrbuch 1953, S. 23 – 47.
Ders.: Zur Interpretation und Wertung des Nibelungenliedes, in: Neue Heidelberger Jahrbücher 1954, S. 1 – 89; in gekürzter und überarbeiteter Fassung unter dem (nicht ganz zutreffenden) Titel ›Widersprüche im Nibelungenlied‹ wieder abgedruckt in: WdF, Bd. 54, 1976, S. 367 – 431.
Ders.: Das Nibelungenlied. Stoff – Form – Ethos, 1965, ²1970.
Ders.: Staufische Klassik. Deutsche Dichtung um 1200, 1977 (darin: Höfische Heroik: Nibelungenlied, S. 441 – 539).
Ders.: Stoffzwang der Überlieferung in mittelhochdeutscher Dichtung, in: Philologische Studien. Gedenkschrift für Richard Kienast, 1978, S. 54 – 95 (über das Nibelungenlied S. 55 – 74); wieder abgedruckt in: B. N., Kleine Schriften zur deutschen Literatur, 1981 (= GAG, Nr. 310), S. 67 – 128 (über das Nibelungenlied S. 69 – 98).
Ders.: Noch einmal Nibelungenlied, in: Studien zur deutschen Literatur des Mittelalters. Hg. von R. Schützeichel, 1979, S. 264 – 318; wieder abgedruckt in: B. N., Kleine Schriften zur deutschen Literatur, 1981, S. 129 – 196.
Gerhard *Schmidt:* Die Darstellung des Herrschers im Nibelungenlied, in: WZLpz. 4, 1954/55, S. 485 – 499.
Walter Johannes *Schröder:* Das Nibelungenlied. Versuch einer Deutung, in: Beitr. 76 (Halle), 1954/55, S. 56 – 143 (auch gesondert erschienen, 1954); wieder abgedruckt in: W. J. Sch., *rede* und *meine.* Aufsätze und Vorträge zur deutschen Literatur des Mittelalters, 1978, S. 58 – 145. [Dazu Bert *Nagel,* ZfdPh 75, 1956, S. 57 – 73.]
Ders.: Der Zank der Königinnen im Nibelungenlied. Zur Interpretation mittelalterlicher Dichtungen, in: Mainzer Universitätsgespräche, Sommersemester 1964, 1964, S. 19 – 29; wieder abgedruckt in: W. J. Sch., *rede* und *meine.* Aufsätze und Vorträge zur deutschen Literatur des Mittelalters, 1978, S. 146 – 163.

Friedrich *Ranke:* Der Dichter des Nibelungenliedes (bearbeitet von Helmut *de Boor*), in: Die großen Deutschen. Deutsche Biographie, Bd. I. Neue Ausgabe, 1956, S. 87 – 100; auch in: F. R., Kleinere Schriften, 1971, S. 58 – 70 [*Rankes* Fassung aus dem Jahre 1935].

Gisela *Spiess:* Die Bedeutung des Wortes ›triuwe‹ in den mhd. Epen ›Parzival‹, ›Nibelungenlied‹ und ›Tristan‹, Diss. Heidelberg, 1957 [Masch.-Schr.].

Heinz Gerd *Weinand:* Tränen. Untersuchungen über das Weinen in der deutschen Sprache und Literatur des Mittelalters, 1958.

H. B. *Willson:* Concord and Discord: The Dialectic of the Nibelungenlied, in: Med. Aev. 28, 1959, S. 153 – 166.

Ders.: Blood and Wounds in the Nibelungenlied, in: MLR 55, 1960, S. 40 – 50.

Ders.: ordo and *inordinatio* in the Nibelungenlied, in: Beitr. 85 (Tüb.), 1963, S. 83 – 101 und 325 – 351; in dt. Übersetzung wieder abgedruckt in: WdF, Bd. 54, 1976, S. 237 – 292.

J. K. *Bostock:* The Message of the Nibelungenlied, in: MLR 55, 1960, S. 200 – 212; wieder abgedruckt in: Kenneth Charles *King*, Selected Essays on Medieval German Literature, 1975, S. 126 – 145, und in dt. Übersetzung u. d. T. ›Der Sinn des Nibelungenlieds‹, in: WdF, Bd. 54, 1976, S. 84 – 109.

Hulda H. *Braches:* Jenseitsmotive und ihre Verritterlichung in der deutschen Dichtung des Hochmittelalters, 1961 (über das Nibelungenlied S. 95 – 110).

Werner *Schröder:* Die epische Konzeption des Nibelungenlied-Dichters, in: WW 11, 1961, S. 193 – 201; wieder abgedruckt in: W. Sch., Nibelungenlied-Studien, 1968, S. 1 – 18.

Ders.: Zum Problem der Hortfrage im Nibelungenlied, in: W. Sch., Nibelungenlied-Studien, 1968, S. 157 – 184.

Rainer *Zacharias:* Die Blutrache im deutschen Mittelalter, in: ZfdA 91, 1961/62, S. 167 – 201 (über das Nibelungenlied S. 182 – 188).

Werner A. *Mueller:* The Nibelungenlied today. Its Substance, Essence, and Significance, 1962.

K[enneth] C[harles] *King:* The Message of the Nibelungenlied – a Reply, in: MLR 57, 1962, S. 541 – 550; wieder abgedruckt in: K. C. K., Selected Essays on Medieval German Literature, 1975, S. 146 – 161, und in dt. Übersetzung u. d. T. ›Der Sinn des Nibelungenlieds – eine Entgegnung‹, in: WdF, Bd. 54, 1976, S. 218 – 236.

Gottfried *Weber:* Das Nibelungenlied. Problem und Idee, 1963.

Wolfgang *Harms:* Der Kampf mit dem Freund oder Verwandten in der deutschen Literatur bis um 1300, 1963 (über das Nibelungenlied S. 33 – 46).

Hans *Kuhn:* Der Teufel im Niblungenlied. Zu Gunthers und Kriemhilds Tod, in: ZfdA 94, 1965, S. 280 – 306; wieder abgedruckt in: H. K., Kleine Schriften, Bd. 2, 1971, S. 158 – 182, und in: WdF, Bd. 54, 1976, S. 333 – 366.

Josef *Szövérffy:* Das Nibelungenlied. Strukturelle Beobachtungen und Zeitgeschichte, in: WW 15, 1965, S. 233 – 238; wieder abgedruckt in: WdF, Bd. 54, 1976, S. 322 – 332, und in: J. Sz., Germanistische Abhandlungen. Mittelalter, Barock und Aufklärung, 1977, S. 27 – 32.
Hugo *Bekker:* Kingship in the Nibelungenlied, in: GR 41, 1966, S. 251 – 263.
Ders.: The ›Eigenmann‹-Motif in the Nibelungenlied, in: GR 42, 1967, S. 5 – 15.
Ders.: The Nibelungenlied: A Literary Analysis, 1971.
Hartwig *Mayer:* Humor im Nibelungenlied, Diss. Tübingen, 1966.
Wolfgang *Hempel: Superbia* als Schuldmotiv im Nibelungenlied, in: Sem. 2, 1966, H. 2, S. 1 – 12.
D. G. *Mowatt* and Hugh *Sacker:* The Nibelungenlied. An Interpretative Commentary, 1967.
Heinz *Achauer:* Minne im Nibelungenlied, Diss. München, 1967.
Peter *Stiegele:* Wortschatz und Wortbedeutungen im Nibelungenlied, Diss. Heidelberg, 1967.
Carl S. *Singer:* The Hunting Contest: An Interpretation of the Sixteenth Aventiure in the Nibelungenlied, in: GR 42, 1967, S. 163 – 183.
Gernot *Müller:* Symbolisches im Nibelungenlied. Beobachtungen zum sinnbildlichen Darstellen des hochmittelalterlichen Epos, Diss. Heidelberg, 1968.
Karl Heinz *Ihlenburg:* Das Nibelungenlied. Problem und Gehalt, 1969.
Werner *Hoffmann:* Das Nibelungenlied. Interpretation, 1969, ³1978 (= Interpretationen für Schule und Studium, ohne Bd.-Nr.).
Ders.: Das Nibelungenlied, 1987 (= Grundlagen und Gedanken zum Verständnis erzählender Literatur, ohne Bd.-Nr.).
Karl *Bischoff:* Die 14. Aventiure des Nibelungenliedes. Zur Frage des Dichters und der dichterischen Gestaltung, 1970 (= Abh. d. Akad. d. Wiss. u. d. Lit. [Mainz], Geistes- u. sozialwiss. Kl., Nr. 8).
Stephen L. *Wailes:* Bedroom Comedy in the Nibelungenlied, in: MLQ 32, 1971, S. 365 – 376.
Ders.: The Nibelungenlied as Heroic Epic, in: Heroic Epic and Saga. [. . .]. Ed. by Felix J. Oinas, 1978, S. 120 – 143.
Ders.: Wärbel und Swemmel. Zur verräterischen Botschaft im Nibelungenlied, in: Arch., 134. Jg., Bd. 219, 1982, S. 261 – 276.
Helmut K. *Krausse:* Die Darstellung von Siegfrieds Tod und die Entwicklung des Hagenbildes in der Nibelungendichtung, in: GRM 52, 1971, S. 369 – 378.
Ders.: Zur Darstellung des Todes im Nibelungenlied, in: Neophil. 61, 1977, S. 245 – 257.
D. G. *Mowatt:* A Note on Kriemhild's Three Dreams, in: Sem. 7, 1971, S. 114 – 122.
Marina *Cometta:* La ›Bahrprobe‹ et la sua rappresentazione nel Nibelungenlied e in altri poemi epici medievali, in ACME 26, 1973, S. 331 – 357.

R. *Pérennec:* Remarques sur la seizième aventure de la Chanson des Nibelungen, in: Et. Germ. 28, 1973, S. 153 – 166.
Ders.: La huitième aventure de la Chanson des Nibelungen, in: Et. Germ. 30, 1975, S. 1 – 13.
Walter *Falk:* Das Nibelungenlied in seiner Epoche. Revision eines romantischen Mythos, 1974.
Walter *Haug:* Höfische Idealität und heroische Tradition im Nibelungenlied, in: Colloquio italo-germanico sul tema: I Nibelunghi [. . .], 1974, S. 35 – 50; wieder abgedruckt in: W. H., Strukturen als Schlüssel zur Welt [. . .], 1989, S. 293 – 307.
Ursula R. *Mahlendorf* and Frank J. *Tobin:* Legality and Formality in the Nibelungenlied, in: MDU 66, 1974, S. 225 – 238.
Francis G. *Gentry:* Triuwe and vriunt in the Nibelungenlied, 1975 (= Amsterdamer Publikationen zur Sprache u. Literatur, Bd. 19).
Renate *Roos:* Begrüßung, Abschied, Mahlzeit. Studien zur Darstellung höfischer Lebensweise in Werken der Zeit von 1150 – 1320, Diss. Bonn, 1975 (über das Nibelungenlied S. 114 – 129; 266 – 271; 382 – 384).
Marie-Luise *Linn* und Ursula *Peters:* Höfische Literatur in ihrem sozialgeschichtlichen Kontext. Hartmanns ›Erec‹ und das ›Nibelungenlied‹ in einer koordinierten Grundstudiumsveranstaltung, in: Altgermanistische Grundkurse. Modelle und Erfahrungen. Hg. von K. E. Geith u. a., 1975 (= GAG, Nr. 157), S. 135 – 153.
Paul *Salmon:* The German-ness of the Nibelungenlied, in: NGS 4, 1976, S. 1 – 26.
Steven Roger *Fischer:* Dreams as a Literary Device in the Middle High German Precourtly, Courtly, and Heroic Epics (to the Younger Contemporaries of Gottfried and Wolfram), 1977.
D. R. *Mc Lintock:* The Reconciliation in the Nibelungenlied, in: GLL 30, 1977, S. 138 – 149.
Helmut *Birkhan:* Zur Entstehung und Absicht des Nibelungenliedes, in: Österreichische Literatur zur Zeit der Babenberger. Vorträge der Lilienfelder Tagung 1976. Hg. von A. Ebenbauer u. a., 1977, S. 1 – 24.
Sylvia *Konecny*: Das Sozialgefüge am Burgundenhof, in: Österreichische Literatur zur Zeit der Babenberger. [. . .]. Hg. von A. Ebenbauer u. a., 1977, S. 97 – 116.
Hans-Adolf *Klein:* Erzählabsicht im Heldenepos und im höfischen Epos. Studien zum Ethos im Nibelungenlied und in Konrad Flecks ›Flore und Blanscheflur‹, 1978 (= GAG, Nr. 226).
Shoji *Ono:* Über die Tragik im Nibelungenlied – unter besonderer Berücksichtigung des Hortmotivs, in: FzGerm. 20, 1978, S. 77 – 90.
Marianne *Wahl Armstrong:* Rolle und Charakter. Studien zur Menschendarstellung im Nibelungenlied, 1979 (= GAG, Nr. 221).
Carla *Love:* Ironic Characterization in the Nibelungenlied, 1979 (= Diss. Johns Hopkins University, 1978).
Peter *Czerwinski:* Das Nibelungenlied. Widersprüche höfischer Gewaltreglementierung, in: W. Frey, W. Raitz, D. Seitz u. a.: Einführung in die

deutsche Literatur des 12. bis 16. Jahrhunderts. Bd. 1: Adel und Hof – 12./13. Jahrhundert (= Grundkurs Literaturgeschichte), 1979, S. 49 – 87.
Achim *Masser:* Das Nibelungenlied – eine höfische Dichtung, in: Nibelungenlied. Ausstellungskatalog des Vorarlberger Landesmuseums Nr. 86, 1979, S. 17 – 24.
Klaus *Speckenbach:* Der Reichsuntergang im ›Reinhart Fuchs‹ und in der Nibelungendichtung, in: Third International Beast Epic, Fable and Fabliau Colloquium Münster 1979. Proceedings. Ed. by J. Goossens and T. Sodmann, 1981, S. 404 – 434.
Günther *Schweikle:* Das Nibelungenlied – ein heroisch-tragischer Liebesroman?, in: De poeticis medii aevi quaestiones. Käte Hamburger zum 85. Geburtstag. Hg. von J. Kühnel u. a., 1981 (= GAG, Nr. 335), S. 59 – 84.
Joachim Marie Jozef *Peeters:* Rat und Hilfe in der deutschen Heldenepik. Untersuchungen zu Kompositionsmustern und Interpretation individueller Gestaltungen, Diss. Nijmegen, 1981.
Ders.: Der jungeste darunder. Zu den Strophen 411 – 415 des Nibelungenliedes, in: Beitr. 104 (Tüb.), 1982, S. 44 – 47.
Hildegard *Bartels:* Epos – die Gattung in der Geschichte. Eine Begriffsbestimmung vor dem Hintergrund der Hegelschen ›Ästhetik‹ anhand von Nibelungenlied und Chanson de Roland, 1982 (= Frankfurter Beiträge zur Germanistik, Bd. 22).
W. T. H. *Jackson:* The Hero and the King. An Epic Theme, 1982.
Ruth *Schmidt-Wiegand:* Kriemhilds Rache. Zu Funktion und Wertung des Rechts im Nibelungenlied, in: Tradition als historische Kraft. [. . .] Hg. von N. Kamp und J. Wollasch, 1982, S. 372 – 387.
Marjatta *Wis:* Zu den »Schneiderstrophen« des Nibelungenliedes. Ein Deutungsversuch, in: Neuphil. Mitt. 84, 1983, S. 251 – 260.
Dies.: Des Todes Zeichen im Nibelungenlied. Zum Problem der Religiosität des Epos, in: Neophilologica Fennica. Mémoires de la Société Neophilologique de Helsinki. T. 45, 1987, S. 571 – 575.
Winder *McConnell:* The Nibelungenlied, 1984 (= Twayne's World Authors Series. German Literature. TWAS 712).
Hugo *Moser:* Zauberring und Tarnmantel. Zum Problem der Eindimensionalität in mittelhochdeutschen Epen, in: H. M., Studien zur deutschen Dichtung des Mittelalters und der Romantik (= Kleine Schriften, Bd. II), 1984, S. 43 – 53.
Magdalena *Revue:* L'amour dans le Nibelungenlied, in: Amour, mariage et transgressions au Moyen Age. Hg. von Danielle Buschinger, 1984 (= GAG, Nr. 420), S. 63 – 72.
Edward R. *Haymes:* Chevalerie und alte maeren. Zum Gattungshorizont des Nibelungenliedes, in: GRM 65, 1984, S. 369 – 384.
Ders.: The Nibelungenlied. History and Interpretation, 1986 (= Illinois Medieval Monographs. II).
Ders.: Once again »Schichten der Ethik« in the Nibelungenlied, in: *Fide et amore.* A Festschrift for Hugo Bekker on his Sixty-Fifth Birthday. Ed. by

W. C. McDonald and W. McConnell, 1990 (= GAG, Nr. 526), S. 149 – 156.
Hermann *Reichert:* Nibelungenlied und Nibelungensage, 1985 (= Böhlau-Studien-Bücher).
Ders.: Autor und Erzähler im Nibelungenlied. Seine Mündlichkeit, Schriftlichkeit, Bildung, Trinkgewohnheiten und sonstigen Charakteristika, in: Helden und Heldensage. Otto Gschwantler zum 60. Geburtstag. Hg. von H. Reichert und G. Zimmermann, 1990, S. 287 – 327.
Bernhard *Burger:* Die Grundlegung des Untergangsgeschehens im Nibelungenlied, 1985.
Rosemarie *Marquardt:* Das höfische Fest im Spiegel der mittelhochdeutschen Dichtung (1140 – 1240), 1985 (= GAG, Nr. 449).
Fritz Peter *Knapp:* Nibelungentreue wider Babenberg? Das Heldenepos und die verfassungsgeschichtliche Entwicklung Österreichs im Lichte der neuesten Forschung, in: Beitr. 107 (Tüb.), 1985, S. 174 – 189.
Heinz *Rupp:* Das Nibelungenlied – eine politische Dichtung, in: WW 35, 1985, S. 166 – 176.
Horst *Wenzel: Ze hove* und *ze holze – offenlîch* und *tougen*. Zur Darstellung und Deutung des Unhöfischen in der höfischen Epik und im Nibelungenlied, in: Höfische Literatur. Hofgesellschaft. Höfische Lebensformen um 1200. [. . .] Hg. von Gert Kaiser und Jan-Dirk Müller, 1986 (= Studia humaniora. Düsseldorfer Studien zu Mittelalter und Renaissance. Bd. 6), S. 277 – 300.
Alois *Wolf:* Aspekte des österreichischen Beitrags zur deutschen, vornehmlich epischen Literatur in der ersten Hälfte des 13. Jahrhunderts, in: Die österreichische Literatur. Ihr Profil von den Anfängen im Mittelalter bis ins 18. Jahrhundert. Unter Mitwirkung von Fritz Peter Knapp (Mittelalter) hg. von Herbert Zeman, 1986, S. 171 – 208.
Theodore M. *Andersson:* A Preface to the Nibelungenlied, 1987.
Ders.: Proto-Nationalismus in germanischer Epik, in: Akten des VIII. Internationalen Germanisten-Kongresses Tokyo 1990. Hg. von Eijiro Iwasaki. Bd. 1: Ansprachen, Plenarvorträge, Berichte, 1991, S. 76 – 86.
Ellen *Bender:* Nibelungenlied und Kudrun. Eine vergleichende Studie zur Zeitdarstellung und Geschichtsdeutung, 1987 (= EHS. Reihe I, Bd. 994).
Otfrid *Ehrismann:* Nibelungenlied. Epoche – Werk – Wirkung, 1987 (= Arbeitsbücher zur Literaturgeschichte). [Enthält ausführliche Literaturangaben.]
Joachim *Heinzle:* Das Nibelungenlied. Eine Einführung, 1987 (= Artemis Einführungen. Bd. 35).
Fritz Peter *Knapp* (Hg.): Nibelungenlied und Klage. Sage und Geschichte, Struktur und Gattung. Passauer Nibelungengespräche 1985, 1987.
Walter *Seitter:* Das politische Wissen im Nibelungenlied, 1987.
Ute *Schwab:* Mancherlei Totendienst im Nibelungenlied, in: Festschrift für Ingo Reiffenstein zum 60. Geburtstag. Hg. von Peter K. Stein u. a., 1988 (= GAG, Nr. 478), S. 353 – 396.

Dies.: Tötende Töne. Zur Fiedelmetaphorik im Nibelungenlied, in: Geist und Zeit. Wirkungen des Mittelalters in Literatur und Sprache. Festschrift für Roswitha Wisniewski zu ihrem 65. Geburtstag. Hg. von Carola L. Gottzmann und Herbert Kolb, 1991, S. 77–122.

Peter *Göhler:* Das Nibelungenlied. Erzählweise, Figuren, Weltanschauung, literaturgeschichtliches Umfeld, 1989.

Wolfang *Spiewok:* Das Nibelungenlied. Eine Modellinterpretation, in: W. Sp., Mittelalter-Studien II. Hg. von Danielle Buschinger, 1989 (= GAG, Nr. 499), S. 174–201 (zuerst in: Werkinterpretationen zur deutschen Literatur, 1986, S. 12–33).

Hilde E. *Hansen:* »Das ist Hartnäckigkeit in einer verwerflichen Sache; sie selbst nennen es Treue«. Literatursoziologische Untersuchungen zum Nibelungenlied, 1990 (= EHS. Reihe I, Bd. 1195).

Klaus *Zatloukal* (Hg.): Pöchlarner Heldenliedgespräch. Das Nibelungenlied und der mittlere Donauraum, 1990 (= Philologica Germanica. 12).

Heinz *Thomas:* Die Staufer im Nibelungenlied, in: ZfdPh 109, 1990, S. 321–354. – Vgl. auch *dens.*: Dichtung und Politik um 1200: Das Nibelungenlied, in: Pöchlarner Heldenliedgespräch, 1990, S. 103–129.

Danielle *Buschinger* et Wolfgang *Spiewok* (Ed.): La chanson des Nibelungen hier et aujourd'hui. Actes du Colloque Amiens 12 et 13 janvier 1991, 1991 (= Wodan. Vol. 7).

Hartmut *Semmler:* Listmotive in der mittelhochdeutschen Epik. Zum Wandel ethischer Normen im Spiegel der Literatur, 1991 (= PhStQ, H. 122).

Hans-Friedrich *Rosenfeld:* Ortliebs Tod. Mit einer Einleitung zur Überlieferung des Nibelungenliedes, in: *Uf der mâze pfat.* Festschrift für Werner Hoffmann zum 60. Geburtstag. Hg. von Waltraud Fritsch-Rößler, 1991 (= GAG, Nr. 555), S. 71–95.

Susann *Samples:* Maternal Loyality in the Nibelungenlied and ›Kudrun‹, in: Von Otfried von Weißenburg bis zum 15. Jahrhundert. [. . .] Hg. von Albrecht Classen, 1991 (= GAG, Nr. 539), S. 103–112.

Albrecht *Classen:* Matriarchalische Strukturen und Apokalypse des Matriarchats im Nibelungenlied, in: IASL 16, 1991, S. 1–31.

*Zu einzelnen Gestalten**

Krimhilt:

Annemarie *Laubscher:* Die Entwicklung des Frauenbildes im mittelhochdeutschen Heldenepos. Diss. Würzburg, 1954 [Masch.-Schr.] (über das Nibelungenlied S. 12–92).

* Einige der angeführten Arbeiten sind diachron-genetisch angelegt oder beschäftigen sich auch mit anderen Nibelungendichtungen; sie sind darum auch als Literatur zum 2. Kapitel heranzuziehen.

Werner *Schröder:* Die Tragödie Kriemhilts im Nibelungenlied, in: ZfdA 90, 1960/61, S. 41 – 80 und S. 123 – 160; wieder abgedruckt in: W. Sch., Nibelungenlied-Studien, 1968, S. 48 – 156.
Eva *Schäufele:* Normabweichendes Rollenverhalten: Die kämpfende Frau in der deutschen Literatur des 12. und 13. Jahrhunderts, 1979 (= GAG, Nr. 272).
Jerold C. *Frakes:* Kriemhild's Three Dreams. A Structural Interpretation, in: ZfdA 113, 1984, S. 173 – 187.
Philip N. *Anderson:* Kriemhild's Quest, in: Euph. 79, 1985, S. 3 – 12.
Winder *McConnell:* Kriemhild and Gerlind: Some Observations on the *vâlandinne*-Concept in the Nibelungenlied and ›Kudrun‹, in: The Dark Figure in Medieval German and Germanic Literature. Ed. by Edward R. Haymes and Stephanie Cain Van D'Elden, 1986 (= GAG, Nr. 448), S. 42 – 53.
Lana *Rings:* Kriemhilt's face work: A sociolinguistic analysis of social behavior in the Nibelungenlied, in: Semiotica 65, 1987, S. 317 – 325.
Walter *Seitter:* Versprechen, versagen. Frauenmacht und Frauenästhetik in der Kriemhild-Diskussion des 13. Jahrhunderts, 1990.

Brünhild:
Gail *Newman:*The Two Brunhilds?, in: ABÄG 16, 1981, S. 69 – 78.
Otfrid *Ehrismann:* Die Fremde am Hof. Brünhild und die Philosophie der Geschichte. In: Akten des VIII. Internationalen Germanisten-Kongresses Tokyo 1990. Bd. 10, 1992, S. 320 – 331.

Hagen:
Marion *Sonnenfeld:* The Figure of Hagen in Germanic Heroic Poetry and in Modern German Literature, Diss. Yale University, 1955.
Gerd *Backenköhler:* Untersuchungen zur Gestalt Hagens von Tronje in den mittelalterlichen Nibelungendichtungen, Diss. Bonn, 1961.
J. *Stout: und ouch hagene,* 1963.
P. B. *Salmon:* Why does Hagen die?, in: GLL 17, 1963/64, S. 3 – 13.
Marianne *Wynn:* Hagen's Defiance of Kriemhilt, in: Mediaeval German Studies. Presented to Frederick Norman, 1965, reprinted 1973, S. 104 – 114.
Ursula R. *Mahlendorf* and Frank J. *Tobin:* Hagen: A Reappraisal, in: MDU 63, 1971, S. 125 – 140.
Harold D. *Dickerson:* Hagen: A Negative View, in: Semasia 2, 1975, S. 43 – 59.
Francis G. *Gentry:* Hagen and the Problem of Individuality in the Nibelungenlied, in: MDU 68, 1976, S. 5 – 12.
Olivier *Gouchet:* Hagen von Tronje. Etude du personnage à l'aide des différents textes du Moyen-Age, 1981 (= GAG, Nr. 302).
Holger *Homann:* The Hagen Figure in the Nibelungenlied: Know Him by His Lies, in: MLN 97, 1982, S. 759 – 769.

Otfrid *Ehrismann:* Strategie und Schicksal – Hagen, in: Literarische Symbolfiguren. [. . .]. Hg. von Werner Wunderlich, 1989 (= Facetten deutscher Literatur. St. Galler Studien. Bd. 1), S. 89 – 115.

Siegfried:

Edward C. *Schweitzer:* Tradition and Originality in the Narrative of Siegfried's Death in the Nibelungenlied, in: Euph. 66, 1972, S. 355 – 364.

Jan-Dirk *Müller:* Sivrit: *künec – man – eigenholt*. Zur sozialen Problematik des Nibelungenliedes, in: ABÄG 7, 1974, S. 85 – 124.

Otfrid *Ehrismann:* Siefrids Ankunft in Worms. Zur Bedeutung der 3. Aventiure des Nibelungenlieds, in: Festschrift für Karl Bischoff zum 70. Geburtstag, 1975, S. 328 – 356.

Gernot *Müller:* Zur sinnbildlichen Repräsentation der Siegfriedgestalt im Nibelungenlied, in: Stud. Neophil. 47, 1975, S. 88 – 119.

Paul *Salmon:* Sîvrit's Oath of Innocence, in: MLR 71, 1976, S. 315 – 326.

Theodore W. *Andersson:* Why does Siegfried die?, in: Germanic Studies in Honor of Otto Springer, 1978, S. 29 – 39.

Mary *Fleet:* Siegfried as Gunther's Vassal, in: Oxford German Studies 14, 1983, 1 – 7.

Thomas *Kerth:* Siegfried's Theatrical *liste*, in: ABÄG 24, 1986, S. 129 – 161.

Carola L. *Gottzmann:* Siegfried im Nibelungenlied. Idoneität und Minnedienst, in: C. L. G., Heldendichtung des 13. Jahrhunderts. Siegfried – Dietrich – Ortnit, 1987, S. 19 – 72.

Lynn D. *Thelen:* The Vassalage Deception, or Siegfried's Folly, in: JEGP 87, 1988, S. 471 – 491.

Günter *Eifler:* Siegfried zwischen Xanten und Worms, in: Sprache, Literatur, Kultur. Studien zu ihrer Geschichte im deutschen Süden und Westen. Wolfgang Kleiber zum 60. Geburtstag. Hg. von Albrecht Greule u. Uwe Ruberg, 1989, S. 277 – 290.

Elfriede *Stutz:* Über die Einheit und die Einzigartigkeit der Siegfried-Gestalt, in: Helden und Heldensage. Otto Gschwantler zum 60. Geburtstag. Hg. von Hermann Reichert u. Günter Zimmermann, 1990, S. 411–430.

Danielle *Buschinger:* Siegfried: la destruction d'un héros courtois, in: La Chanson des Nibelungen hier et aujourd'hui. Hg. von Danielle Buschinger und Wolfgang Spiewok, 1991 (= Wodan. Vol. 7), S. 33 – 42.

Wolfgang *Spiewok:* Siegfried – Held und Antiheld im Nibelungen-Epos – vom Wert und Unwert einer Kunstfigur, ebd., S. 145 – 157.

Gunther:

Roswitha *Wisniewski:* Das Versagen des Königs. Zur Interpretation des Nibelungenliedes, in: Festschrift für Ingeborg Schröbler zum 65. Geburtstag (= Beitr. 95 [Tüb.], Sonderheft), 1973, S. 170 – 186.

Lynn *Thelen:* The Internal Source and Function of King Gunther's Bridal Quest, in: MDU 76, 1984, S. 143 – 155.

Giselher:
Wolfgang *Mohr*: Giselher, in: ZfdA 78, 1941, S. 90 – 120.

Etzel:
Helmut *de Boor:* Das Attilabild in Geschichte, Legende und heroischer Dichtung, 1932, unveränderter Nachdruck 1963.
Jennifer *Williams:* Etzel der rîche, 1981 (= EHS. Reihe I, Bd. 364).

Rüedeger:
Hans *Naumann:* Rüedegers Tod, in: DVjs. 10, 1932, S. 387 – 403; wieder abgedruckt in: H. N., Wandlung und Erfüllung, ^{2}1934, S. 132 – 148.
Bert *Nagel:* Heidnisches und Christliches im Nibelungenlied, in: Ruperto-Carola 10, Bd. 24, 1958, S. 61 – 81. [Dazu Gottfried *Weber,* Das Nibelungenlied, 1963, S. 206 – 211.]
Peter *Wapnewski:* Rüdigers Schild. Zur 37. Aventiure des Nibelungenliedes, in: Euph. 54, 1960, S. 380 – 410; wieder abgedruckt in: WdF, Bd. 54, 1976, S. 134 – 178. [Dazu Gottfried *Weber,* Das Nibelungenlied, 1963, S. 200 – 206.]
George Fenwick *Jones:* Rüdiger's Dilemma, in: Studies in Philology 57, 1960, S. 7 – 21.
Jochen *Splett:* Rüdiger von Bechelaren. Studien zum zweiten Teil des Nibelungenliedes, 1968.
Peter *Jentzsch:* »Der guote Rüedeger« [. . .], in: ›Getempert und gemischet‹ für Wolfgang Mohr zum 65. Geburtstag, 1972 (= GAG, Nr. 65), S. 167 – 217.
Hugo *Bekker:* The Nibelungenlied: Rüdeger von Bechlaren and Dietrich von Bern, in: MDU 66, 1974, S. 239 – 253.
R. G. *Finch:* Rüdiger and Dietrich, in: Trivium [Lampeter] 12, 1977, S. 39 – 57.
Heinrich *Kunstmann:* Wer war Rüdiger von Bechelaren?, in: ZfdA 112, 1983, S. 233 – 252.
Norbert *Voorwinden:* Zur Herkunft der Rüdiger-Gestalt im Nibelungenlied, in: Palaeogermanica et Onomastica. Festschrift für J. A. Huisman zum 70. Geburtstag. Hg. von Arend Quak u. Florus van der Rhee, 1989 (= ABÄG 29), S. 259 – 270.
Fritz Peter *Knapp:* Neue Spekulationen über alte Rüdiger-Lieder, in: Pöchlarner Heldenliedgespräch, 1990, S. 47 – 58.
András *Vizkelety:* Rüdiger – Bote und Brautwerber in Bedrängnis, in: Pöchlarner Heldenliedgespräch, 1990, S. 131 – 137.
Max *Weltin:* Markgraf Rüdiger von Bechelaren – eine historische Figur, in: Pöchlarner Heldenliedgespräch, 1990, S. 181 – 193.

Dietrich:
Wolfgang *Mohr:* Dietrich von Bern, in: ZfdA 80, 1943/44, S. 117 – 155.
Gisela *Plötzeneder:* Die Gestalt Dietrichs von Bern in der deutschen Dich-

tung und Sage des frühen und hohen Mittelalters, Diss. Innsbruck, 1955 [Masch.-Schr.].
Bert *Nagel:* Das Dietrichbild des Nibelungenliedes, I. Teil, in: ZfdPh 78, 1959, S. 258 – 268; II. Teil, in: ZfdPh 79, 1960, S. 28 – 57.
Blanka *Horacek:* Der Charakter Dietrichs von Bern imNibelungenlied, in: Festgabe für Otto Höfler zum 75. Geburtstag, 1976, S. 297 – 336.
Edward R. *Haymes:* Dietrich von Bern im Nibelungenlied, in: ZfdA 114, 1985, S. 159 – 165.
Otfrid *Ehrismann:* Dietrich oder die Produktivität der Tränen – verhinderte Trauerarbeit am Nibelungenlied, in: Diskussion Deutsch 18, 1987, S. 306 – 320.
Ruth H. *Firestone:* An Investigation of the Ethical Meaning of Dietrich von Bern in the Nibelungenlied, Rabenschlacht, and Buch von Bern, in: *in hôhem prîse.* A Festschrift in Honor of Ernst S. Dick. Hg. von Winder McConnell, 1989 (= GAG, Nr. 480), S. 61 – 75.

g) Das Nibelungenlied als Kunstwerk (Aufbau, Struktur, Stil usw.)

Friedrich *Knorr:* Der künstlerische Aufbau des Nibelungenliedes, in: ZfDk 52, 1938, S. 73 – 87.
Erwin *Kobel:* Untersuchungen zum gelebten Raum in der mittelhochdeutschen Dichtung o. J. [1951].
Hans-Jürgen *Hillen:* Die dichterische Behandlung der Zeit im Nibelungenlied, Diss. Köln, 1951 [Masch.-Schr.].
Hugo *Kuhn:* Über nordische und deutsche Szenenregie in der Nibelungendichtung, in: Edda, Skalden, Saga. Festschrift zum 70. Geburtstag von Felix Genzmer, 1952, S. 279 – 306; wieder abgedruckt in: H. K., Dichtung und Welt im Mittelalter, 1959, [2]1969 (= Kleine Schriften, Bd. 1), S. 196 – 219.
Ders.: Tristan, Nibelungenlied, Artusstruktur, 1973 (= MSB, Jg. 1973, H. 5); wieder abgedruckt in: H. K., Liebe und Gesellschaft, 1980 (= Kleine Schriften, Bd. 3), S. 12 – 35.
Hans *Preßmar:* Studien zu Kudrun und Nibelungenlied. Lexikalische Studien – Reimstudien, Diss. Tübingen, 1953 [Masch.-Schr.].
Friedrich *Maurer:* Die Einheit des Nibelungenlieds nach Idee und Form, in: DU 5, 1953, H. 2, S. 27 – 42; wieder abgedruckt in: F. M., Dichtung und Sprache des Mittelalters. Gesammelte Aufsätze, 1963, [2]1971, S.53 – 69.
Ders.: Über den Bau der Aventiuren des Nibelungenliedes, in: Festschrift für Dietrich Kralik, 1954, S. 93 – 98.
Ders.: Über die Formkunst des Dichters unseres Nibelungenlieds, in: DU 6, 1954, H. 5, S. 77 – 83; wieder abgedruckt in: F. M., Dichtung und Sprache des Mittelalters. [. . .], 1963, [2]1971, S. 70 – 79, und in WdF, Bd. 54, 1976, S. 40 – 52.
Jean *Fourquet:* Zum Aufbau des Nibelungenlieds und des Kudrunlieds, in: ZfdA 85, 1954/55, S. 137 – 149; wieder abgedruckt in: WdF, Bd. 54, 1976,

S. 53 – 69, und in: J. F., Recueil d'études. [. . .] Réunies par Danielle Buschinger et Jean-Paul Vernon. Vol. I, 1979, S. 266 – 278.

Friedrich *Panzer:* Das Nibelungenlied. Entstehung und Gestalt, 1955, besonders 6. Kap.: Sprachstil und innere Form, S. 114 – 215.

Burghart *Wachinger:* Studien zum Nibelungenlied. Vorausdeutungen, Aufbau, Motivierung, 1960.

Hansjürgen *Linke:* Über den Erzähler im Nibelungenlied und seine künstlerische Funktion, in: GRM 41, 1960, S. 370 – 385; wieder abgedruckt in: WdF, Bd. 54, 1976, S. 110 – 133.

Michael S. *Batts:* Die Form der Aventiuren im Nibelungenlied, 1961.

Hans J. *Bayer:* Untersuchungen zum Sprachstil weltlicher Epen des deutschen Früh- und Hochmittelalters, 1962 (= PhStQ, H. 10).

Ingrid *Thomsen:* Darstellung und Funktion der Zeit im Nibelungenlied, in Gottfrieds von Straßburg ›Tristan‹ und in Wolframs von Eschenbach ›Willehalm‹, Diss. Kiel, 1963 [Masch.-Schr.].

Hans-Hugo *Steinhoff:* Die Darstellung gleichzeitiger Geschehnisse im mittelhochdeutschen Epos. Studien zur Entfaltung der poetischen Technik vom Rolandslied bis zum ›Willehalm‹, 1964 (über das Nibelungenlied S. 77 – 95).

Bert *Nagel:* Das Nibelungenlied. Stoff – Form – Ethos, 1965, ²1970 (Zweiter Teil: Form, S. 53 – 136).

Peter *Wiehl:* Über den Aufbau des Nibelungenliedes, in: WW 16, 1966, S. 309 – 323.

Mary Frances *McCarthy:* Architectonic Symmetry as a Principle of Structure in the Nibelungenlied, in: GR 41, 1966, S. 157 – 169.

Dies.: The Use of Rhetoric in the Nibelungenlied: A Stylistic and Structural Study of Aventiure V, in: MLN 87, 1972, S. 683 – 700.

Dies.: Commoratio in the Nibelungenlied, in: MDU 65, 1973, S. 249 – 259.

Jere *Fleck:* The Aventiure Divisions of the Nibelungenlied, in: MDU 65, 1973, S. 161 – 166.

Ursula *Hennig:* Die Heldenbezeichnungen im Nibelungenlied, in: Beitr. 97 (Tüb.), 1975, S. 4 – 58.

Käte *Hamburger:* Zur Erzählerhaltung im Nibelungenlied, in: K. H., Kleine Schriften, 1976, S. 59 – 73.

Marie-Elisabeth *Tisdell:* Studien zur Erzählweise einiger mittelhochdeutscher Dichtungen, 1978 (= EHS. Reihe I, Bd. 217) (über das Nibelungenlied S. 105 – 120).

W. T. H. *Jackson:* The Structural Use of the Arrival-Challenge Motif in the Nibelungenlied, in: Germanic Studies in Honor of Otto Springer, 1978, S. 159 – 176.

Blanka *Horacek:* Zum Handlungsaufbau des Nibelungenliedes, in: Studien zur deutschen Literatur des Mittelalters. Hg. von R. Schützeichel, 1979, S. 249 – 263.

Harald *Weydt:* Streitsuche im Nibelungenlied: Die Kooperation der Feinde. Eine konversationsanalytische Studie, in: Literatur und Konversation. [. . .]. Hg. von E. W. B. Hess-Lüttich, 1980, S. 95 – 114.

Edward G. *Fichtner:* Patterns of arithmetical proportion in the Nibelungenlied, in: Essays in the Numerical Criticism of Medieval Literature. Hg. von Caroline D. Eckhardt, 1980, S. 212 – 230.
Stefan *Sonderegger:* Gesprochene Sprache im Nibelungenlied, in: Hohenemser Studien zum Nibelungenlied, 1981, S. 360 – 379.
Christopher Michael *Sperberg-McQueen:* An Analysis of Recent Works on Nibelungenlied Poetics, 1985 (= Diss. Stanford University).
Bernard *Fenik:* Homer and the Nibelungenlied. Comparative Studies in Epic Style, 1986.
Edda *Weigand:* Historische Sprachpragmatik am Beispiel: Gesprächsstrukturen im Nibelungenlied, in: ZfdA 117, 1988, S. 159 – 173.
Yoshihiro *Yokoyama:* Die handschriftlichen Ersatzmöglichkeiten der Präposition »vor« im Nibelungenlied – aufgrund des Battsschen Paralleldrucks, in: Energeia 16, Soka 1990, S. 94 – 109.

Weitere Literatur zu Sprache und Stil des Nibelungenliedes bei *Krogmann/ Pretzel*, S. 54 ff.

Zu den Vorausdeutungen im Nibelungenlied

Alfred *Gerz:* Rolle und Funktion der epischen Vorausdeutung im mhd. Epos, 1930, unveränderter Nachdruck 1967 (über das Nibelungenlied S. 28 – 36).
Adrien *Bonjour:* Anticipations et prophéties dans le Nibelungenlied, in: Et. Germ. 7, 1952, S. 241 – 251.
Siegfried *Beyschlag:* Die Funktion der epischen Vorausdeutung im Aufbau des Nibelungenliedes, in: Beitr. 76 (Halle), 1954/55, S. 38 – 55.
Burghart *Wachinger:* Studien zum Nibelungenlied. [. . .], 1960 (1. Kap.: Vorausdeutungen, S. 4 – 55).
Harald *Burger:* Vorausdeutung und Erzählstruktur in mittelalterlichen Texten, in: Typologia Litterarum. Festschrift für Max Wehrli, 1969, S. 125 – 153 (über das Nibelungenlied S. 136 – 142); wieder abgedruckt in: Zeitgestaltung in der Erzählkunst, hg. von A. Ritter (= WdF, Bd. 447), 1978, S. 247 – 277.
So *Shitanda:* Kommunikative Funktionen der epischen Vorausdeutungen im Nibelungenlied, in: Doitsu Bungaku Ronshu 16, 1983, S. 68 – 85.

h) Zum Namen der Nibelungen und zu Namen in der Nibelungendichtung

Walther *Matthias:* Zur Deutung des Namens der Nibelungen, in: GRM 7, 1915, S. 333 – 336.
Edward *Schröder:* Burgonden, in: ZfdA 56, 1919, S. 240 – 246; wieder abgedruckt in: E. Sch., Deutsche Namenkunde, ^{2}1944, S. 102 – 108.
Dietrich *Kralik:* Nibelung, Schilbung und Balmung, in: Wiener Prähistorische Zeitschrift 19, 1932, S. 324 – 348.
Georg *Baesecke:* Gudrun – Kriemhilt, Grimhild – Uote, Guthorm – Gernot, in: Beitr. 60, 1936, S. 371 – 380.

Eugen Hartmuth *Mueller:* Deutung einiger Namen im Nibelungenlied, in: MDU 31, 1939, S. 274 – 284.

Francis P. *Magoun* jr.: Geographical and Ethnic Names in the Nibelungenlied, in: Mediaeval Studies 7, 1945, S. 85 – 138.

Siegfried *Gutenbrunner:* Über einige Namen in der Nibelungendichtung, in: ZfdA 85, 1954/55, S. 44 – 64.

Heinrich Matthias *Heinrichs:* Sivrit – Gernot – Kriemhilt, in: ZfdA 86, 1955/56, S. 279 – 289.

Marion *Sonnenfeld:* An Etymological Explanation of the Hagen Figure, in: Neophil. 43, 1959, S. 300 – 304.

Klaas *Heeroma:* Grimhild und Kriemhilt, in: Nd. Jb. 83, 1960, S. 17 – 21.

Willy *Krogmann:* Die Nibelunge. Ein namenkundliches Problem der germanischen Heldensage, in: VI. Internationaler Kongreß für Namenforschung, Kongreßberichte, Bd. III, 1961 (= Studia Onomastica Monacensia, Bd. IV), S. 474 – 483.

Henry *Kratz:* The Etymology of the Name Hagen in the Nibelungenlied, in: Names 10, 1962, S. 101 – 107.

Gottfried *Schramm:* Der Name Kriemhilt, in: ZfdA 94, 1965, S. 39 – 57.

Ders.: Etzels Vater Botelung, in: BNf., N. F. 1, 1966, S. 266 – 290.

Hellmut *Rosenfeld:* Die Namen der Heldendichtung, insbesondere Nibelung, Hagen, Wate, Hetel, Horand, Gudrun, in: BNf., N. F. 1, 1966, S. 231 – 265; wieder abgedruckt in: H. R., Ausgewählte Aufsätze zur deutschen Heldendichtung und zur Namenforschung [. . .]. Hg. von H.-A. Klein, 1987 (= GAG, 473), S. 139 – 174.

Ders.: Die Namen Nibelung, Nibelungen und die Burgunder, in: Blätter für oberdeutsche Namenforschung 9, 1968, S. 16 – 21.

K[enneth] C[harles] *King:* On the Naming of Places in Heroic Literature: Some Examples from the Nibelungenlied, in: Oxford German Studies 2, 1967, S. 13 – 24; wieder abgedruckt in: K. C. K., Selected Essays on Medieval German Literature, 1975, S. 205 – 219.

Lee M. *Hollander:* Hagen der Tronegaere, in: Neophil. 53, 1969, S. 398 – 402.

Anthony *van der Lee:* Geographie, Toponymie und Chronologie im ersten Teil des Nibelungenliedes, in: Neophil. 67, 1983, S. 228 – 241.

Heinrich *Tiefenbach:* Der Name Kriemhilt, in: BNf, N. F. 20, 1985, S. 19 – 26.

Ernst *Dittmar:* Zur Flexion der Eigennamen im Nibelungenlied, in: Namen in deutschen literarischen Texten des Mittelalters. Hg. von Friedhelm Debus u. Horst Pütz, 1989, S. 97 – 113.

i) Zum Weg der Nibelungen

Hermann *Neufert:* Der Weg der Nibelungen, 1892 (= Wissenschaftl. Beilage zum Programm No. 116 der Städt. Höheren Bürgerschule zu Charlottenburg).

Karl *Weller:* Die Nibelungenstraße, in: ZfdA 70, 1933, S. 49 – 66.

Friedrich *Panzer:* Der Weg der Nibelunge, in: Erbe der Vergangenheit. Festgabe für Karl Helm zum 80. Geburtstage, 1951, S. 83 – 107.
Helmut *Berndt:* Die Nibelungen. Auf den Spuren eines sagenhaften Volkes, 3. Aufl. 1978 als überarbeitete und erweiterte Neuausgabe des ursprünglich (zuerst 1968) u. d. T. ›Das 40. Abenteuer. Auf den Spuren der Nibelungen‹ erschienenen Buches.
Zu weiteren Einzelfragen vgl. die Literaturzusammenstellung bei *Krogmann/Pretzel*, S. 45 ff.

j) Wörterbücher

August *Lübben:* Wörterbuch zu der Nibelunge Not (Liet), [3]1877, unveränderter Nachdruck 1966.
Karl *Bartsch:* Der Nibelunge Nôt. Zweiter Teil. Zweite Hälfte: Wörterbuch, 1880, unveränderter Nachdruck 1966.
Franz H. *Bäuml* and Eva-Maria *Fallone:* A Concordance to the Nibelungenlied (Bartsch – de Boor Text) [. . .], 1976.

k) Zu den Übersetzungen des Nibelungenliedes ins Nhd.

Die Zahl der nhd. Übertragungen des Nibelungenliedes ist außerordentlich groß. Wir verweisen in diesem Zusammenhang auf Elga *Lubrich*, Die neuhochdeutschen Übersetzungen des Nibelungenliedes. Ein Beitrag zum Problem des Übersetzens aus dem Mittelhochdeutschen, Diss. Hamburg, 1951 [Masch.-Schr.]. Aufschlußreiche Vergleiche von einzelnen Stellen bietet Reinhard *Buchbinder*, Übersetzungen des Nibelungenliedes. Ein Vergleich, in: ZfdPh 92, 1973, S. 37 – 61.

An neueren Übersetzungen des Nibelungenliedes sind zu nennen diejenigen von Helmut *de Boor*, 1959, [2]1964 (Sammlung Dieterich. 250) [in Versen], Horst Wolfram *Geissler*, 1966 [in Prosa], Helmut *Brackert*, zuerst 1970/71 (Fischer Bücherei. 6038/6039) [in Prosa; vgl. dazu und namentlich zu Brackerts Nachwort Hans *Kuhn*, in: Beitr. 96 [Tüb.], 1974, S. 270 – 279], Ulrich *Pretzel*, 1973 [in Prosa] und von Danielle *Buschinger* und Wolfgang *Spiewok*, 1991 [in Prosa]. Von diesen ist die Übersetzung *Brackerts* am weitaus erfolgreichsten. Eine zusammenfassende nhd. Nacherzählung in: Das Nibelungenlied – Kudrun. Text. Nacherzählung, Wort- und Begriffserklärungen von Werner *Hoffmann*, 1972, S. 274 – 379.

Von den englischen Übersetzungen sei – nicht zuletzt wegen ihres so ausführlichen wie gehaltvollen Anhangs (S. 293 – 404) – die von Arthur Thomas *Hatto* hervorgehoben (›Penguin Classics‹), zuerst 1965, seitdem wiederholt Nachdrucke.

l) Zur Neugestaltung des Nibelungenstoffes in Dichtungen der Neuzeit

Der Nibelungenstoff ist seit der Wiederentdeckung des Epos von *der Nibelunge nôt* immer wieder Gegenstand dichterischer Neugestaltungen gewesen, wobei manche Dichter nicht auf die deutsche, sondern auf die nordische Überlieferung zurückgriffen. Keine von ihnen hat, aus welchen

Gründen auch immer, die dichterische Höhe des mittelalterlichen Epos zu erreichen vermocht.

Grundlegende Bibliographie:

Siegfried *Grosse* und Ursula *Rautenberg:* Die Rezeption mittelalterlicher deutscher Dichtung. Eine Bibliographie ihrer Übersetzungen und Bearbeitungen seit der Mitte des 18. Jahrhunderts, 1989 (über Nibelungenlied, Klage und ›Hürnen Seyfrid‹ S. 166 – 230).

Wir führen im folgenden nur die neuzeitlichen Nibelungendichtungen an, die am bekanntesten geworden sind:

Friedrich *de la Motte Fouqué:* Der Held des Nordens, 1808/10 (Teile: Sigurd, der Schlangentöter; Sigurds Rache; Aslauga).

Ernst *Raupach:* Der Nibelungen-Hort, Uraufführung 1828, gedruckt 1834 [greift von den Genannten als erster auf das Nibelungenlied zurück].

Emanuel *Geibel:* Brunhild, 1857.

Richard *Wagner:* Der Ring des Nibelungen, gedruckt privat 1853, endgültig 1863 (Teile: Das Rheingold; Die Walküre; Siegfried; Götterdämmerung).

Friedrich *Hebbel:* Die Nibelungen, 1855/60 (Teile: Der gehörnte Siegfried; Siegfrieds Tod; Kriemhilds Rache).

Wilhelm *Jordan:* Nibelunge, 1867/74.

Samuel *Lublinski:* Gunther und Brunhild, 1908.

Paul *Ernst:* Brunhild, 1909.

Ders.: Chriemhild, 1918.

Max *Mell:* Der Nibelunge Not. Zwei Teile, 1943/50, als Ganzes 1951 veröffentlicht.

Joachim *Fernau:* Disteln für Hagen. Bestandsaufnahme der deutschen Seele, 1966, seit 1978 als Taschenbuchausgabe.

Neuere Untersuchungen:

Ernest *Tonnelat:* La légende des Nibelungen en Allemagne au XIXe siècle, 1952.

Holger *Schulz:* Der Nibelungenstoff auf dem deutschen Theater, Diss. Köln, 1972.

Eugen *Thurnher:* Die dichterischen Neuschöpfungen der Nibelungen im 19. und 20. Jahrhundert. Nachleben und Umgestaltung, in: Nibelungenlied. Ausstellungskatalog des Vorarlberger Landesmuseums Nr. 86, 1979, S. 81 – 88.

Siegrid *Schmidt:* Die Nibelungen in der Jugend- und Unterhaltungsliteratur zwischen 1945 und 1980. Bearbeitungstendenzen, gezeigt an ausgewählten Beispielen, in: Mittelalter-Rezeption. Ein Symposion. Hg. von Peter Wapnewski, 1986, S. 327 – 345.

Ebba Christina *Hagenberg-Miliu:* »Denn nur der Ruhm des Vaterlandes ist mein Ziel.« Zu Erneuerungen des Nibelungen- und des Kudrunepos, Diss. Bonn, 1988.

Werner *Wunderlich:* »Total krasse Helden«. Literarhistorische und literaturkritische Anmerkungen zur neueren Nibelungenrezeption, in: Sammlung – Deutung – Wertung. Ergebnisse, Probleme, Tendenzen und Perspektiven philologischer Arbeit. Mélanges de littérature médiévale et de linguistique allemande offerts à Wolfgang Spiewok. Hg. von Danielle Buschinger, 1988, S. 369 – 383.

Ulrich *Müller:* Die Auferstehung der Nibelungen: Beobachtungen zur Rezeption des Nibelungen-Mythos in den Achtziger Jahren, in: Festschrift für Rudolf Große zum 65. Geburtstag, 1989 (= Stuttgarter Arbeiten zur Germanistik, Nr. 231), S. 495 – 506.

Werner *Hoffmann:* Nibelungenromane, in: Helden und Heldensage. Otto Gschwantler zum 60. Geburtstag. Hg. von Hermann Reichert und Günter Zimmermann, 1990, S. 113 – 142.

Register

(Verzeichnis der genannten neuzeitlichen Personen. Wissenschaftler in ihrer Eigenschaft als Herausgeber sind nur dann berücksichtigt, wenn es sich um das Nibelungenlied oder Arbeiten über das Nibelungenlied handelt.)

Sammlung Metzler

Mediävistik
SM 7 Hoffmann, *Nibelungenlied*
SM 14 Eis, *Mittelalterliche Fachliteratur*
SM 15 Weber, *Gottfried von Strasburg*
SM 32 Wisniewski, *Kudrun*
SM 33 Soeteman, *Deutsche geistliche Dichtung des 11. und 12. Jh.*
SM 36 Bumke, *Wolfram von Eschenbach*
SM 40 Halbach, *Walther von der Vogelweide*
SM 64 Hoffmann, *Altdeutsche Metrik*
SM 67 von See, *Germanische Verskunst*
SM 72 Düwel, *Einführung in die Runenkunde*
SM 78 Schier, *Sagaliteratur*
SM 103 Sowinski, *Lehrhafte Dichtung des Mittelalters*
SM 135 Kartschoke, *Altdeutsche Bibeldichtung*
SM 140 Murdoch/Groseclose, *Die althochdeutschen poetischen Denkmäler*
SM 151 Haymes, *Das mündliche Epos*
SM 205 Wisniewski, *Mittelalterliche Dietrich-Dichtung*
SM 244 Schweikle, *Minnesang*
SM 249 Gottzmann, *Artusdichtung*
SM 253 Schweikle, *Neidhart*

Deutsche Literaturgeschichte
SM 6 Schlawe, *Literarische Zeitschriften 1898–1910*
SM 24 Schlawe, *Literarische Zeitschriften 1910–1933*
SM 25 Anger, *Literarisches Rokoko*
SM 47 Steinmetz, *Die Komödie der Aufklärung*
SM 68 Kimpel, *Der Roman der Aufklärung (1670–1774)*
SM 75 Hoefert, *Das Drama des Naturalismus*
SM 81 Jost, *Literarischer Jugendstil*
SM 128 Meid, *Der deutsche Barockroman*
SM 129 King, *Literarische Zeitschriften 1945–1970*
SM 142 Ketelsen, *Völkisch-nationale und nationalsozialistische Literatur in Deutschland 1890–1945*
SM 144 Schutte, *Lyrik des deutschen Naturalismus (1885–1893)*
SM 157 Aust, *Literatur des Realismus*
SM 170 Hoffmeister, *Deutsche und europäische Romantik*
SM 174 Wilke, *Zeitschriften des 18. Jh. I: Grundlegung*
SM 175 Wilke, *Zeitschriften des 18. Jh. II: Repertorium*
SM 209 Alexander, *Das deutsche Barockdrama*
SM 210 Krull, *Prosa des Expressionismus*
SM 225 Obenaus, *Lit. und politische Zeitschriften 1830–1848*
SM 227 Meid, *Barocklyrik*
SM 229 Obenaus, *Lit. und politische Zeitschriften 1848–1880*
SM 234 Hoffmeister, *Deutsche und europäische Barockliteratur*
SM 238 Huß-Michel, *Lit. und politische Zeitschriften des Exils 1933–1945*
SM 241 Mahoney, *Der Roman der Goethezeit*
SM 247 Cowen, *Das deutsche Drama im 19. Jh.*
SM 250 Korte, *Geschichte der deutschen Lyrik seit 1945*

Gattungen

SM 9 Rosenfeld, *Legende*
SM 12 Nagel, *Meistersang*
SM 16 Lüthi, *Märchen*
SM 52 Suppan, *Volkslied*
SM 53 Hain, *Rätsel*
SM 63 Boeschenstein-Schäfer, *Idylle*
SM 66 Leibfried, *Fabel*
SM 77 Straßner, *Schwank*
SM 85 Boerner, *Tagebuch*
SM 101 Grothe, *Anekdote*
SM 116 Guthke, *Das deutsche bürgerliche Trauerspiel*
SM 133 Koch, *Das deutsche Singspiel*
SM 145 Hein, *Die Dorfgeschichte*
SM 154 Röhrich/Mieder, *Sprichwort*
SM 155 Tismar, *Kunstmärchen*
SM 164 Siegel, *Die Reportage*
SM 166 Köpf, *Märendichtung*
SM 172 Würffel, *Das deutsche Hörspiel*
SM 177 Schlütter u. a., *Sonett*
SM 191 Nusser, *Der Kriminalroman*
SM 200 Freund, *Die literarische Parodie*
SM 208 Fricke, *Aphorismus*
SM 214 Selbmann, *Der deutsche Bildungsroman*
SM 216 Marx, *Die deutsche Kurzgeschichte*
SM 226 Schulz, *Science Fiction*
SM 232 Barton, *Das Dokumentartheater*
SM 248 Hess, *Epigramm*
SM 256 Aust, *Novelle*
SM 257 Schmitz, *Das Volksstück*
SM 260 Nikisch, *Brief*
SM 262 Nusser, *Trivialliteratur*

Autorinnen und Autoren

SM 60 Fehr, *Jeremias Gotthelf*
SM 65 Guthke, *Gotthold Ephraim Lessing*
SM 71 Helmers, *Wilhelm Raabe*
SM 76 Mannack, *Andreas Gryphius*
SM 80 Kully, *Johann Peter Hebel*
SM 84 Boeschenstein, *Gottfried Keller*
SM 90 Winkler, *Stefan George*
SM 92 Hein, *Ferdinand Raimund*
SM 94 Könneker, *Hans Sachs*
SM 96 van Ingen, *Philipp von Zesen*
SM 97 Asmuth, *Daniel Casper von Lohenstein*
SM 99 Weydt, *H. J. Chr. von Grimmelshausen*
SM 102 Fehr, *Conrad Ferdinand Meyer*
SM 105 Prangel, *Alfred Döblin*
SM 107 Hoefert, *Gerhart Hauptmann*
SM 113 Bender, *J. J. Bodmer und J. J. Breitinger*
SM 114 Jolles, *Theodor Fontane*
SM 115 Foltin, *Franz Werfel*
SM 124 Saas, *Georg Trakl*
SM 131 Fischer, *Karl Kraus*

SM 134 Christiansen, *Fritz Reuter*
SM 138 Dietz, *Franz Kafka*
SM 143 Jörgensen, *Johann Georg Hamann*
SM 153 Schneider, *Annette von Droste-Hülshoff*
SM 156 Steiner, *Georg Forster*
SM 159 Knapp, *Georg Büchner*
SM 163 Pape, *Wilhelm Busch*
SM 171 Peter, *Friedrich Schlegel*
SM 173 Petersen, *Max Frisch*
SM 178 Paul, *August Strindberg*
SM 179 Neuhaus, *Günter Grass*
SM 180 Barnouw, *Elias Canetti*
SM 185 Paulin, *Ludwig Tieck*
SM 186 Naumann, *Adalbert Stifter*
SM 189 Haupt, *Heinrich Mann*
SM 195 Schrimpf, *Karl Philipp Moritz*
SM 196 Knapp, *Friedrich Dürrenmatt*
SM 197 Schulz, *Heiner Müller*
SM 201 Kaempfer, *Ernst Jünger*
SM 203 Korte, *Georg Heym*
SM 207 Wehdeking, *Alfred Andersch*
SM 211 Hansen, *Thomas Mann*
SM 213 Riley, *Clemens Brentano*
SM 215 Wackwitz, *Friedrich Hölderlin*
SM 218 Renner, *Peter Handke*
SM 221 Kretschmer, *Christian Morgenstern*
SM 223 Dietschreit/Henze-Dietschreit, *Hans Magnus Enzensberger*
SM 224 Hilzinger, *Christa Wolf*
SM 230 Vincon, *Frank Wedekind*
SM 231 Lowsky, *Karl May*
SM 233 Winter, *Jakob Michael Reinhold Lenz*
SM 237 Mayer, *Eduard Mörike*
SM 239 Perlmann, *Arthur Schnitzler*
SM 240 Wichmann, *Heinrich von Kleist*
SM 242 Bartsch, *Ingeborg Bachmann*
SM 243 Kaiser, *E. T. A. Hoffmann*
SM 245 Dietschreit, *Lion Feuchtwanger*
SM 254 Späth, *Rolf Dieter Brinkmann*
SM 258 Hein, *Johann Nestroy*
SM 261 Sammons, *Heinrich Heine*

Einführungen, Methodenlehre
SM 1 Raabe, *Einführung in die Bücherkunde zur dt. Literaturwissenschaft*
SM 13 Bangen, *Die schriftliche Form germanistischer Arbeiten*
SM 28 Frenzel, *Stoff-, Motiv- und Symbolforschung*
SM 41 Hermand, *Literaturwissenschaft und Kunstwissenschaft*
SM 59 Behrmann, *Einführung in die Analyse von Prosatexten*
SM 79 Weber-Kellermann/Bimmer, *Einführung in die Volkskunde/Europäische Ethnologie*
SM 112 Schlawe, *Neudeutsche Metrik*
SM 148 Grimm u. a., *Einführung in die frz. Lit.wissenschaft*
SM 183 Schwenger, *Literaturproduktion*
SM 188 Asmuth, *Einführung in die Dramenanalyse*
SM 190 Zima, *Textsoziologie*

SM 194 Reese, *Literarische Rezeption*
SM 217 Schutte, *Einführung in die Literaturinterpretation*
SM 235 Paech, *Literatur und Film*
SM 246 Eagleton, *Einführung in die Literaturtheorie*
SM 259 Schönau, *Einf. i. d. psychoanalytische Lit.wissenschaft*
SM 263 Sowinski, *Stilistik*

Sprachwissenschaft
SM 72 Düwel, *Einführung in die Runenkunde*
SM 82 Reichmann, *Germanistische Lexikologie*
SM 104 Heike, *Phonologie*
SM 167 Ebert, *Historische Syntax des Deutschen*
SM 198 Pilz, *Phraseologie*
SM 206 Apel, *Literarische Übersetzung*
SM 219 Lutzeier, *Linguistische Semantik*
SM 252 Glück/Sauer, *Gegenwartsdeutsch*

Philosophie
SM 141 Franzen, *Martin Heidegger*
SM 143 Jörgensen, *Johann Georg Hamann*
SM 168 Bernstein, *Die Literatur des deutschen Frühhumanismus*
SM 182 Helferich, *G. W. Fr. Hegel*
SM 184 Naumann, *Literaturtheorie und Geschichtsphilosophie I*
SM 187 Ollig, *Der Neukantianismus*
SM 193 Wolf, *Martin Luther*
SM 202 Bayertz, *Wissenschaftstheorie und Paradigma-Begriff*
SM 220 Gmünder, *Kritische Theorie*
SM 222 Schmidt, *Ernst Bloch*
SM 251 Jung, *Georg Lukács*
SM 264 Ries, *Karl Löwith*
SM 265 Pleger, *Vorsokratiker*
SM 266 Horster, *Jürgen Habermas*
SM 267 Buchheister/Steuer, *Ludwig Wittgenstein*
SM 268 Vattimo, *Friedrich Nietzsche*
SM 269 Schöttker, *Walter Benjamin*

Romanistik und andere Philologien
SM 119 Hoffmeister, *Petrarkistische Lyrik*
SM 146 Daus, *Zola und der französische Naturalismus*
SM 147 Daus, *Das Theater des Absurden*
SM 148 Grimm u. a., *Einführung in die frz. Lit.wissenschaft*
SM 161 Brockmeier, *Francois Villon*
SM 162 Wetzel, *Die Romanische Novelle*
SM 170 Hoffmeister, *Deutsche und europäische Romantik*
SM 176 Hausmann, *Francois Rabelais*
SM 177 Schlütter u. a., *Sonett*
SM 204 Weissberg, *Edgar Allan Poe*
SM 212 Grimm, *Molière*
SM 234 Hoffmeister, *Deutsche und europäische Barockliteratur*

J. B. Metzler

GPSR Compliance

The European Union's (EU) General Product Safety Regulation (GPSR) is a set of rules that requires consumer products to be safe and our obligations to ensure this.

If you have any concerns about our products, you can contact us on ProductSafety@springernature.com

In case Publisher is established outside the EU, the EU authorized representative is:

Springer Nature Customer Service Center GmbH
Europaplatz 3
69115 Heidelberg, Germany

Batch number: 10578184

Printed by Printforce, the Netherlands